Krischan Koch
Backfischalarm

Polizeiobermeister Thies Detlefsens Zwillingstöchter Telje und Tadje setzen mit der 10a der Theodor-Storm-Schule zur herbstlichen Klassenfahrt nach Amrum über. Mit an Bord der Fähre sind Junglehrerin Vanessa Loebell, der »voll süße« Referendar Manuel Scholz mit modischem Piratentuch um den Kopf und Klassenlehrer Dr. Niggemeier. Die Überfahrt ist äußerst stürmisch, was jedoch die Schüler nicht davon abhält, unzählige Selfies und wackelige Filmaufnahmen zu machen – bis einer von ihnen den Toten entdeckt: Jungreeder Bent Blankenhorn sitzt ermordet auf dem Sonnendeck. Alarmstufe Rot für Thies und KHK Nicole Stappenbek aus Kiel, die umgehend die Ermittlungen auf der von Herbstnebel umwaberten Insel aufnehmen.

Krischan Koch wurde 1953 in Hamburg geboren. Die für einen Autor üblichen Karrierestationen als Seefahrer, Rockmusiker und Kneipenwirt hat er sich geschenkt. Stattdessen macht er Kabarett und Kurzfilme und schreibt Filmkritiken u.a. für die ›DIE ZEIT‹ und den NDR. Koch lebt mit seiner Frau in Hamburg und auf der Nordseeinsel Amrum, wo er mit Blick aufs Watt seine Kriminalromane schreibt. Mit seinem Helden, dem Fredenbüller Dorfpolizisten Thies Detlefsen, verbindet ihn die Liebe zur Nordsee, zu Krabbenbrötchen und einem chronisch krisengeschütteltem Fußballverein.

Krischan Koch

Backfischalarm

Ein Insel-Krimi

dtv

Von Krischan Koch
sind bei dtv außerdem erschienen:
Flucht übers Watt
Venedig sehen und stehlen
Ruhe oder es knallt!

Die Fredenbüll-Reihe:
Rote Grütze mit Schuss
Mordseekrabben
Rollmopskommando
Dreimal Tote Tante
Pannfisch für den Paten
Mörder mögen keine Matjes
Friedhof der Krustentiere
Der weiße Heilbutt
Mord im Nord-Ostsee-Express
Schnappt Scholle
Krieg der Seesterne
Das Schweigen der Kegelrobben

Originalausgabe 2017
6. Auflage 2025
© 2017 dtv Verlagsgesellschaft mbH & Co. KG
Tumblingerstraße 21, 80337 München
produktsicherheit@dtv.de
Umschlagillustration: Gerhard Glück
Gesetzt aus der Stempel Garamond LT Pro 10/13·
Gesamtherstellung: Druckerei C.H.Beck, Nördlingen
Printed in Germany · ISBN 978-3-423-21672-2

Für Ruth

»Johoho und 'ne Buddel voll Rum …«
Robert Louis Stevenson, Die Schatzinsel

1

Die Nordsee leuchtet unwirklich türkisfarben wie die Karibik. Das Gelb der stählernen Anlegerbrücke glimmt in der Abendsonne. Dahinter über der See türmt sich eine tiefschwarze Wolkenwand.

»Voll unheimlich«, findet Tadje.

»Fettes Gewitter.« Klassenkamerad Lasse zieht sich die große Wollmütze halb über die Augen. Tadjes Zwillingsschwester Telje schiebt sich die große runde Nickelsonnenbrille mit den blauen Spiegelgläsern ins Haar und kneift die Augen zusammen. »Hm, voll dunkel!«

Die 10 a der Theodor-Storm-Schule wartet aufgekratzt am Anleger in Dagebüll auf die Abfahrt der Fähre zur herbstlichen Klassenfahrt nach Amrum. Die Eltern haben ihre Kinder mit dem Gepäck zum Anleger gefahren.

Referendar Manuel Scholz, mit dem gleichen geflochtenen Bärtchen und Piratentuch wie Johnny Depp in ›Fluch der Karibik‹, wird von einer Mädchenclique belagert.

»Läuft bei dir!«, ruft der Junglehrer einem der Schüler zu. Sophie, Silja und ein paar andere schmachten den Captain Sparrow in der Lehramtsausbildung an. Sogar ihre Smartphones sind im Augenblick abgemeldet.

»Schon mal einer von euch da gewesen … auf Amrum?« Manuel Scholz zieht sein Piratentuch stramm.

»Der Strand ist echt krass breit!«, verkündet Gina-Marie mit großen Augen, als könne sie es selbst kaum fassen. Silja, Sophie und Leonie werfen abwechselnd die Haare. Die goldenen Sternchen und der Strass auf Leonies neuen weißen Chucks blinken in den letzten Sonnenstrahlen.

»#pirates-off-amrum«, tippt Sophie einen Hashtag in ihr Telefon.

Junglehrerin Vanessa Loebell, die als Aufsicht für die Mädchen mitfährt, wirft ihnen einen giftigen Blick zu. Absolut lächerlich, wie dieser Pirat im Beamtenverhältnis auf Probe in seiner blöden Pluderhose zwischen den halbwüchsigen Hühnern herumtänzelt, denkt sie. Dann streicht sie die Haare, die im Abendlicht rot glühen, unter den Kragen ihrer nostalgischen U-Boot-Lederjacke aus dem Zweiten Weltkrieg. Vanessa Loebell, die Betonung liegt auf der zweiten Silbe, darauf legt sie großen Wert, schlägt den Kragen hoch und blickt entschlossen dem über der Nordsee aufziehenden Unwetter entgegen.

»Ey, Digga, echt krank, das Wetter, Digga«, nuschelt Ove seinem Kumpel Torben-Hendrik zu. Im Gegensatz zu den Mädchen mit den einheitsblonden langen Haaren haben die Jungen eindeutig die interessanteren Frisuren. Lasse trägt Dutt, meist unter einer Wollmütze versteckt. Tjark hängt die komplette Frisur vor den Augen, dass er kaum etwas sehen kann. Über Oves kahlrasierten Kopf dagegen zieht sich nur ein kurzgeschnittener Haarstreifen, der wie der Rest einer Teppichfliese aussieht.

Pearl, die eigentlich Petra heißt, sitzt, wie immer in

schwarzen Klamotten, ein Stück abseits auf einem überdimensionierten Seesack und blickt aus ihren Mascara umränderten Augen missmutig über die See. Sie zupft gelangweilt an ihrem Lippen-Piercing. Bones, ihr einziger Freund in der Klasse, ebenfalls von oben bis unten in schwarzen Klamotten und mit schwarz geschminkten Augen, schlurft zu ihr herüber und schnippt eine brennende Kippe ins Wasser. »Das Glück sei uns hold, bescher uns guten Wind und massenhaft Gold.« Er verzieht seine Mundwinkel zu einem schiefen Grinsen. Seit einiger Zeit spricht Bones mit Vorliebe in Zitaten aus Robert Louis Stevensons ›Schatzinsel‹ und nervt damit die ganze Klasse, außer Pearl.

Elternvertreterin Frau Lammers-Lindemann ist mit Klassenlehrer Doktor Niggemeier im aufgeregten Gespräch. »Herr Doktor Niggemeier, Sie hatten mir aber versprochen, dass das Schullandheim auch einen veganen Speiseplan bietet.«

»Das bekommen wir alles hin, Frau Lindemann.« Niggemeier nickt ihr aus seinem üppigen Karl-Marx-Bart heraus freundlich zu, verzichtet aber auf den Doppelnamen der engagierten Mutter. Er ist vor allem damit beschäftigt, seine Schüler zu zählen.

»Anna-Lena hat eine Strandhafer-Allergie und sie ist Veganerin!«, verkündet die Elternvertreterin mit ernster Miene.

»Ich weiß«, nickt Niggemeier. »Sie wird schon nicht verhungern.«

»Na, Sie sind gut!« Frau Lammers-Lindemann ist empört und zieht energisch den Rollkoffer ihrer Tochter zu sich heran.

Die Eltern sind aufgeregter als ihre Kinder und würden sie am liebsten bis auf das Schiff begleiten. Niggemeier kennt das Phänomen nur zu gut. In der Schule haben sie jetzt für die unteren Klassen eine Kiss-and-go-Zone eingerichtet, um die übermotivierten Eltern zumindest aus dem Unterricht fernzuhalten.

Auch der Fredenbüller Polizeiobermeister Thies Detlefsen hat seine beiden Töchter zur Fähre gefahren. Die bis dahin immer etwas dösige Tadje hat nach zwei sensationellen Einsen im Zeugnis in Darstellendem Spiel und Nordfriesisch im letzten Jahr wie verrückt gebüffelt und den Sprung in die gymnasiale Oberstufe der Husumer Theodor-Storm-Schule geschafft. Die Zwillinge sind wieder in derselben Klasse. Thies ist heute allerdings nicht recht bei der Sache. Während seine Töchter auf dem Anleger zwischen ihren Klassenkameraden umherschwirren, steht er neben seinem verrosteten Escort mit der verunglückten Polizei-Lackierung. Mit einem Ohr hängt er am Autoradio. Durch das geöffnete Seitenfenster gellt die Bundesliga-Konferenzschaltung nach draußen. Der HSV führt in München kurz vor der Halbzeitpause sensationell mit 1:0.

Auch die Diskussion zwischen Klassenlehrer Niggemeier und der Elternvertreterin wird immer lebhafter. Inzwischen stehen mehrere Schüler mit ihren Rollkoffern um sie herum.

»Und sagen Sie mal, Doktor Niggemeier, was ist eigentlich mit Drogen?« Elternvertreterin Lammers-Lindemann wird immer aufgeregter. »Sie haben den Schülern ja wohl erzählt, dass Sie auch schon mal …

gekifft haben?« Das Wort geht ihr nur widerwillig über die Lippen.

»Deswegen steht das Drehen eines Joints aber noch nicht auf meinem Unterrichtsplan, verehrte Frau Lindemann.«

»Aber Sie spielen doch in dieser Band und da … na ja, das ist ja hinlänglich bekannt …« Frau Lammers-Lindemann sieht jetzt aus, als wäre sie selbst auf irgendeinem Trip.

»Nun hören Sie aber mal auf.« Langsam wird der freundliche Niggemeier ärgerlich. »Ich kann Sie beruhigen.« Sein Ton wird hämisch. »Alles vegan. Und außerdem: Nach einer neuen Studie aus den USA hat Kiffen keine Auswirkung auf die Entwicklung der Intelligenz von Jugendlichen.«

Tadje, die danebensteht, sieht ihren Klassenlehrer mit großen Augen an. »Echt jetzt, Doktor Niggemeier? Kiffer sind gar nicht intelligenter?«

2

Die Stammbesetzung in »De Hidde Kist« ist vollkommen aus dem Häuschen. Ungläubig starren Klaas, Bounty und der Schimmelreiter von Stehtisch Zwei aus auf den großen Flachbildschirm neben der Dunstabzugshaube. Antje lässt die Grillzange sinken. Schäfermischling Susi legt den Kopf schief und gibt ein erstauntes Jaulen von sich. Der HSV hat in München nach einem unberechtigten Elfmeter das 2:0 geschossen. Der Mittelstürmer der Hamburger hat den Ball einfach mitten ins Netz gedroschen.

»Volle Kanne!«, entfährt es dem Schimmelreiter Hauke Schröder. »Gibt's doch gar nich.« Mit offenem Mund starrt er auf die Zeitlupenwiederholung.

Postbote Klaas zeigt wortlos auf den extrabreiten grün leuchtenden Bildschirm. Er kommt in seinem HSV-Schal mächtig ins Schwitzen und hat bereits einen roten Kopf. Althippie Bounty sitzt mit aufgelöstem Pferdeschwanz da. Nur Piet Paulsen wundert gar nichts. Der ehemalige Landmaschinenvertreter hat schließlich in einer Sportwette einen 3:0-Auswärtssieg des HSV in München getippt.

Dafür haben ihn seine Freunde schon für verrückt erklärt. »Jetzt dreht er endgültig durch«, hatte Klaas gemeint. »Piet! Die Zeiten von Horst Hrubesch sind vorbei.« Jetzt zückt Paulsen triumphierend seinen

Wettschein und ordert bei Antje eine Runde. »Drei Genever! Und ein Tor fehlt noch!« Er zeigt mit auffordernder Geste auf den Flachbildschirm.

»Sach mal, Piet, wie kommst du darauf?«, fragt Klaas, ohne seinen Blick vom Bildschirm zu lösen. »Kann doch nich angehen.«

Paulsen mustert ihn provozierend über die schwere Gleitsichtbrille hinweg.

»Die good vibrations sind jetzt auch bei Piet angekommen«, gluckst Althippie Bounty.

»Hast einen von Bountys Keksen eingeworfen?«, johlt der Schimmelreiter.

»Das sind energetische Schwingungen«, erklärt Bounty mit ernster Miene.

»Elektrowellen?!« Unter seiner Lederweste läuft Piet Paulsen ein kurzer Schauder über den Rücken. »Neeee, dat war 'n Tipp von Knut Boyksen ... weiß auch nich, wo er dat herhat. Er hat da wohl jetzt irgendwie 'ne neue Informationsquelle. Keine Ahnung.« Paulsen kippt den Genever und bleckt die zu groß geratenen dritten Zähne.

»Dat ist doch Schiebung«, blökt der Schimmelreiter. »Dat sind doch alles getürkte Spiele und frisierte Zahlen.«

»Komm, Hauke, dat Einzige, wat hier frisiert ist, is der Motor von deinem Mustang.« Klaas lockert den voluminösen schwarz-weiß-blauen HSV-Schal. Piet bestellt die nächste Runde. Der Backfisch in Antjes Fritteuse verbrutzelt, aber die Stimmung steigt.

Als Thies Detlefsen vom Anleger in Dagebüll zurückkommt und bei seinen Freunden im Imbiss eintrudelt, haben sich die Rothosen in einen Rausch gespielt, unterstützt von einem offensichtlich ebenfalls berauschten Schiedsrichter. Die Siebzigtausend in der Münchner Allianz-Arena und auch die Stammbelegschaft in der »Hidden Kist« kommen aus dem Staunen gar nicht heraus.

Während von der Nordsee ein Gewitterdonnern herübergrollt, fällt in München bei schönstem Wetter in der Nachspielzeit aus klarer Abseitsposition das 3:0.

3

Die Fähre zu den nordfriesischen Inseln hat gerade abgelegt. Der Fähranleger liegt noch in Sichtweite. Über den pechschwarzen Himmel zucken Blitze, bedrohlich schnell gefolgt von einem gewaltigen Donnern.

Wo die See eben noch wie ein blanker türkisfarben leuchtender Teller dalag, türmen sich plötzlich meterhohe tiefschwarze Wellen mit weißen Schaumkronen auf. Innerhalb kürzester Zeit ist es Nacht geworden. Der Sturm peitscht den Regen über das Sonnendeck. Die »MS Rungholt« stampft und rollt durch die Dünung. Dabei bewegt sich die schwere Fähre immer noch ruhig. Es ist ein weit ausholendes Schaukeln, das die »Rungholt« abwechselnd auf der Backbordseite und dann auf Steuerbord mehrere Meter nach oben hebt und wieder fallen lässt. Am Bug spritzt die Gischt immer wieder auf das Autodeck. Guschhhh.

Die Schüler der 10a und ein paar Herbsturlauber torkeln durch das Schiff. Ein Kellner jongliert ein Tablett mit dampfenden Grogs über das Salondeck. Einer Rentnerin fliegt die komplette Salatvariation »Friesischer Frühling« zwischen die hundert Reißverschlüsse ihrer Freizeitjacke. Vom Nebentisch hüpfen zwei Folienkartoffeln quer über das Deck Richtung Hydrokulturen, die als Raumtrenner auf dem Salondeck stehen.

Zwei Tische weiter legt sich eine Familie gerade mit

dem Kellner an, der geduldig die Bestellung aufnehmen will.

»Können wir auch einen halben ›Matrosenteller‹ bekommen?«, fragt die Frau mit der Perlenkette unter der knallgrünen Steppweste.

»Halber ›Matrose‹? Nee, den kann man schlecht halbieren.«

»Ich will sowieso lieber 'n Fischbrötchen«, protestiert der kleine Sohn. Er hat die gleiche blonde Tolle wie sein Vater, auch die maritimen Klamotten aus der Kinderboutique waren mindestens so teuer wie Papas hipper Pullover für den Weltumsegler.

»Heinrich, wollen wir uns den ›Matrosenteller‹ teilen. Wär das nicht cool?«, versucht es die Mutter noch mal.

»Fischbrötchen!!« Der kleine Heinrich stampft wütend mit dem Fuß auf.

»Ist das Fischbrötchen auch glutenfrei?«, will die Frau wissen.

»Wat soll dat sein?«

»Meine Güte, meine Frau will wissen, ob in dem Brötchen Gluten drin ist?«, ranzt der Blonde den Ober an.

»Nee, normaler Bismarckhering.« Der Kellner im kurzärmeligen weißen Hemd mit den blauen Epauletten der Reederei lässt sich nicht aus der Ruhe bringen.

»Das hat mit den Standards der internationalen Schiffsgastronomie nichts mehr zu tun … aber auch gar nichts.« Der Familienvater hat einen roten Kopf bekommen. »Na, das wird sich auf dieser Linie ja nun bald ändern.«

»Wieso ändern?« Der Kellner stutzt erst, dann dämmert es ihm. »Ach so, Sie sind dat.«

»Ja, ich bin dat«, äfft der Blonde ihn ärgerlich nach und wischt sich die Haartolle aus dem Gesicht.

»Ja, dann bringen Sie uns schon so ein Fischbrötchen«, raunzt die Perlenketten-Mutter. Der Mann schnappt sich seine orange Regenjacke und verabschiedet sich nach draußen.

An den Schiffsfenstern rinnt der Regen herunter. Der lange Doktor Niggemeier ist voll darauf konzentriert, den Überblick über seine Klasse zu behalten. Dabei hat auch er Probleme auf dem schwankenden Deck das Gleichgewicht zu halten und seine Rhabarberschorle nicht zu verschütten.

In den Gängen zu den Treppen rutschen zwei Rollkoffer aus den Gepäckborden, machen sich selbstständig und fegen mit zunehmendem Tempo auf eine Schülergruppe zu. Elternvertreterin Frau Lammers-Lindemann, die nicht rechtzeitig von der Fähre heruntergekommen ist, irrt auf der Suche nach Tochter Anna-Lena über das Autodeck. Auf dem stählernen Boden läuft das Wasser hin und her. Nur ein paar Autos stehen an Deck, ein Laster, der die Insel mit Lebensmitteln versorgt, und mehrere Frachtanhänger der Nordfriesischen Fährreederei mit den großen Buchstaben NFR. Frau Lindemann rutscht auf dem nassen Metall aus und landet fast unter einem der Anhänger. Am Bug spritzt die Gischt auf das grün gestrichene Deck.

Die Tür des Salondecks nach draußen lässt sich kaum öffnen. Als Telje gegen die Tür drückt, wird sie vom Sturm gleich wieder zurückgestoßen.

»Willst du da echt raus?« Tadje ist noch überhaupt nicht überzeugt. »Das is voll das Unwetter.«

»Nee, das ist voll das Abenteuer. Los komm, Tadje!«

Die beiden drängeln sich durch einen Spalt hindurch. Draußen schlägt ihnen sofort das Wasser entgegen. Der Regen kommt von der Seite. Die ganze Luft ist nasskalt und schmeckt wie salzige Lakritze. Telje zieht die Kapuze ihres Anoraks zu und kämpft sich todesmutig durch den Regen. Tadje tapert hinterher. Vom unteren Fahrzeugdeck kommt ihnen die völlig aufgelöste Frau Lammers-Lindemann entgegen. »Habt ihr Anna-Lena gesehen?«

»Anna-Lena? Nee.« Telje schüttelt in ihrer Kapuze den Kopf.

»Nö, keine Ahnung«, nölt Tadje. »Was machen Sie denn hier überhaupt auf dem Schiff?«

»Hat denn hier keiner die Aufsicht?«, zetert die Elternvertreterin und ist schon wieder halb auf dem Gang mit dem Gepäck.

Telje und Tadje ziehen sich am Treppengeländer die stählernen Stufen zum Oberdeck hinauf. Auf halbem Weg kommt ihnen Junglehrerin Vanessa Loebell entgegen. »Na, auf stürmischer Kaperfahrt?«

»Genau!« Tadje und Telje blicken unternehmungslustig in den Sturm. »Die Mutter von Anna-Lena hat Sie grad gesucht.«

Loebell geht gar nicht darauf ein. »Als ihr mich auf dieser gottverlassenen Insel ausgesetzt habt, ist euch was Wichtiges entgangen«, proklamiert sie theatralisch mit kehliger Stimme. Die Zwillinge sehen sie staunend an.

»Captain John Sparrow.« Sie setzt demonstrativ einen finsteren Blick auf.

»Genau!«, lacht Telje.

»Ja, creepy«, nuschelt Tadje, um Coolness bemüht.

Die Deutschlehrerin mit der Vorliebe für klassische Abenteuerromane schlägt den Kragen ihrer U-Boot-Jacke hoch und steigt grinsend durch den Regen zum Bug des Autodecks hinunter.

Auf dem Sonnendeck gibt es kein Halten. Einzelne Sturmböen pfeifen laut an der Schiffsbrücke vorbei. Ein leerer Kunststoffeimer wird von dem Sturm scheppernd über das Deck geweht, hin und her. Dann bleibt er einen Moment am Metallgestänge der Reling hängen, ehe er von einer Bö geschüttelt in die tosende See flattert. Pearl und ihr Freund Bones hetzen mit über den Kopf gezogenen Jacken zwischen den Kunststoffbänken hindurch. Telje hat sie in der Dunkelheit fast gar nicht erkannt. Aber jetzt zucken die Blitze im Sekundentakt über den Himmel. Mehrere Möwen versuchen sich schreiend über den Rettungsbooten im Sturm zu halten.

Der blasse Lasse aus ihrer Klasse steht völlig durchnässt an der Reling. Die große Mütze hängt ihm tief in der Stirn. Mit beiden Händen hält er das Geländer umklammert und versucht verzweifelt, den Horizont zu fixieren. Aber ein Horizont ist kaum auszumachen. Auch wenn ein Blitz kurz aufleuchtet, sind nur die bedrohlich hohen Wellen mit den Schaumkronen zu erkennen. Ab und zu ist das kurze Blinken eines fernen Leuchtturms zu sehen.

»Alles klar bei dir, Lasse?« Tadje kann kaum mehr aus ihrer Kapuze herausgucken.

»Tadje, lass mal. Mir is grad nich so gut.« Gegen den

Sturm ist er kaum zu verstehen. Er starrt weiter in die Dunkelheit, ohne sich umzudrehen. »Ich glaub, ich muss gleich abreihern.«

»Aber bitte nich in unsere Richtung!« Tadje und Telje springen sofort aus der Windrichtung in Deckung. Lasse ist ja immer blass. Aber als wieder ein Blitz über den Himmel zuckt, leuchtet er jetzt kalkweiß mit einem Stich ins Grünliche. Mitschülerin Silja versucht das mit ihrem Handy festzuhalten.

Von der anderen Seite des Sonnendecks kommt auf einmal noch ein anderes Blitzen. Gina-Marie und Sophie machen Selfies und Videos.

»Echt krank!«, johlt Gina-Marie und liegt sich mit Sophie in den Armen. »Sooo krank!« Beiden kleben die Haare klitschnass im Gesicht und die Schminke zerläuft.

»Wind in den Segeln, Wind in den Segeln«, kreischt Silja.

»Lasst die Segel fallen und vor den Wind … Und bring mich an den Horizont!«, schreit Sophie mit sich überschlagender Stimme. Gina-Marie und Silja tänzeln dazu vor dem Handy und reißen die verschmierten Augen auf wie Captain Sparrow. Die Mädels befinden sich mitten im ›Fluch der Karibik‹.

»Hej Telje, läuft bei dir?«, ruft Sophie. »#pirates-off-amrum!«

Telje winkt ab. »Hallo? Ihr und Piraten? Das is jetzt echt der Megawitz!«

4

Als Telje und Tadje sich ein Stück in den Windschatten an die Wand der Schiffsbrücke stellen, werden sie von einer riesigen dunklen Gestalt in einer Öljacke aus der Abteilung für Sondergrößen fast über den Haufen gerannt. Der Typ hat ein gewaltiges Kreuz, sein Gesicht ist breit wie ein Schinken und er humpelt. Unter seiner rechten Achsel klemmt eine altertümliche Krücke, mit der er sich erstaunlich behände bewegt.

»Wie Long John Silver aus der ›Schatzinsel‹«, flüstert Telje ihrer Schwester zu.

Quer über seine Backe läuft ein schmutzig weißer Strich, wie von einem Säbelhieb. Die blauen Augen und die Narbe leuchten im grellen Licht eines Blitzes kurz auf. Die schwieligen Hände mit den schwarzen Fingernägeln streichen die nassen Haare aus dem breiten Gesicht. Er spuckt eine Ladung Kautabak in den Wind. Dann verschwindet er röchelnd hinter einer Stahltür mit der Aufschrift »Zutritt verboten«. Den Zwillingen läuft es kalt den Rücken herunter.

Im nächsten Moment kommt wie aus dem Nichts ein anderer Mann in einem wehenden Regencape. Er hängt eine Kette aus und stampft, nachdem er sie wieder eingehängt hat, eine steile Treppe seitlich der Schiffsbrücke hinauf. Unter dem Cape lugt kurz die blaue Uniform der »Nordfriesischen Fährreederei«

hervor. Der Mann trägt eine durchnässte Wollmütze und hat einen langen Vollbart. Durch den Regen kleben die langen Barthaare in durchnässten, sich kräuselnden Büscheln zusammen, die ihm wie ein Würmergeflecht aus dem zerfurchten Gesicht kriechen, wie die Tentakel eines Kalmars.

»Spooky«, raunt Tadje ihrer Schwester zu.

»Das war Davy Jones aus den ›Pirates‹!«, flüstert Telje.

»Hör bloß auf!« Tadje wird die Sache jetzt tatsächlich unheimlich.

Dann steht im hellen Blitzlicht des näher kommenden Gewitters plötzlich noch ein Mann an der Reling. Er ist eher klein und trägt eine modisch geschnittene orange Windjacke. Unter der Kapuze schaut eine blonde Haartolle heraus.

Gina-Marie, Silja und die anderen haben sich inzwischen verzogen. Und auch der bleiche Lasse wankt stöhnend Richtung Schiffstoiletten.

»Telje, wollen wir nich auch mal wieder rein?« Tadje will ins Trockene.

»Wieso, ist doch grad megaspannend«, flüstert Telje und streckt ihren Kopf etwas mehr aus ihrer Kapuze heraus. In dem Moment öffnet sich nämlich die schwere Stahlluke erneut. Der Riese mit der Narbe, Long John Silver, kommt wieder heraus. Die Zwillinge gehen unter einem Rettungsboot in Deckung.

»Ganz schön was los hier!«, flüstert Telje.

Long John Silver steigt umständlich über die hohe Schwelle der Luke und humpelt quer über das Deck auf den Typen in der orangefarbenen Jacke zu. Die

Zwillinge sehen jetzt ganz deutlich, dass er hinkt, so als fehlte ihm ein Bein ... tatsächlich genau wie Long John Silver. Telje und Tadje sehen sich an und der nächste Schauder läuft ihnen über den Rücken. Sie verkriechen sich noch ein Stück weiter unter dem Rettungsboot und versuchen hinter einer herabhängenden Plane das Geschehen trotzdem im Blick zu behalten.

Der Hüne steuert hinkend, aber zielstrebig auf den Mann an der Reling zu. »Wat willst du hier schon wieder?!« Er gibt ein raues Grunzen von sich.

»Komm, zieh Leine! Lass mich in Ruhe!«, ruft der Typ in Orange, der fast zwei Köpfe kleiner ist. Die blonde Poppertolle klebt mittlerweile auf seiner Stirn. Er dreht sich um und will Richtung Treppe verschwinden.

»Bleib mal stehen, Freundchen!«, brummt Long John Silver ihm hinterher. »Ihr habt hier nix zu suchen!« Seine Stimme klingt ein paar Oktaven tiefer. Mehr können Telje und Tadje nicht verstehen. Eine Sturmbö pfeift mit einer Regendusche einmal über das ganze Sonnendeck. Dann zuckt wieder ein Blitz über den Himmel und fast gleichzeitig ertönt ein Donnern. Das Gewitter ist direkt über ihnen.

John Silvers Narbe leuchtet gespenstisch. Dann humpelt er hinter dem Mann in der orangefarbenen Jacke her. Beide verschwinden aus dem Blickfeld der Zwillinge. Im Sturm dringen nur ein paar Wortfetzen zu ihnen durch. Sie verstehen so etwas wie »... das große Geld« und »... der Schatz auf den Inseln«. Dann hören sie nur noch, wie unter ihnen die Gischt auf das Autodeck schwappt. Guschhhh.

»Komm, Telje, lass uns abhauen.« Tadje wird langsam mulmig.

»Pssst!« Telje hält ihre Schwester zurück. »Jetzt wird's doch grad interessant. Genau wie Jim Hawkins in der ›Schatzinsel‹, als er in der Tonne die Meuterer belauscht.«

Im Heulen des Sturmes meinen sie vage noch ein paar Geräuschfetzen zu hören, undeutliche Stimmen und einen Schrei. Am Horizont ist jetzt immer deutlicher das Blinken eines Leuchtturms zu erkennen.

Die Zwillinge wollen grade unter dem Rettungsboot hervorkriechen, als eine ihrer Mitschülerinnen juchzend an ihnen vorbei auf das Sonnendeck läuft, gefolgt von einer weiteren Person. Telje und Tadje erkennen das rote Piratentuch von Manuel Scholz sofort. Und das Mädchen ist Leonie, die hübsche Leonie, hinter der alle Jungs her sind.

»Nee, nä«, entfährt es Tadje.

»Hammer«, haucht Telje.

Im selben Moment huscht eine weitere Gestalt in Schwarz an ihnen vorüber und gleich darauf eine zweite. Es sind Pearl alias Petra und Bones. Auch sie verschwinden sofort unter der Plane eines Rettungsbootes, ein paar Meter weiter als die Detlefsen-Zwillinge. Trotz der Dunkelheit sieht man, dass Pearl ein Smartphone in der Hand hat und es in Richtung von Manuel Scholz und Leonie hält. Telje stößt ihre Schwester aufgeregt in die Seite.

Der Referendar jagt die Schülerin durch die Sitzreihen auf dem Deck. Die Pailletten auf Leonies Schuhen leuchten in einem Blitz kurz auf. Die beiden hetzen lachend und keuchend zwischen den Kunststoffbänken hindurch. Sie wirken vollkommen unbeeindruckt von dem Wetter. Leonie trägt eine Schirmmütze, die sie sich ins Gesicht gezogen hat. Darunter hängt ihre lange Mähne, die bei dem Regen arg gelitten hat, heraus. Sie bleibt stehen. Der Referendar stutzt einen Moment, dann zieht er sie an sich. Sie bleiben einen Moment wie versteinert stehen. Dann küssen sich die beiden – mitten auf dem Sonnendeck, mitten in diesem Unwetter.

»Wie peinlich ist das denn jetzt?« Telje kann es nicht fassen.

»Und wat machen Pearl und Bones da?«, fragt sich Tadje.

»Keine Ahnung … Die filmen das.«

»Aber wozu? … Als mein schönstes Ferienerlebnis posten oder wat?« Tadje staunt.

»Pearl is alles zuzutrauen«, murmelt Telje finster.

Aus dem Schatten des Rettungsbootes reckt Pearl ihre Hand mit dem Handy in Richtung des Liebespaares. Der Ärmel ihres schwarzen Capes ist ein Stück hochgerutscht. Im Licht eines Blitzes leuchtet kurz ihr Tattoo auf. Der Viermaster mit den schwarzen Segeln und darunter die geschwungenen Buchstaben »Black Pearl«. So genau zu sehen ist das eigentlich nicht. Aber Telje und Tadje und alle anderen kennen das Tattoo natürlich sehr genau.

Pearl und Bones filmen oder fotografieren Manuel Scholz und Leonie die ganze Zeit. Dass sie gleichzeitig von Telje und Tadje beobachtet werden, bekommen sie nicht mit. Nachdem sie sich eine Weile geküsst haben, lösen sich der Referendar und die Schülerin voneinander. Leonie und Pirat Manuel stürmen in dieselbe Richtung wie vorhin Long John Silver.

Frierend krabbeln Telje und Tadje aus ihrem Versteck, ohne dass Pearl und Bones das mitbekommen. Ihre anderen Mitschüler sind alle verschwunden. Auch von Long John Silver und dem Typen in der orangen Jacke ist weit und breit nichts mehr zu sehen. Die Zwillinge sind schon halb die Stahltreppe zum Salon hinuntergestiegen, als sie im Sturm ein Geräusch hören. Ein seltsames Klackern. Wie mehrere Billardkugeln, die ganz schnell aneinanderstoßen. Es klingt noch härter, fast wie das Rattern eines Maschinengewehrs. Die beiden horchen. Vermutlich sind es irgendwelche Stahlteile des Schiffes, die im Sturm scheppern.

»Creepy«, flüstert Tadje.

»Random.« Telje wischt sich den Regen aus dem Gesicht. »Megarandom.«

5

Der Regen peitscht gegen die Scheiben des kleinen Imbisses, der Sturm rüttelt an der großen Glastür. Aber die Runde in der »Hidden Kist« bleibt von dem Wetter unbeeindruckt. Die Stimmung an den beiden Stehtischen ist regelrecht ekstatisch. Die Biere und Schnäpse gehen zügig über Antjes Glastresen. Piet Paulsen schafft sich mit einem »Putenschaschlik Hawaii« die nötige Grundlage. Bounty genehmigt sich den einen oder anderen Kokosriegel, den er sich mit Mischlingshündin Susi brüderlich teilt. Doch Antjes »Internationale Spezialitäten« sind heute Abend nebensächlich. Thies, Klaas, Piet Paulsen und die anderen gucken eine Sportsendung nach der anderen an, um die drei HSV-Tore immer noch einmal zu genießen.

»Hier«, Paulsen zeigt krächzend auf den Flachbildschirm, »gleich sind Nachrichten, da kommen die Tore auch noch mal.«

»Scheiße, is dat geil.« So sehr hat sich der Schimmelreiter noch nie für die Tagesschau interessiert. Die eingeschworene Gemeinschaft kann sich an den drei Toren gar nicht sattsehen. Inzwischen läuft ›Das Aktuelle Sportstudio‹. Paulsen, Klaas, Thies und die anderen fiebern der ultimativen Spielanalyse entgegen.

»Den Elfer? Na ja, kann man geben«, meint Klaas. Da ist sich die Runde einig.

»Wieso, der berührt ihn doch gar nich«, wagt Antje nach der sechsten Zeitlupe anzumerken.

»Dat kannst du durch den Dampf aus deiner Fritteuse doch gar nicht erkennen«, protestiert Paulsen vehement.

»Und dat Abseits?« Thies überlegt. »Na ja, Tatsachenentscheidung.«

Klaas nickt zustimmend. »Dat is Fußball.«

Sogar Uwe Seeler äußert sich mal wieder öffentlich zu den strittigen Entscheidungen. »Ich bin jetzt erst mal dafür, die Relation im Dorf zu lassen«, bringt der Ehrenspielführer der deutschen Nationalmannschaft die Dinge auf den Punkt.

Die Quote von Paulsens Fußballwette dagegen sprengt alle Relationen. Sie ist sensationell. Piet Paulsen hatte als Einziger in ganz Deutschland das erstaunliche Ergebnis getippt. Und auch die anderen Tipps seiner Kombiwette stimmten. Der Fredenbüller Rentner ist völlig von den Socken, als er seinen genauen Gewinn erfährt.

»Siebentausend …« Vor lauter Aufregung rutscht ihm die schwere Gleitsichtbrille auf die Nase. »… sechshundert…fünfundzwanzig.« Paulsens Blutdruck steigt. Der knallgrüne Plastiksticker mit einem Stück Schaschlik darauf zittert in seiner Hand.

»Siebentausendsechshundertfünfundzwanzig!«, wiederholt Klaas anerkennend.

»Kombiwette, nä!«, plärrt der Schimmelreiter.

»Komm, Piet, ganz ruhig durchatmen«, sorgt sich Antje.

Doch nach einem Jägermeister hat sich der Landmaschinenvertreter a.D. wieder voll im Griff. Im Aktuellen Sportstudio streiten sich inzwischen die Schiedsrichter. Die Imbissrunde rätselt bei weiteren Kräuterschnäpsen derweil über das Zustandekommen von Paulsens Sportwette. Piet hat den Tipp von Knut. Aber woher wusste Thies' alter Kollege und Ex-Chef Knut Boyksen, der seit der Pensionierung wieder auf seiner Heimatinsel Amrum lebt, die genauen Ergebnisse?

»Knut kennt den Fußball.« Paulsen hat schließlich in den letzten vierzig Jahren etliche Bundesliganachmittage mit Boyksen verbracht.

»Und er hat dieses Bauchgefühl«, gibt Thies zu Bedenken. »Dat brauchst du in unserm Beruf.«

»Bounty hat schon recht, dat geht ins Spiritistische«, vermutet Klaas und prostet den anderen zu.

Vor allem Piet Paulsen ist nach etlichen Jägermeistern schwer in Stimmung gekommen. »Morgen fahren wir alle zusammen nach Amrum rüber. Für 'n paar Tage zum Relaxen. Ich lad euch alle ein. Wat sacht ihr?«

»Relaxen?«, nölt Bounty, der eigentlich immer einen ziemlich relaxten Eindruck macht.

»Na ja, nach dem Stress hier heute Abend.« Paulsen bleckt die dritten Zähne.

»Wieder ins Mutter-und-Kind-Heim, Piet?« Klaas grinst breit. Seinen Kuraufenthalt dort vor ein paar Jahren hat der Rentner nicht in der allerbesten Erinnerung.

»Nee, Thies, wat is hier … bei Madame in der Wellnessoase, wo ihr mal wart?«, kontert Paulsen.

»Ja, Friesenhof ›Pidder Lyng‹. Wie heißt sie noch gleich? Happy Puttkammer.«

»Piet, da geht dat gleich ab in die Farblichttherapie«, feixt Klaas.

Klaas ist sofort dabei. »Montag, Dienstag is sowieso nur wenig Post, dat kann ich auch 'n Tag später machen.« Außerdem ist Klaas grade Strohwitwer. Seine sächsische Freundin Mandy serviert in einem Eiscafé auf Sylt. Auch Bounty und der Schimmelreiter Hauke Schröder sind begeistert. Antje und Thies zögern noch.

»Freunde, ich kann die Wache nich einfach alleinlassen. Wie stellt ihr euch das vor?«

»Komm, Thies, was soll sein? Passiert doch mal wieder nix in Fredenbüll«, wendet Bounty ein. Thies wirft ihm einen bösen Blick zu. Aber er hat ja recht. In der letzten Zeit war es tatsächlich ziemlich ruhig. Nur die üblichen Raser und Falschparker am Deich. »Hmm …« Thies nickt zögernd.

Jetzt sehen alle Antje herausfordernd an.

»Ich kann doch den Imbiss nich einfach dichtmachen. Wat is mit meiner Kundschaft?«

»Kundschaft?«, wundert sich Paulsen. »Wieso, wir sind doch dann alle drüben.«

Antje überlegt. »Dann pack ich uns aber schön 'ne Kühltasche mit 'n paar ›Croque Störtebeker‹ und dann vielleicht 'n Kasten Bier.«

»Ihr glaubt dat nich, aber Bier haben die da auch auf der Insel«, gibt Paulsen zu bedenken. In dem Moment klingelt Thies' Handy. Er wirft einen Blick auf das Display.

»Heike?«, fragt Klaas.

»Nee, Knut Boyssen. Wat will der denn?«

»Wat von den siebentausend abhaben«, vermutet der Schimmelreiter.

Als Thies den Anruf annimmt, bekommt er schlagartig seinen Kuhblick. »Um Gottes willen! Wat is mit den Zwillingen?!«, stammelt er.

Dem Fredenbüller Dorfpolizisten ist plötzlich sämtliche Farbe aus dem Gesicht gewichen. Er greift sich panisch in seinen blonden Frontspoiler. Antje stellt augenblicklich das Sportstudio auf stumm. Die Belegschaft an den beiden Stehtischen ist mit einem Mal wieder nüchtern.

»Thies, wat is?«, will Antje wissen.

»'n Toter auf der Fähre. Und Telje und Tadje mittendrin. Ich muss sofort Nicole Bescheid sagen.«

6

»Der ist voll tot.« Gina-Marie dreht sich mit ernster und wichtiger Miene zu ihren Mitschülern um und lässt fast etwas Stolz in der Stimme mitschwingen. Sie, Silja und Sophie haben den Mann in der Regenjacke schließlich entdeckt. Aber jetzt sind sie doch geschockt.

»Das ist echt so derbe«, haucht Silja und starrt fasziniert auf den Toten.

»Krass«, bestätigt Lasse, der schon wieder leicht ins Grünliche tendiert.

»Achtung, Digga, nich umkippen«, brummt Ove und streicht sich einmal über seine Teppichfliesen-Frisur.

Trotz des heftigen Regens hat sich auf dem Sonnendeck der »MS Rungholt« eine Menschentraube gebildet. Einige der Schüler aus der Husumer 10a haben sofort wieder ihre Handys gezückt und halten die Apparate über ihre Köpfe, um ein Foto zu schießen. Durch das Gedrängel aus Schülern und neugierigen Herbsturlaubern ist kaum ein Durchkommen. Der Seemann mit der Narbe blickt kurz aus seiner Luke heraus. Dann schließt sich die Stahltür mit der Aufschrift »Zutritt verboten« wieder.

Der Mann in der orangen Regenjacke sitzt in sich zusammengesunken auf der langen Kunststoffbank im Regen. Er ist kalkweiß und vollkommen durchnässt. Auf der Sitzbank neben ihm steht das Wasser. Ein an der Schiffsbrücke hängender Bordscheinwerfer ist wie ein Bühnenlicht auf ihn gerichtet. Das schrille Orange seiner Windjacke schreit durch die graue, stürmische Nacht. Die modische kaum getragene Jacke ist vorne auf der Brust beschädigt. Auf den ersten Blick ist es kaum zu erkennen. Es sieht aus wie ein sauberer Schnitt, ziemlich exakt in der Herzgegend. Aus diesem Schlitz muss reichlich Blut geflossen sein. Denn darunter sind rote Flecken zu erkennen. Eher undeutlich. Die rote Farbe ist durch den Regen streifig heruntergewaschen. Auf dem grellorangen Goretex-Stoff hebt sich das Blutrot kaum ab.

Seine Frau in Steppweste sitzt mit Sohn Heinrich abseits ein paar Bänke weiter und starrt auf den nächtlichen Fähranleger. Sie sind genauso regungslos. Nur ihre rechte Hand zupft abwesend an der Perlenkette.

Knut Boyksen ist sofort nach Wittdün an den Anleger gekommen und hat die Abendfähre in Empfang genommen. Die Schülerinnen hatten den Toten bei Windstärke zehn vor Langeneß entdeckt. Der Käptn hatte gleich den Wachhabenden Nis Nissen auf Föhr informiert und sicherheitshalber auch Knut Boyksen. Die kleine Polizeiwache auf der Insel war vor ein paar Jahren geschlossen worden. Seitdem ist Föhr zuständig. Aber ehe der immer etwas tranige, wenig gesprächige Kollege mit dem Boot von der Nachbarinsel herübergekommen ist, wenden die Amrumer sich lieber gleich vertrauensvoll an Knut Boyksen, der auch nach der Pensionierung noch nicht ganz von der Polizeiarbeit lassen kann. Bei den Insulanern genießt der ehemalige Polizeiobermeister höchste Anerkennung.

Bei der weiblichen Inselbevölkerung hilft ihm dabei sicher auch seine entfernte Ähnlichkeit mit George Clooney. »Man muss sich ihn nur zwanzig Jahre jünger, ohne grauen Bart und Schippermütze vorstellen«, sagt Klaas.

Während auf der »Rungholt« alles drunter und drüber geht, hat Boyksen die Lage voll unter Kontrolle. »Keiner verlässt die Fähre ohne meine Erlaubnis«, brummt Boyksen mit rollendem R. »Nix berühren hier … auf gar keinen Fall die orange Regenjacke anfassen.« Wie Boyksen mit Schiffermütze und gelber Öljacke inmitten der Schaulustigen steht, sieht es aus, als wolle er gleich zu einer geführten Wattwanderung aufbrechen. Er genießt seine Rolle ganz offensichtlich.

»Dat ist der junge Blankenhorn«, ruft einer der Fährleute.

»Von dieser Hamburger Reederei?«, fragt ein anderer und macht eine wegwerfende Handbewegung. Knut Boyksen nickt.

Die Frau hat ihren toten Mann natürlich sofort identifiziert. Es handelt sich um Bent Blankenhorn, den Juniorchef der Hamburger Reederei »Blankenhorn Shipping«, die bei der Crew der NFR, der »Nordfriesischen Fährreederei«, nicht sonderlich beliebt ist. In der letzten Zeit wurde der schnieke Jungreeder des Öfteren auf den Inseln gesichtet. Boyksen hat mit ihm sogar schon mal ein Bier in seiner Stammkneipe »Zum Lustigen Seehund« getrunken. Es gibt Gerüchte, »Blankenhorn Shipping« wolle in das Fährgeschäft auf den nordfriesischen Inseln einsteigen.

Über seinen Handy-Knochen aus den Kindertagen

der digitalen Revolution ist Boyksen in ständigem Kontakt mit seinem alten Kollegen Thies Detlefsen und der Hauptkommissarin Nicole Stappenbek von der Mord Zwei in Kiel. Boyksen ist sich nicht ganz sicher, wie er mit dem Toten verfahren soll, bis die Kollegen von der Spusi angerückt sind.

»Nix anfassen, ich weiß schon«, brummt er in sein Handy. »Aber wenn der Tote hier die ganze Nacht im Regen sitzt, dann gibt dat keine Spuren mehr. Außerdem läuft die ›Rungholt‹ morgen früh um sechs wieder aus. Dat macht sich nich so gut, wenn unser Freund in Orange dann noch an Deck sitzt.«

Trotz des Regens wird die Gruppe der Schaulustigen immer größer. Alle schreien aufgeregt durcheinander. Zwischendurch surrt und klimpert immer wieder ein Handy. Die Mädchen der 10a drehen jetzt richtig auf. »Das ist so krank!«, jammert Gina-Marie mit theatralischer Geste. »Echt mega!«, schluchzt Sophie. Aber so schockiert wirken die Mädchen gar nicht, eher fasziniert. Als Silja gerade ein Selfie mit Knut Boyksen und dem Toten machen will, wird Klassenlehrer Niggemeier sauer. »Silja, das darf jetzt echt nicht wahr sein.«

»Gina-Marie hat eben auch schon eins gemacht.«

»Ja, schlimm genug, deshalb musst du nicht auch noch eins machen.« Der lange Klassenlehrer ist voll und ganz damit beschäftigt, seine Schüler einzusammeln. »Wo sind die Kollegen Loebell und Scholz überhaupt?«

»Der Manuel?« Sophie sieht ihn mit großen Augen an. »Keine Ahnung.«

»Und wo ist eigentlich Leonie?«, fragt Silja und wirft ihren Freundinnen einen vielsagenden Blick zu.

»Müssen die jungen Leute denn alles versperren«, schimpft eine Rentnerin mit Regenhaube und versucht sich mit beherztem Einsatz ihrer Walkingstöcke zu dem Toten durchzudrängeln.

»Na, Oma, auch mal an die Leiche ran?«, motzt Pearl mit verstellter grimmiger Stimme.

»Kein Benehmen mehr, die Jugend«, zischt die Rentnerin.

Mittlerweile ist auch der zuständige Diensthabende aus Föhr angereist. Nis Nissen versucht verzweifelt, die Passagiere am Verlassen des Schiffes zu hindern, womit er sichtlich überfordert ist. Der Föhrer Beamte steht mit ausgestreckten Armen auf der Fahrzeugrampe.

»Ich brauch die Namen und die Adressen von allen Leuten, die auf der Fähre waren.« Aber ehe Nissen der Satz in Zeitlupentempo über die Lippen gekommen ist, sind selbst die beiden Seniorinnen mit Rollator im wartenden Bus verschwunden. Erst will Nissen ihnen hinterherlaufen. Dann merkt er, dass inzwischen die nächsten Schiffspassagiere an ihm vorbeischlüpfen. Hinter dem Linienbus wartet der Bus vom Schullandheim schon seit Ewigkeiten auf die Husumer 10a. Und auf dem Autodeck werden die Autofahrer langsam ungeduldig und hupen. Nissen notiert unermüdlich Namen und Adressen. Aber er schreibt eben nicht unbedingt schneller, als er spricht. Inzwischen unterstützten ihn zwei Kellner aus der Bordcafeteria. Vanessa Loebell und Manuel Scholz stehen mit der halben Klasse abfahrbereit auf der Rampe, während Doktor Niggemeier das Schiff nach Versprengten aus seiner Klasse absucht.

In einer Telefonkonferenz beschließen Knut Boyksen, Thies und Nicole Stappenbek, den toten Jungreeder doch schnell von Bord der Rungholt herunterzuholen. Bis die Kieler Kommissarin mit den Kollegen von der Spurensicherung am nächsten Morgen anreist, wird Bent Blankenhorn kurzerhand in ein Rettungsboot-Persenning verpackt und im Frachtdepot des Anlegers untergebracht.

»Aber nich hier auf dat Sofa!«, protestiert der Hafenmeister. »Dat sind neue Möbel für 'ne Ferienwohnung in Norddorf. Die sollen morgen früh ausgeliefert werden.«

7

Nach der dramatischen Überfahrt entern die Jugendlichen völlig überdreht das Schullandheim. Einige stolpern noch ganz benommen von den Ereignissen auf der Fähre durch die schmalen Gänge des Hauses. Andere drängeln an ihnen vorbei, um einen Schlafplatz im Vierbettzimmer mit der engsten Freundin oder den beliebtesten Klassenkameraden zu ergattern. Torben-Hendrik schleudert Ove seine große Reisetasche in die Kniekehlen, dass der fast hinfällt.

»Ey, Digga, pass auf!«, motzt Ove.

Tjark wirft seinen Seesack über mehrere Köpfe hinweg in einen der Räume. Gina-Marie fotografiert das mit ihrem Handy. Anna-Lenas Smartphone klingelt pausenlos. Immer wieder erscheint »Ma« auf dem Display. Anna-Lena drückt den Anruf sofort weg und rollt mit ihrem Gepäck hinter Telje her. Überall stehen Koffer und Taschen herum. Wo die Mädchen- und wo die Jungenzimmer sind, ist im Augenblick noch nicht ganz klar.

»Freunde, bitte etwas gesitteter«, mahnt Klassenlehrer Niggemeier, bleibt aber ungehört. »Wo sind eigentlich Scholz und Frau Loebell?«

»Die suchen auch ihre Zimmer«, ruft Lasse.

»Nee, Manuel verstaut sein Board draußen in irgend so einem Schuppen oder so«, meint Silja.

»Sein Board?« Niggemeier ist nicht mehr ganz Herr der Lage und schüttelt verwundert den Kopf.

»Manuel und die Loebell haben doch ihre Surfbretter dabei. Die wollen Kiten.«

»Wie bitte? Die beiden sind nich zum Spaß hier.« Niggemeier ist empört. »Wir sind hier nich in Kalifornien, sondern auf Klassenreise an der Nordsee.«

»Ja, wieso sind wir eigentlich nicht in Berlin wie die anderen Zehnten?«, will Anna-Lena wissen.

»Das haben wir deiner Mutter zu verdanken«, brummt Niggemeier. Anna-Lena verdreht entnervt die Augen.

Auch beim Kofferrollen und Einräumen ihrer Zimmer behalten die Schüler stets ihre Handys im Blick, auf denen ständig neue Textnachrichten und Emojis eingehen. Eines der Mädchen ist deshalb schon gegen einen Bettpfosten gelaufen.

Leonie landet versehentlich im Zimmer von Deutschlehrerin Vanessa Loebell, die gerade ihre maritime Garderobe sortiert. Neben den Klamotten liegt das Bett voller Krimskrams. Eine alte Navy-Cut-Zigarettenschachtel, ein antiquarischer Kompass, ein Schekel und zwei mit einer exotischen Gravur verzierte dunkle Holzkugeln, die durch ein Band verbunden sind.

»Das sieht ja cool aus«, staunt Leonie. »Was ist das denn?«

»Das sind Bola-Bola-Kugeln. Schönes Stück, oder?« Vanessa nimmt eine Kugel in die Hand. »Das haben die Ureinwohner in Südamerika bei der Jagd benutzt.«

»Cool. Voll interessant. Sind die echt aus dem Urwald?«

»Ja, so ein Souvenir, hab ich als Talisman immer dabei.«

Ein paar Türen weiter zieht Tadje ihren knallroten Rollkoffer in das Zimmer »Seeschwalbe« und wirft ihren Rucksack auf das einzige freie Bett. Silja, Sophie und Gina-Marie stürmen alle gleichzeitig auf sie los.

»Nee, komm, Tadje, was willst du denn? Besetzt!«, tönen die drei im Chor.

»Wie? Besetzt?« Tadje rollt den roten Koffer mitten ins Zimmer. »Kann ich nichts von sehen.«

»Da schläft Leonie!« Sophie lässt überhaupt keine Zweifel aufkommen.

»Leonie? Wo denn?«

»Ja, Leonie!«, höhnt Gina-Marie. »Grade offline, oder was?«

»Bist du dumm?«, zischt Sophie. »Tadje, du bist hier nich mehr auf der Gemeinschaftsschule in Bredstedt.«

»Schläft Leonie nicht im Zimmer bei ihrem Piraten?« Tadje zieht eine Grimasse.

»Hallo, geht's noch?«, prustet Sophie entrüstet. Die anderen kichern hinter vorgehaltener Hand.

»Ach nee, ihr seid ja alle in den Hilfspiraten verknallt. Wie konnte ich das vergessen.«

»Im Gegensatz zu dir, Pummelchen, haben wir 'ne echte Chance«, ätzt Gina-Marie.

Tadje wirft auch ihren Anorak auf das Bett. Sophie nimmt ihn sofort wieder herunter und pfeffert ihn auf Tadjes Koffer. »Komm, Tadje, mach 'n Abflug.«

»Weggegangen, Platz vergangen«, quakt Tadje in Kleinmädchenmanier. »Reservierung gibt's hier nich.«

»Willst deinen Papa, den Polizisten, holen und der verhaftet uns dann?« Die drei johlen. »Uh, wir haben ja sooolche Angst.«

Inzwischen stehen Telje und Tjark in der Tür. »Komm, Tadje, was willst du mit den Hühnern?«

»Oh, jetzt kommt Verstärkung.« Gina-Marie wirft die blonde Mähne. »Na, Tjark, der große Beschützer?« Sie plinkert ihm provozierend zu. Tjark war ja mal Teljes Freund und Tadje hat ihn auch mal geküsst. Aber inzwischen haben die Zwillinge ihn abgeschrieben, und die anderen Mädchen in ihren hautengen Skinny-Jeans haben Tjark mit seiner halbheruntergelassenen Rapperhose erst recht nicht auf dem Zettel. »Hat's die Hose nicht noch 'ne Nummer größer gegeben?«, ätzt Gina-Marie.

»Ihr seid so krass peinlich«, pflaumt Tadje sie an.

»Und du bist so was von f-f-fett!« Sophie wirft ihr einen provozierenden Blick zu.

Tadje steht mit offenem Mund da. Sofort springt Telje für ihre Zwillingsschwester ein. »Halt doch deine blöde Klappe«, giftet sie zurück. »Tadje ist einfach nur normal, nich so 'n magersüchtiger Hungerhaken wie du.«

»Komm, Telje, ich kann mich selbst verteidigen.«

»Na, Sophie?«, legt Telje noch mal nach. »Willst nich zwischendurch mal kotzen gehen.«

»Das ist doch überhaupt nicht wahr!« Für Sophie ist der Spaß jetzt vorbei. »Das find ich so was von ... weiß nich ... keine Ahnung.«

»Komm, Tadje, bei Anna-Lena und mir ist noch 'n Bett frei«, ergreift Telje die Initiative.

»Echt?« Tadjes Gesicht hat mittlerweile die Farbe ihres Koffers angenommen.

»Ja, los, komm«. Allzu begeistert klingt Telje nicht. »Oder willst du lieber zu Pearl ins Zimmer? Bei der sind noch alle Betten frei.«

8

Das Lokal »Zum Lustigen Seehund« ist brechend voll. Der spritige Dunst von Rumgrog hängt im ganzen Raum über den Tischen und dem schummrigen Tresen. Die zahlreichen Gäste sind in angeregten Diskussionen und versuchen sich gegenseitig zu übertönen. Das Stimmengewirr mischt sich mit ›Yellow Submarine‹, das gerade aus der alten Wurlitzer-Truhe leiert. Die Musikbox ist ein Original aus den späten Fünfzigern, und das vielfältige, überwiegend maritime Repertoire ist im Schnitt nicht viel jünger. Es reicht von dem Hans-Albers-Klassiker ›La Paloma‹ und Freddys ›Die Gitarre und das Meer‹ bis zu den Beatles und Donovans Ballade ›Atlantis‹, die Vogelwart Nils Gerckens immer wieder drückt. Die maschinengeschriebenen Schildchen mit den Titeln neben den Tasten sind verblichen. Aber die Stammgäste wissen, wo sie für ihre Favoriten drücken müssen. Außerdem kennt der kneipeneigene Papagei Käptn Flint, der normalerweise im Flaschenregal über dem Tresen sitzt, sämtliche zu den Songs gehörenden Buchstaben-Zahlen-Kombinationen.

Seit Raik Rettmer die heruntergekommene Kneipe im Sommer übernommen hat, ist sie zur echten Touristenattraktion geworden. Der Laden ist immer noch gammelig, aber gerade das macht seinen Reiz aus. Draußen über der Tür hängt noch die alte, verblichene Leuchtreklame mit dem Seehund, die nachts schummrig bis auf die Steenodder Mole hinüberleuchtet. Drinnen ist die Seefahrerspelunke eher noch düsterer geworden, seit Rettmer sie mit allerlei Strandgut, Schiffslaternen, einem Steuerrad, zerrissenen Fischernetzen, alten, verrosteten Schildern und Ölkanistern ausstaffiert hat. Über dem reichlich mit Rum aus der Karibik gefüllten Flaschenregal hängt ein geschnitztes hölzernes Wappen Nordfrieslands mit dem wellenförmig geschwungenen Satz »Lewwer duad üs Slaav!« darunter. Diesen Satz aus Detlev von Liliencrons berühmter ›Pidder-Lyng‹-Ballade hatte Rettmer vor einigen Jahren in Selbstmordabsicht vom Balkon des Amrumer Leuchtturms in die Mondnacht geschrien, nachdem er einen Hamburger Grundstücksmakler ins Jenseits befördert hatte. Thies und Nicole hatten sich zunächst gewundert, dass Rettmer schon wieder auf freiem Fuß war. Aber sein Strafverteidiger hatte es im Prozess hinbekommen, dass die Tat nur als »minderschwerer Fall von Totschlag« bewertet wurde. Und dann hatte sich Rettmer offenbar gut geführt.

Während seiner Haft in der Justizvollzugsanstalt Hamburg-Fuhlsbüttel hatte Rettmer zusammen mit einem Journalisten ein Buch geschrieben, in dem er sich selbst zum nordfriesischen Freiheitshelden verklärt und sich eine Familienlegende aus der Walfängerzeit zurechtgezimmert hat. Das Buch war sogar einige Zeit auf der Bestsellerliste gewesen und ist seitdem ein Verkaufsschlager in den Inselbuchläden der gesamten Nordseeküste. Durch ehrliche Arbeit als Koch und Hausmeister hatte er seinen Traum vom eigenen Lokal nicht verwirklichen können. Ein vergifteter Krabbencocktail und mehrere spektakuläre Todesfälle hatten ihm schließlich zur erträumten Seemannskneipe verholfen.

Gleich in seiner ersten Saison hat der Laden einen sagenhaften Umsatz gemacht. Der Backfisch mit Remoulade und die »Mordseekrabbencocktails« gehen im »Seehund« wie am Fließband über den speckigen Tresen. Während seiner Haft hatte Rettmer mit dem prominenten Mithäftling, dem Talkshowmoderator Markus März das Projekt »Jailhouse Kitchen« initiiert und dabei die besondere seeräuberische Note seines Küchenstils perfektioniert. Das nordfriesisch-kreolische Crossover mit Sandschollen-Curry »Scarlett« und Hornhecht-Gumbo »Käptn Ahab« war auf der Insel der Renner der Saison. Und vor allem Rettmers Neuinterpretation des Cuba Libre, der Rum-Zitronen-Cocktail »Skorbut« fand regen Zuspruch.

Die Hauptattraktion des Lokals aber ist der Papagei, den Rettmers Urgroßvater vor hundert Jahren von großer Fahrt von Madagaskar mitgebracht haben soll. In Wahrheit hat der Kneipenwirt den Vogel von einer alten Tante, die ihren heißgeliebten Käptn Flint nicht ins Seniorenheim auf dem Festland mitnehmen durfte. Angeblich beherrscht der Vogel den Satz »Joho und 'ne Buddel voll Rum« aus Stevensons ›Schatzinsel‹ und die ersten beiden Strophen von ›Wir lagen vor Madagaskar‹. Nach mehreren Rumcocktails lassen sich mit ein bisschen gutem Willen die Worte »Pest an Bord« heraushören.

Im gelblichen Licht der alten Thekenleuchte mit der

verblichenen Rumreklame »Der gute Pott« drängen sich heute Abend mehrere Reihen hintereinander. In der begehrten ersten Reihe sitzt der immer noch braungebrannte Strandkorbwärter Ole Tobarben, der im Herbst von seinem Strandkorb am Norddorfer Übergang auf einen Barhocker im »Lustigen Seehund« wechselt und dort überwintert. Rettmer hat ihn mit dem Mobiliar der Kneipe übernommen. Zwei Touristen aus dem Rheinland, die ihren Herbsturlaub offenbar im »Lustigen Seehund« gebucht haben, besetzen seit einigen Wochen zwei weitere Barhocker an dem verqualmten Tresen und kippen Pils und Rum im Wechsel. »Herrlich, die frische Luft an der Nordsee«, bestätigen die beiden sich immer wieder, die an der Theke nicht viel vom Unwetter mitbekommen haben.

Vogelwart Nils Gerckens, der angesichts des Wetters die Heimfahrt auf dem Rad zu seiner Vogelschutzstation scheut, trinkt heute Rum statt Bier. Und mehrere Fährleute der NFR entspannen nach der unheimlichen Schiffspassage bei einem Getränk und diskutieren den Mord auf der »Rungholt«. Der Rumgeruch mischt sich inzwischen mit dem Rauch, der im gelben Licht über der Theke steht. Zu fortgeschrittener Stunde ist im »Seehund« das allgemeine Rauchverbot außer Kraft. Und wenn sich übereifrige Touristen beschweren, werden sie vom Wirt kurzerhand an die frische Luft gesetzt.

»Im Grunde genommen hat er sich dat selbst zuzuschreiben«, kommentiert Strandkorbvermieter Ole Tobarben den Mord an Jungreeder Blankenhorn. »Wat vom Festland hier rüberkommt, dat war noch nie gut.«

Johnny Petersen, der große Fährmann mit dem breiten Kreuz und dem nicht minder breiten Gesicht sieht ihn durchdringend an. Er sagt kein Wort, sondern atmet nur schwer, zieht Rotz hoch und geht humpelnd in Richtung Kellerklo. Auch in der schummrigen Kneipenbeleuchtung leuchtet die lange Narbe weiß in seinem Gesicht. Sein Kollege, der immer noch die nasse Wollmütze auf dem Kopf hat, harkt sich durch seinen Krakenbart. Mit seinen schwieligen Fingern bleibt er sofort in dem Gestrüpp hängen und greift stattdessen lieber zum Schnapsglas.

»Nur weil er vom Festland kommt, deshalb muss man ihn ja nu nicht gleich erdolchen«, protestiert der pensionierte Polizeiobermeister Knut Boyksen, der den »Lustigen Seehund« des Ex-Knackis neuerdings zu seiner Stammkneipe erklärt hat.

»Is er erdolscht worden?«, fragt einer der Rheinländer interessiert.

»Dat werden die weiteren Ermittlungen ergeben.« Boyksen schiebt sich den Elbsegler in den Nacken. »Aber sieht tatsächlich nach 'ner Wunde wie von so 'nem Piratensäbel aus.«

»Dat sin eschte Seeräuber hier. Ist doch bekannt.« Der Kölner grient beifallheischend.

»Hier soll dat sogar 'n rischtjen Schatz jeben«, verkündet sein Freund stolz. »Haben wir doch hier im Lokal mit eijnen Ohren jehört … irgendwo hier auf der Insel verjraben.«

»Und Flocke hat doch jestern am Strand diese halbverkohlte Jeldschein jefunden.«

»Verkohlter Geldschein? Wo?« Vogelwart Nils Gerckens wirkt elektrisiert.

»Am Strand … oben … Norddorf die Rischtung.«

Raik Rettmer und der Krakenbart werfen dem Kölner und dann Gerckens einen bösen Blick zu. Aber sie sagen kein Wort. Bei dem Thema Inselschatz herrscht eisiges Schweigen.

»Pest an Bord«, krächzt der Papagei dazwischen.

»Sach isch doch. Da hilft nur Desinfizieren. Prost Flocke!« Der Rheinländer kann sich totlachen und kippt den nächsten Rumcocktail »Skorbut«.

Ein paar versprengte Teilnehmer des Workshops »Die Energie der Steine«, die sich in den »Lustigen Seehund« verirrt haben, blicken von einem der Resopaltische fassungslos zur Theke. Die bis auf den männlichen Seminarleiter ausschließlich weiblichen Teilnehmer haben sich im »Haus Helga« einquartiert und befinden sich seit einer Woche in anregendem Dialog mit den Steinen am Strand. Zwischendurch lesen sie aus den Spuren im Sand die Zukunft. Die tiefhängende Leuchte, die ihren schummrigen Lichtkegel auf das streifige Resopalmuster aus den Fünfzigern wirft, lässt ihre Mienen noch erstaunter wirken. So, als würde der »Lustige Seehund« den Stein-Energetikern eine ganz neue magische Welt erschließen.

»Energetische Resonanz«, haucht eine der Damen mit leiser, aber bedeutsamer Stimme mit Blick auf die Piratenszenerie. »Schwingungen.«

»Für mich fühlt es sich auch so an«, nickt ihre Nachbarin, die mit ihrem hennaroten Mob auf dem Kopf wie ein Zaubertroll aussieht. »Toll. Ich fühl mich so frei«, verkündet sie euphorisch, als würde sie gerade auf einem Piratenschiff in See stechen.

Im selben Moment öffnet sich die Kneipentür. Die steife Brise von draußen weht sofort einen Stapel Bierdeckel vom Tisch. Zusammen mit dem Nordwest weht Frau Lammers-Lindemann in die Spelunke. Die gesamte Kneipenbesetzung dreht sich gleichzeitig zu ihr um. Die Elternvertreterin blickt in die durch den Alkohol erhitzten Gesichter.

»Sagen Sie, was ist denn das hier?«, echauffiert sie sich mit Blick auf die durch die Fischernetze und anderes maritime Utensil wabernden Rauchschwaden. »Das Rauchverbot in Gaststätten hat sich wohl noch nicht bis zu Ihnen auf die Insel herumgesprochen?!«

»Wenn Madame frische Luft wünschen, die gibt's draußen genug«, blafft Rettmer Frau Lindemann an.

»Keine Sorge, ich werde Ihnen schon nicht zur Last fallen.« Frau Lammers-Lindemann drängelt sich durch die Reihen zum Tresen. »Ich suche dringend eine Unterkunft. Das eine Hotel ist ausgebucht, das andere vermietet nur wochenweise, und im Schullandheim konnte … oder wollte man mich nicht unterbringen«, ereifert sich Frau Lammers-Lindemann.

»Alles wat rescht is, gnä' Frau, aber aus dem Alter sind Se knapp raus«, gluckst der Kölner. Sein Freund will sich vor Lachen gar nicht wieder einkriegen.

»Und warum haben Sie nicht schon vorher 'n Zimmer gebucht?«, fragt Strandkorbvermieter Tobarben.

»Sie sind lustig. Ich will gar nicht hier sein, ich bin nur nicht von der Fähre gekommen!«

Die gesamte Kneipenbelegschaft sieht sie verständnislos an.

»Pest an Bord«, quakt Käptn Flint. »Johoho, und 'ne Buddel voll Rum!«

»Sie waren also auf der Abendfähre?«, will Knut Boyksen wissen, der auch nach drei Pils immer noch im Dienst ist. »Haben Sie auf der Überfahrt irgendetwas mitbekommen von der Tat an dem jungen … Blankenhorn. Ist Ihnen irgendwat aufgefallen?«

»Was ist denn das für eine Frage? Ich war auf der Suche nach meiner Tochter Anna-Lena, und dann war auf dem Schiff ja ein heilloses Durcheinander.«

»Ja, Sie werden sowieso noch offiziell verhört. Morgen kommen Thies und seine Kommissarin. Die muss nur noch ihren Lütten unterbringen.« Boyksen richtet seine Schippermütze. »Junge Mutter. In dem Beruf auch nich so einfach … Aber wo bringen wir Sie denn heute Nacht jetzt unter?« Boyksen sieht Tobarben an. »Hat Marret nich wat frei?«

»Bei uns im ›Haus Helga‹ gibt es noch ein freies Zimmer«, bieten die Steineflüsterer vom Resopaltisch an. »Eine Teilnehmerin musste leider absagen.« Die Damenrunde blickt betont betrübt. »Da hat der Rainer doch ganz bestimmt nichts dagegen.«

»Zwei … eins … vier … drei … null … null … zwei … zwei …« Der Papagei krächzt eine endlose Zahlenreihe herunter.

Der Workshop-Tisch blickt irgendwie wissend. Knut Boyksen winkt ab.

»Er hat ja wohl von Shantys auf Mathematik umgesattelt«, vermutet Ole Tobarben. Der Strandkorbwärter erhebt sich von seinem Barhocker und drückt auf der Musikbox seinen Favoriten. Die ersten Akkorde von ›Deine Spuren im Sand‹ leiern aus der Wurlitzer.

»F 5«, krächzt Käptn Flint, bevor Howard Carpendale einen Ton herausgebracht hat.

»Ist doch schön, wenn man beides verbinden kann«, grinst Rettmer und streicht sich die fettigen Haare aus dem Gesicht.

Ole Tobarben blickt fragend.

»Na, Shantys und Mathematik.«

9

Die erste Fähre am nächsten Morgen ist für einen Sonntag in der Nachsaison außergewöhnlich gut gebucht. Thies Detlefsen hat nach dem Anruf seines alten Kollegen Knut Boyksen sofort seine Sachen gepackt. Kommissarin Nicole Stappenbeck reist zusammen mit Gerichtsmediziner Doktor Carstensen und Kriminaltechniker Mike Börnsen an. Und dann hat Nicole auch den kleinen Finn dabei. Die Hauptkommissarin der Kieler Mord Zwei ist alleinerziehende junge Mutter. Die Tagesmutter hat am Wochenende frei und ein Babysitter war so schnell nicht greifbar. Weil der kleine Finn die Trotzphase entdeckt hat, ist Nicoles Mutter, die sonst bereitwillig einspringt, geflüchtet und auf große Kreuzfahrt gegangen.

»Dat kriegen wir hier auf der Insel schon irgendwie hin«, verspricht Knut Boyksen.

Nicht nur Thies, Nicole und ihr Team reisen heute Morgen an, halb Fredenbüll sitzt auf der Fähre. Piet Paulsen hat seine Einladung wahr gemacht. Für ein paar Tage hat er das große Dreizimmerapartment »Ekke Nekkepenn« in Happy Puttkammers Ferienanlage ergattert. Antje hat das Zimmer mit Wattblick. Klaas und Piet Paulsen teilen sich das große Doppelbett im Elternschlafzimmer. Bounty und der Schimmelreiter haben das Kinderzimmer mit Etagenbett und Fenster zum Parkplatz. So hat Hauke seinen geliebten Ford Mustang Modell King Cobra, Baujahr 1978, immer im Blick. Antje und Klaas hatten ihn versucht zu überreden, die getunte Kiste mit der Speziallackierung im Farbton Perlmuttmetallic auf dem Festland zu lassen.

»Hallo?! Geht's noch? Ich geh doch nich zu Fuß auf die Insel.« Der Schimmelreiter war richtiggehend sauer geworden. So haben sich Antje, Klaas und Bounty für die kurze Fahrt zum Anleger zwischen die beiden Riesenboxen auf die Rückbank des King Cobra gequetscht. Piet Paulsen, der Sponsor der ganzen Unternehmung, durfte vorne sitzen, zu seinen Füßen Imbisshund Susi. Der Kofferraum des Mustang war im Wesentlichen durch vier Kühltaschen von Antje belegt. Die Versorgung ihrer Stammkundschaft soll schließlich auch auf der Insel gewährleistet sein. Ohne Fritteuse ist das Angebot stark eingeschränkt, aber einen »Croque Störtebeker« oder Rollmops-Burger kann Antje jederzeit zaubern.

»Da habt ihr aber jetzt wirklich Glück gehabt, dass wir euch noch untergebracht haben«, verkündet Wirtin Hannelore von Puttkammer mit wichtiger Miene und schüttelt die kunstvolle Strubbelfrisur. »Gestern haben gerade Gäste abgesagt.«

Äußerlich hat sich im Friesenhof »Pidder Lyng« in den letzten Jahren nicht viel verändert. Happy Puttkammers Foto aus den frühen Siebzigern bei Gunter Sachs hintendrauf auf dem Motorrad hängt immer noch in der Rezeption. Der Wellnessbereich im Keller ist weiterhin in Betrieb inklusive der Biosauna mit Farb-

lichttherapie, den Erlebnisduschen und der Klangschalenmassage. Aber seit ihrer Liaison mit dem Amrumer
Vogelwart Nils Gerckens hat die ehemalige Sylterin
die Ornithologie und das authentische Naturerlebnis
entdeckt. Die Lebensphasen wechselten schon immer
schnell bei Happy. Erst Modeln, dann kam Yoga,
Häusereinrichten, Tabletten, Fitness und wieder Häusereinrichten. Jetzt ist Happy gerade dabei, ihr Well-
nessangebot in der Pension um die Bereiche »Reini-
gung der Seele« und »Wiedergeburt« zu erweitern.
Zusammen mit Vogelwart Nils Gerckens, der seit seiner Zivildienstzeit vor fast dreißig Jahren auf der Insel
lebt, bietet sie ein vielseitiges Programm an. Während
Nils für die ornithologischen Führungen durch die
Salzwiesen und Wanderungen durch das Schlickwatt
zu den Wattwürmern und Strandschnecken zuständig
ist, lädt Happy Puttkammer täglich zur »Mindfulness-
Meer-Meditation« und zweimal die Woche zum Ge-
nuss-Wildausternsammeln bei Sonnenuntergang mit
anschließender Schaumweinverkostung aus biodyna-
mischem Anbau. Und demnächst will sie ihre Gäste
mit Schwitzhüttenritualen beglücken. »Schwitzen am
Meer, das wird toll«, schwärmt Happy.

Nach einer stürmischen nächtlichen Bootspartie
vor ein paar Jahren, bei der eine Hamburger Invest-
mentbankerin über Bord ging, waren sich der Naturschützer und das Ex-Model überraschend nähergekom-
men. Inzwischen haben sie weitere stürmische
Nächte in der Vogelstation und unter dem Sternenhimmel an der Odde, der unbewohnten Nordspitze
der Insel, erlebt. Happy ist zwar zehn Jahre älter als

Gerckens, aber man sieht ihr immer noch an, dass sie im hippen Sylt der Achtziger mal ein ziemlicher Feger war. Das hatte auf den Vogelwart eine gewisse Langzeitwirkung. Und Nils' unrasierter, in die Jahre gekommener Revoluzzer-Charme wiederum gab dem alternden Model neuen Drive.

»Na, Piet, auch mal 'n paar Strandschnecken sammeln«, feixt Bounty, als die Imbissrunde das Wellnessresort entert.

»Mir reicht dat Innenleben der Nordseekrabbe«, krächzt der Landmaschinenvertreter a. D. und zieht sich das Basecap der Nordfriesischen Raiffeisenkasse tief in die Stirn.

»Herr Paulsen, wie wär's mit einer schönen Klangschalenmassage«, raunt Happy von Puttkammer mit rauchiger Stimme, während sie mit ihren Gästen den obligatorischen Rundgang durch die Anlage mit dem Wellnessbereich macht.

»Klangschalen?« Paulsen klingt alarmiert.

»Das löst blockierte Energieströme. Die Sandy kommt alle zwei Tage. Da können wir jederzeit einen Termin abmachen. Das wirkt Wunder gegen Stress.«

»Ich hab keinen Stress!« Der Landmaschinenvertreter bleckt die zu groß geratenen dritten Zähne und atmet schwer. »Bisher.«

»Piet, darf ich doch sagen? Das ist was völlig anderes als die Atemtherapie bei Ihrer Kur.« Happy schüttelt die blonde Frisur.

Bei seiner Kur im Mutter-und-Kind-Heim vor ein paar Jahren hatte Paulsen vor dem Workshop »Richtig atmen« regelmäßig die Flucht ergriffen.

»Mit den singenden Töpfen, dat lassen wir mal ganz ruhig auf uns zukommen.«

Happy muss lachen und setzt den Rundgang fort.

Die Zimmer auf der Insel sind von passionierten Vogelbeobachtern wegen der bevorstehenden Zugzeiten von Eider-, Pfeif- und Löffelente vollkommen ausgebucht. »Und die Brandgänse kommen ja erst noch«, stöhnt Happy.

Piet Paulsen und die Fredenbüller Imbissrunde hatten die letzte freie Ferienwohnung ergattert. Jetzt müssen sie auch noch Hauptkommissarin Nicole und ihren kleinen Finn im Komfortapartment »Ekke Nekkepenn« mit unterbringen, auf dem Schlafsofa im Wohnzimmer. Thies übernachtet bei seinem Ex-Kollegen Knut Boyksen. Aber erst mal nehmen Thies und Nicole gleich nach ihrer Ankunft auf der Insel die Ermittlungen auf, und Piet Paulsen übernimmt die erste Schicht beim Babysitten. Die junge Mutter ist angesichts der Trotzphase des Kleinen noch skeptisch.

»Ach, wat. Wir machen uns 'n gemütlichen Jungstag, wat, Finn?« Paulsen schiebt sich unternehmungslustig die Gleitsichtbrille auf die Nase zurück und öffnet mit dem Einwegfeuerzeug eine Bierflasche.

10

Es ist immer noch windig. Aber der Sturm hat sich etwas gelegt. Orange, violett und knallig grün aquarellierte Wolkenformationen schieben sich über den Himmel Richtung Föhr und Festland. Dazwischen kommt immer wieder die Sonne hervor und lässt die Wolkenbilder noch dramatischer erscheinen. Thies und Nicole sind im Zivil-Mondeo der Kieler Kommissarin auf der kleinen Inselstraße Richtung Schullandheim ganz im Norden der Insel unterwegs.

Nicole ist reichlich übermüdet. Nach Thies' Anruf gestern Nacht hatte sie sich ja noch vergeblich um einen Babysitter bemüht. Und dann hatte Finn sie den Rest der Nacht mit seinem Gequake auf Trapp gehalten. Außerdem ist Nicole mal wieder mächtig verschnupft. Mit ihren Allergien ist es immer noch nicht besser geworden. Dabei ist doch jetzt Herbst, und sie sind an der Nordsee. Thies hat es aufgegeben, hinter das Geheimnis von Nicoles Allergien zu kommen.

Aus Thies' Polizeijacke schrillt in regelmäßigem Abstand der Detektiv-Rockford-Klingelton, den Telje ihm neu auf seinem Handy installiert hat. Seine Frau Heike will wissen, wo er steckt. Wenn Thies mit Nicole unterwegs ist, wird Heike sofort misstrauisch. Seit ihrem ersten gemeinsamen Fall vor ein paar Jahren schwärmt Thies etwas zu offensichtlich für die blonde Kieler Kommissarin.

»Heike, wir ermitteln auf Amrum. Hab ich doch gesagt.«

»Thies, erst bist du den ganzen Abend weg … wegen Fußball. Und jetzt bist du mit deiner Nicole auf der Insel unterwegs. Die Mädchen sind auch auf Amrum. Nur ich sitz hier in Fredenbüll rum. Kann doch nich angehen.«

»Heike, wir sind voll im Stress«, würgt Thies seine Frau gleich wieder ab. »Wir haben heute allerhand aufm Zettel, und wir sind hier auch nur die kleine Besetzung.« Er drückt kurzerhand die rote Taste.

Das Schullandheim liegt mitten in den Dünen. Es ist, abgesehen von der Vogelwarte, das nördlichste Gebäude auf der Insel. Gleich dahinter beginnt das Naturschutzgebiet. Es gibt keinen Baum, keinen Strauch, nur zerrupftes Heidekraut und verblühte wilde Strandrosen, Rosa Rugosa. Das Dünengras neben dem immer schmaler werdenden Weg ist wie mit Bleistift silbrig in die Sandlandschaft schraffiert.

Als die beiden Polizisten vor dem zwischen den Dünen geduckten Backsteinbau vorfahren, erkennt Thies gleich ein paar Schüler aus Teljes und Tadjes Klasse. Die Jugendlichen stehen in Kapuzenshirts im Windschatten und tippen auf ihren Smartphones herum. Sie sehen nur kurz zu Thies und Nicole auf, dann widmen sie sich gleich wieder ihren Handys. Silja und Sophie rauchen. Anna-Lena telefoniert. »Mama, echt jetzt, was willst du hier überhaupt noch auf der Insel?

Fahr wieder nach Hause. Und dann kannst du ab und zu 'ne SMS schicken wie die anderen Mütter auch.« Sie seufzt entnervt. »Ja, ich hab dich auch lieb.«

»Na, macht Mama sich Sorgen?«, ätzt Gina-Marie.

Dann stürmt Tadje aus der Tür des Schullandheimes.

»Papa, was machst du denn hier? Bist du wegen des Toten auf der Fähre hier?«

»Ja, wat denkst du denn? Wir ermitteln!«, ranzt Thies seine Tochter an.

»Wir müssen mit euch allen sprechen. Wo sind denn eure Lehrer?«, will Nicole wissen, dabei klingt sie ungewöhnlich kleinlaut. Sie weiß natürlich, dass Doktor Niggemeier der Klassenlehrer von Telje und Tadje ist. Und der verheiratete Niggemeier ist der Vater ihres Kindes. In einer wilden Nacht mit Bountys und Niggemeiers Band ›Stormy Weather‹ war der kleine Finn gezeugt worden. Keiner wusste so recht, wie es dazu gekommen war. Bei der Feier waren Kekse nach bewusstseinserweiternden Rezepturen aus Bountys Pilz- und Kräuterküche gereicht worden. Irgendwann später hatte Niggemeier ihr zwar versprochen, dass er für Nicole und Finn seine Frau und seine fast erwachsenen Kinder verlassen wollte. Aber nach der Geburt des kleinen Finn im letzten Jahr war davon keine Rede mehr. Zuletzt hatte er sich nicht mal mehr telefonisch gemeldet. Sonderlich scharf war Nicole nicht darauf, ihn jetzt wiederzusehen.

»Die Lehrer und die andern sind alle drinnen. Wir dürfen ja nich weg, weil wir vernommen werden sollen.« Tadje macht ein wichtiges Gesicht.

»Ja Tadje, dein Vater is nun mal Polizist«, raunzt Thies seine Tochter an.

Auch ihre Klassenkameraden gucken jetzt. Silja grinst Tadje überheblich an und tritt ihre Zigarette im Sand aus. Tadje streckt ihr die Zunge raus.

»Nicole, wat is, wolln wir mal?« Thies weiß natürlich auch, warum seine Kollegin so zurückhaltend ist.

Als die beiden das Schullandheim betreten, kommen ihnen bereits Niggemeier und Referendar Manuel Scholz, heute Morgen ohne Piratentuch, und eine Schülergruppe entgegen. Nur Vanessa Loebell hat sich sehr zum Unmut der Kollegen vor dem Eintreffen der Polizei zu einem längeren Strandspaziergang verdrückt.

»Nicole, du bist das … hab ich mir schon gedacht.« Auch Niggemeier wirkt verlegen. »Moin Thies.«

»Na … Niggi …«, schnieft die Kommissarin. Das »Niggi« geht ihr nur schwer über die Lippen. Irgendwie wirkt ihre Nase besonders verstopft. Thies sieht sie mitfühlend an. Ihm ist die Situation auch peinlich. Und dass er hier die Lehrer und Klassenkameraden seiner Töchter befragen soll, ist ihm erst recht unangenehm.

»Wie geht's dir?«, fragt Niggemeier zaghaft.

»Danke der Nachfrage. Uns geht es gut«, gibt Nicole schnippisch zurück.

»Das freut mich zu hören.« Niggemeier streicht an seinem Bart herum. »Ich weiß, ich hab lange nichts von mir hören lassen. Schön, dass es Finn gut geht.«

»Finn ist sogar richtig gut drauf. Er ist mit auf die Insel gekommen.« Dann wendet sie sich in ungewohnt geschäftsmäßigem Ton den Umstehenden zu. »Ich bin

Kriminalhauptkommissarin Stappenbek von der Mord Zwei aus Kiel, und das ist mein Kollege POM Detlefsen aus Fredenbüll ... und außerdem der Vater von Telje und Tadje ... na ja, das wissen die meisten ja wohl.«

»Aber deswegen sind wir nich hier«, stellt Thies gleich klar. »Es geht um den toten Reeder Bent Blankenhorn. Wir gehen von Mord aus.«

»Hat jemand von Ihnen oder von euch etwas beobachtet?«, fragt Nicole und ist krampfhaft darauf konzentriert, Niggemeier nicht anzusehen.

»Wir waren während der ganzen Überfahrt in der Bordcafeteria. Draußen war ja ein wildes Wetter«, brummt Niggemeier.

»Und das Opfer war ebenfalls die ganze Zeit in der Cafeteria?«, fragt die Kommissarin.

»Keine Ahnung, irgendwo lief er da mal rum.« Gina-Marie wirft mit souveräner Handbewegung ihre dicke blonde Mähne von der einen Seite auf die andere. Dabei trifft sie fast Sportreferendar Manuel im Gesicht.

»Wat heißt hier irgendwo?«, hakt Thies nach.

»Irgendwo draußen, keine Ahnung.«

»Aufm Sonnendeck?« Thies wird ungeduldig.

»Sonnen…deck? Hallo? Das war voll das Unwetter!« Gina-Marie ist empört. Die anderen lachen.

»Gina-Marie wieder«, gluckst Lasse und richtet den ebenfalls blonden Dutt auf dem Kopf. »Voll verpeilt.«

»Lasse, sei du mal schön leise, du hast da doch auch im Wind gestanden und rumgejammert ›Mir ist so schlecht!‹, du Beckenrandschwimmer!«, giftet das

Mädchen und wirft ihre Haare wieder zurück auf die andere Seite.

»Kommt, Freunde, stopp mal«, geht Thies dazwischen. »Wer hat was gesehen?«

»Silja und Sophie, habt ihr den Typen gesehen?«, wendet sich Gina-Marie an ihre Freundinnen.

»Der orangefarbene Anorak ist ja eigentlich nich zu übersehen.« Nicole dreht Niggemeier demonstrativ den Rücken zu. »Wer war denn sonst überhaupt alles draußen?«

»Ja, kann schon sein … keine Ahnung … der lief da irgendwo rum … und dann noch so 'n Typ mit 'nem Hinkebein. Voll unheimlich.« Sophie blickt kurz in die Runde, dann sieht sie den Referendar provozierend an. »Und du warst doch auch draußen, Manuel, oder?«

»Na klar, das Spektakel wollte ich mir auch nicht entgehen lassen.« Der Referendar lächelt die Kommissarin an.

»Und Leonie«, flöten Silja und Gina-Marie zweistimmig. Leonie läuft prompt rot an.

»Okay-y-y«, seufzt Nicole. »Was uns jetzt interessiert, hat jemand von Ihnen Bent Blankenhorn in seiner orangen Jacke gesehen? Irgendwelche Auseinandersetzungen mit jemandem?«

»Das war ja dieser Megasturm draußen!« Silja verzieht das Gesicht, als würde sie in einem Katastrophenfilm mitspielen.

»Sophie hat schon Bilder gepostet«, verkündet Gina-Marie stolz. »Können Sie sich auf Instagram ansehen. #pirates-off-amrum.«

»Mädels, wir wollen jetzt nich im Internet rumsurfen, wir wollen wissen, ob jemand wat gesehen hat.« Thies wird allmählich ungeduldig.

»Vielleicht fragen Sie mal Ihre Töchter, Herr Detlefsen«, petzt Silja. »Die waren nämlich auch draußen.«

»Wie bitte? Telje … und Tadje? Und wieso sagt ihr nichts?«

»Ach, Mann … echt … Papa, muss das jetzt sein.« Telje ist die ganze Situation mit ihrem Vater in Polizeiuniform vor ihrer Klasse mächtig peinlich.

Thies geht gar nicht darauf ein. »Ja, und wat is nu, habt ihr was gesehen?«

»Da war dieser Große mit der riesigen weißen Narbe im Gesicht. Der hatte auch 'n Holzbein«, erzählt Tadje und verzieht dabei keine Miene. »Und dann lief da auch noch Davy Jones über dat Deck, mit diesem Würmerbart!«

»Echt, Papa, fett die Krake, richtig unheimlich«, stimmt Telje ihr zu.

»Erzählt doch keinen Quatsch! Ihr wart mal wieder zu oft im Kino.«

»Nee, wirklich, Herr Detlefsen, echt wahr, voll creepy«, bestätigt Silja. Thies, Nicole und auch die Lehrer sehen sich mit hochgezogenen Augenbrauen an.

»Habt ihr das auch schon … gepooostet?«, will Thies wissen.

»Die Girls machen doch nur ihre Egoshoots.« Lasse hat sich inzwischen wieder die Wollmütze über seinen Dutt gezogen. »Echt bitter!«

»Habt ihr denn irgendwelche Auseinandersetzungen beobachtet?«, versucht Nicole es noch mal.

»Keine Ahnung«, flötet Gina-Marie.

»Haben die irgendwat gemacht an Deck?«, will Thies wissen.

»Nee, aber der Lange mit der Narbe hatte, glaube ich, 'n Messer dabei.«

»Pearl und Bones haben da noch viel mehr gefilmt.« Telje sieht Leonie provozierend an. Silja, Sophie und Gina-Marie giggeln, und auch Lasse grinst verstohlen unter seiner Wollmütze.

»Pearl und Bones?«, fragt Nicole ungläubig. Irgendwie gibt sie es auf, aus den Schülern eine halbwegs verwertbare Aussage herauszubekommen.

»Petra Köpping und Timo Krell«, rufen mehrere Schüler durcheinander.

»Köpping?«, fragt Thies interessiert. »Die Tochter von dem Chef von der NFR?«

»Ja, Petra Köpping«, antworten wieder mehrere gleichzeitig.

»Die Tochter des NFR-Reeders«, bestätigt Niggemeier.

»Und wo sind ... Pearl und ... ähhh ... Bones?«, will Nicole wissen.

»Ja, wo sind Petra und Timo eigentlich schon wieder«, brummt Niggemeier.

»Die sind weg, an den Strand, glaub ich«, petzt Sophie.

»Auf der Suche nach dem f-f-fetten Piratenschatz«, nuschelt Lasse und richtet seinen Dutt.

»Wieder typisch.« Tadje strahlt Lasse an.

11

Auf den Prielen in dem breiten Strand wirft das ablaufende Wasser kleine Wellen. Violette Wolkenfetzen fliegen über den Himmel. Dazwischen blendet die Sonne grell heraus. Vanessa Loebells rotgelockten Haare und die grünen Gläser ihrer Ray-Ban-Sonnenbrille leuchten in dem hellen Licht. Der Sturm hat sich gelegt, aber es weht immer noch ein frischer Wind. Vanessa hat ihre U-Boot-Jacke aus dem zweiten Weltkrieg bis oben zugeknöpft, aber sie geht barfuß. Die Hosenbeine ihrer Jeans sind hochgekrempelt. Ihre Schuhe trägt sie an den Schnürbändern zusammengeknotet über der Schulter. Energisch stapft Vanessa über die sandigen Rillen. Die Rippelmarken, die wie ein riesiges Waschbrett in der Sonne liegen, massieren ihre Fußsohlen. Ein Gemisch aus Schlick und Sand klebt auf ihren dunkelrot lackierten Fußnägeln. So kalt ist das Wasser gar nicht. Die Luft wirkt kälter. Sie bekommt fast Lust zu baden und vor allem zum Kiten. Aber dann schlägt sie den Kragen ihrer U-Boot-Jacke hoch. Das flirrende Licht auf den Wellen blendet sie. Sie muss heute Morgen einfach mal kurz allein sein. Sie muss den Wind in den Haaren spüren, um den Kopf frei zu bekommen. Ohne Niggemeier, Scholz und die hysterischen Mädchen.

Vanessa hat gerade eine schwierige Zeit mit einer

großen Enttäuschung hinter sich. Die Trennung kam wie aus heiterem Himmel. Sie konnte es immer noch nicht fassen. Sie hatten sich beim Kiten in Australien kennengelernt und sofort eine leidenschaftliche Affäre begonnen. Ein paarmal hatten sie sich getroffen, wenn er geschäftlich in Frankfurt zu tun hatte, und dann mehrmals an der Nordsee. So viele Treffen waren es gar nicht gewesen. Aber es war wild und romantisch. Einmal hatten sie bei Windstärke sieben und hoher Brandung gekitet. Ein andermal hatten sie in einer lauen Frühsommernacht am Strand gepicknickt und anschließend in den Dünen in *einem* Schlafsack übernachtet. Ihr Bad unter dem nächtlichen Sternenhimmel. Der Geschmack nach Salz auf ihren Körpern. Und dann das erste rötliche Glühen am Himmel über den Dünen.

Dann hatte er sie gleich überredet, in den Norden zu ziehen und sich mit ihm in Nordfriesland niederzulassen. Sie hatte ihre schöne Altbauwohnung im Westend und die begehrte Stelle an dem Frankfurter Gymnasium aufgegeben. Sie wollten zusammen einen alten Hof am Deich renovieren, ein Reetdachhaus mit Blick auf die See. Was hatte er ihr nicht alles versprochen. Und neben der Schule wollte sie mit Blick auf den Hauke-Haien-Koog ihre Dissertation über den ›Schimmelreiter‹ endlich beenden. Sie hatte die See schon immer geliebt und hatte ein Faible für alles Maritime. Von einer seiner Reisen hatte er ihr diverse Antiquitäten mitgebracht, Kunst und Werkzeug von Indianern und anderen Urvölkern. Bei ihrem Umzug in den Norden hatte sie bei einem Hamburger Trödler dann auch diese alte U-Boot-Jacke aus dem zweiten Weltkrieg erstanden, ohne die sie mittlerweile nicht mehr aus dem Haus geht. Es war für sie, als finge sie noch einmal ganz neu an, ein Gefühl, als wäre sie nach Amerika ausgewandert.

Es ging dann alles sehr schnell. Im Theodor-Storm-Gymnasium in Husum war gerade eine Stelle für Deutsch und Philosophie frei geworden. Vanessa bezog die provisorische kleine Wohnung am Hafen. Kurz darauf blieb ihre Regel aus. Zunächst war sie ganz euphorisch, als der unmissverständliche rote Strich auf dem Schwangerschaftstest erschien. Aber nach seiner Reaktion war es mit ihrer Euphorie schlagartig vorbei. Er wollte kein Kind. Und von einem Moment zum anderen wollte er auch von ihr nichts mehr wissen. Dieses verlogene Arschloch war einfach nicht mehr erreichbar. Er nahm sein Telefon nicht ab und beantwortete keine SMS. In seiner Wohnung an der See war er nie anzutreffen, eine andere Wohnungsadresse hatte sie nicht, und auch in seinem Büro war er nicht zu sprechen. Die feige Sau war einfach abgetaucht. Mehrere Wochen hatte sie ihn mit Textnachrichten bombardiert. Dann tauchte das Herzchen in ihrer Schule auf, um ihr während der großen Pause mal kurz das Ende ihrer Beziehung mitzuteilen. Was bildete diese Missgeburt sich eigentlich ein? Sie hatte vor Wut getobt, und dann war sie in eine tiefe Depression gefallen. Zuerst wollte sie einfach nur noch nach Hause, zurück in ihre Altbauwohnung im Frankfurter Westend. Aber mit den Fächern Deutsch und Philosophie kannst du nicht alle halbe Jahr die Stelle wechseln. Wenigstens hatte sie ihre Dissertation ›Das Moment des Gespenstischen in Theodor Storms Schimmelreiter‹ zu Ende gebracht. Allerdings nicht mit Blick auf den Hauke-Haien-Koog, wie sie sich das vorgestellt hatte, sondern auf zwei angerostete Ölsilos im Husumer Hafen. Dieser verregnete Sommer in der »grauen Stadt am Meer« war wirklich gespenstisch. Und der ambulante Termin bei dem Gynäkologen in Flensburg war einfach nur schrecklich gewesen. Aber sie wollte das Kind nicht mehr, von diesem Arschloch wollte sie kein Kind. Mittlerweile gibt es Momente, in denen sie diese Entscheidung bereut. Aber jetzt ist es zu spät. Vanessa hat in diesen letzten Monaten mit extremen Gefühlsschwankungen zu kämpfen. Ihr Faible für die Küste und für alles Maritime ist ihr irgendwie zum Verhängnis geworden und es lässt sie nicht mehr los. Manchmal glaubte sie durchzudrehen wie Hauke Haiens Frau Elke nach der Geburt des Kindes im ›Schimmelreiter‹.

Jetzt ist »Das Gespenstische in der Literatur« auch ein Projekt dieser Klassenreise. Die Schüler haben für dieses Projekt selbst den ›Schimmelreiter‹ und Stevensons ›Schatzinsel‹ ausgesucht. Ursprünglich hatte Vanessa zu dieser Fahrt mit den dämlichen Gören überhaupt keine Lust gehabt. Und dieser Referendar mit seinem roten Piratentuch und der Pluderhose war ihr anfangs einfach nur lächerlich vorgekommen. Inzwischen gefiel er ihr allerdings fast. Der Kerl ist sicher nicht der Hellste, und Exkurse über Aufklärung und Volksmystik im Werk von Theodor Storm kann sie mit ihm sicher nicht unternehmen, aber eventuell einen nächtlichen Ausflug in die Dünen. Sie sollte sich diesen süßen kleinen Piraten einfach mal vorknöpfen, um auf andere Gedanken zu kommen.

Heute Morgen konnte sie durchatmen. Ihre nackten Füße sind kalt. Aber von innen fühlen sie sich irgendwie warm an. Ganz seltsam, heute am Strand fällt plötzlich alles von ihr ab. Sie fühlt sich frei.

12

Pearl und Bones sitzen in ihren obligatorischen schwarzen Klamotten auf einem Dünensattel im nassen Sand. Vor und hinter ihnen und um sie herum überall Dünen, die sich wie sanfte, hefige Blasen aus der sandigen Ebene herauswölben. Zwischendurch sind, wie zur Dekoration, immer wieder Büschel Gräser in den Sand hineingesteckt. Das harte farblose Gras sperrt sich gegen die Brise vom Meer. Zwischen den Dünen können die beiden auf die Nordsee sehen. Der Leuchtturm von Hörnum auf Sylt liegt in der Sonne. Über ihnen fegen die pastelligen Wolkenfetzen hinweg.

Pearl greift sich eine Handvoll Sand und lässt ihn dann aus der geballten Faust über das »Black-Pearl«-Tattoo ihres linken Unterarms kleckern. Der Sand ist zu feucht zum Rieseln. Auch am Hintern dringt die Feuchtigkeit durch ihre Jeans.

Mit dem alten Fernglas, das er seit kurzem mit sich herumträgt, sieht Bones auf die See. Es ist, als würde er nach reichen Segelschiffen Ausschau halten, die hier stranden könnten und die sie als Piraten dann ausrauben würden. Beide frösteln. Bones setzt das Fernglas ab und verschränkt die Arme vor seiner Brust. Die geschminkten Augen sind gerötet. Zu ihren Füßen lugen die verrotteten Reste eines alten Ölfasses aus dem Sand. Das Rund des Fasses ist noch deutlich erkenn-

bar. Pearls nackte Zehen mit den gelb lackierten Fuß-
nägeln spielen mit den rostigen Zacken, die aus dem
Sand herausfransen. Es sieht irgendwie gefährlich aus.
Aber es gelingt ihr, mit den Zehen Teile des rostigen
Metalls zu verbiegen, ohne sich dabei zu verletzen.

»Ey, Bones, worauf wollen wir noch so lange warten?« Pearl streicht sich mit beiden Händen die kurz-
geschnittenen, schwarzgefärbten Haare zurück. »Wir
haben ihn nun schon die ganze Zeit im Blick, und jetzt
haben wir etwas in der Hand. Wir ziehen das kleine
Arschloch gleich hier auf der Insel ab.«

Bones sieht sie fragend an. »Der hat doch gar nich
genug Kohle hier«, gibt er zu Bedenken. »Abgebrannt
wie ein Schiffsjunge, der keine Heuer bekommen hat.«

Pearl muss grinsen. »Das ist eben anders als bei der
›Schatzinsel‹. Kohle kannst du jederzeit aus dem Au-
tomaten ziehen.« Sie sieht zum Wasser, wo eine Gruppe
von Leuten am Strand Muscheln oder Steine sammelt.
So genau ist das über den einen Kilometer breiten
Strand nicht zu erkennen.

»An wie viel hast du überhaupt gedacht? Was wollen wir ihm abknöpfen?« Bones reibt die Hände der
verschränkten Arme auf den Schultern, um sich auf-
zuwärmen.

»Zehntausend.«

»Zehn…tausend? Echt?« Bones zündet sich eine
Zigarette an. »Referendare kriegen null Kohle, soviel
ich weiß.«

»Dieser Perversling hat es doch nich anders verdient.« Pearl greift sich wieder eine Handvoll Sand
und wirft sie auf die rostigen Zacken des Ölfasses.

»Die ganzen Barbies aus unserer Klasse anzugraben! Aber diese Tussen stehen ja auf den Hilfspiraten.« Sie grinst. »Uns soll es recht sein.«

»Her mit dem Schatz«, ruft Bones in den Wind. »Es gab eine Zeit, in der Piraten ein freies Leben führen konnten.«

Pearl und Bones sind recht kreativ in ihren kleinkriminellen Aktivitäten, wenn es darum geht, ihr Taschengeld aufzubessern. Dem schüchternen Lasse haben sie vor ein paar Jahren mal sein Handy geklaut, anderen Mitschülern die Markenklamotten, und anschließend haben sie das Diebesgut bei eBay versteigert. Sie terrorisieren dabei nicht nur ihre Klassenkameraden. Der befreundete Hausarzt von Pearls Eltern hatte sehr bereitwillig einen größeren Geldbetrag in einer stillgelegten Husumer Werfthalle hinterlegt, um die Affäre mit seiner jungen Sprechstundenhilfe nicht publik werden zu lassen. Pearl hatte die beiden zufällig ganz in der Nähe dieser Werft auf dem Rücksitz seines Geländewagens beobachtet. »Dieses kleine Spießerarschloch hat die Barbie in seinem fetten Cruiser gefickt. Echt abartig.«

»Wenn irgendwer mehr Schlechtigkeit gesehen hat als du, dann muss es der Teufel selber gewesen sein.« Bones rollt die geschminkten Augen und versucht ein diabolisches Grinsen.

Den Arzt hatten sie nicht nur einmal zur Kasse gebeten. Und sie sahen sich nach weiteren Erpressungsopfern um. Nachdem Pearl und Bones von abgekupferten Doktorarbeiten gelesen hatten, war Bones regelrecht besessen von der Idee, eigene Enthüllungen zu machen. Aber die Suche nach Plagiaten in ihrem Umfeld war schwieriger als gedacht. Auch die einschlägigen Internetforen von Plagiatsjägern waren wenig hilfreich. Die Dissertation des schmierigen Arztes umfasste zwar nur lächerliche zwanzig Seiten, aber die hatte er wahrscheinlich selbst zustande gebracht. Und in die sozialwissenschaftliche Dissertation ihres Klassenlehrers Doktor Niggemeier über Horkheimers Begriff der »instrumentellen Vernunft« mochten die beiden sich nicht weiter einlesen. Bones war nicht recht durchgestiegen, und seinen Klassenlehrer wollte er ohnehin nicht erpressen. Niggemeier ist schon in Ordnung. Auch Vanessa Loebells Arbeit über den ›Schimmelreiter‹ hatte er nach dem ersten Kapitel beiseitegelegt. Und Referendar Manuel hatte erst gar keine Doktorarbeit geschrieben.

»Worin soll der schon promovieren? Wie lege ich meine Schülerinnen flach, oder was?« Pearl grinst hämisch. »Bones, vergiss die Doktorarbeiten!«

»Dem Faschingspiraten würde ich liebend gern mal einen einschenken!« Bones sieht grimmig aufs Wasser.

»Das machen wir doch jetzt!«

Dabei scheint es Pearl und Bones gar nicht immer nur um das Geld zu gehen. Pearl wird von ihren Eltern zwar ziemlich kurz gehalten. Sie kann ganz gut etwas Geld gebrauchen. Aber vor allem ist es so eine grundsätzliche Wut. Sie ist wütend auf die ganze Welt, die Lehrer, ihre Mitschüler und vor allem auf ihre Eltern. Bones ist weitaus friedlicher. Er lebt versponnen auf seiner ›Schatzinsel‹ und in vergangenen Piratenwelten. Diese kriminellen Aktionen macht er vor allem mit, um Pearl zu imponieren und um mit ihr zusammen zu sein. Aber richtig nah darf er ihr nie kommen. Dann stößt sie ihn regelmäßig zurück. Pearl lässt nie jemanden an sich heran. Ständig fährt sie die Krallen aus.

Im Gegensatz zu Bones, der ohne Vater bei seiner alleinerziehenden Mutter in einer engen Zweizimmerwohnung wohnt, kommt Pearl aus einem wohlhabenden Elternhaus. Ihr Vater ist Chef der Nordfriesischen Fährreederei. Die Familie wohnt in der Nähe des Sönke-Nissen-Koogs in einem großen neugebauten Reetdachhaus mit Blick über das Wattenmeer. Wenn Jens-Peter Köpping seiner Tochter Petra mit ihrem Tattoo und dem Piercing, mit den strubbeligen Haaren und in den halbzerrissenen schwarzen Klamotten am Frühstückstisch gegenübersitzt, sieht er regelmäßig rot. Dann bekommt er tatsächlich ein paar rote Flecken im Gesicht. Pearl geht es angesichts des obligatorischen Clubjacketts ihres Vaters mit den Goldknöpfen ganz genauso.

»Petra, kannst du dich ausnahmsweise mal kämmen und dir was Vernünftiges anziehen?« Ihr Vater wirft dann einen kurzen verächtlichen Blick auf die zerrissenen Strumpfhosen, und Pearl stiert aus den Mascara umränderten Augen auf ihren Teller, schlingt einen Brötchenrest in sich hinein und verlässt wortlos den Frühstückstisch, vorbei an der stoßseufzenden Stiefmutter, die sich schon am frühen Morgen den ersten Cognac genehmigt.

Jens-Peter Köpping hätte ohnehin lieber einen Sohn gehabt oder eben eine flotte, attraktive Tochter, mit der er bei Schiffstaufen oder Einweihungen einer neuen

Fähre angeben und auf Fotos für die Lokalpresse posieren könnte.

»Habe nun alle Meere und ferne Häfen gesehen, aber nie ein Weibsbild von so ausgesuchter Anmut«, proklamiert Bones mit übertriebener Schauspielergeste.

»Aber mein Alter will eben lieber auch so 'ne Barbie«, mault sie.

»Dein Alter, aber ich …« Den Rest verschluckt er halb, halb wird er von einer Windbö verweht. Pearl ignoriert Bones Ansatz einer kleinen Liebesbekundung sowieso.

Sie beachtet ihn gar nicht, sondern ruft auf ihrem Handy die Fotos und Filme von der gestrigen Fährfahrt auf. Die Sonne verschwindet grade wieder hinter einer dunklen Wolke. Die Fotos sind ziemlich dunkel und die Videos arg krisselig. Trotzdem meinen Pearl und Bones auf dem Display jetzt alles ganz deutlich zu erkennen. Auf den verwackelten Bildern von der Fährfahrt herrscht ein reges Treiben. Undeutlich sehen sie Lehrerin Vanessa Loebell in ihrer U-Boot-Jacke durch den Sturm huschen. Der riesenhafte Fährmann mit der Narbe humpelt durchs Bild und verschwindet in einer Tür. Dann bricht das Video ab.

Auf den nächsten Bildern laufen Referendar Manuel Scholz und Leonie Hand in Hand durch den peitschenden Regen. Pearl und Bones hören im Hintergrund ein Lachen. Die Stimmen sind nicht zu verstehen. Im Ton ist nur ein übersteuertes auf- und abschwellendes Rauschen des Sturmes zu hören, das sich in dem Mikrophon des Smartphones fängt. Man sieht, wie sich Leonie die Haare aus dem Gesicht streicht.

Sie zieht Manuel Scholz an dem Halskettchen mit dem Peacezeichen, das nicht recht zu seinem Piratenoutfit passt, zu sich heran, und dann küssen die beiden sich.

»Sieh dir das an, ich fass es nicht. Absolut lächerlich, diese Johnny-Depp-Aushilfe mit dem Peacezeichen.« Pearl stellt den Ton lauter. Aber es kommt nur noch mehr Rauschen, Knistern und Krachen. »Und hier die Bitch Leonie. Sonst voll das Mauerblümchen, und hier schmeißt sie sich an den Seeräuber ran.« Pearl redet sich jetzt richtiggehend in Rage.

»Frauen an Bord, daraus kann nie etwas Gutes kommen«, rezitiert Bones.

»Diese miese kleine Sau soll bluten.« Pearl zeigt nicht die geringste Spur eines schlechten Gewissens.

»Und wie soll das laufen, hier auf der Insel, in diesem verfickten Schullandknast, wo wir alle so eng aufeinanderhocken?« Bones hat Bedenken, die Erpressung hier während der Klassenreise durchzuziehen.

»Wir lassen ihm eine Nachricht zukommen, das werden wir doch wohl noch hinkriegen. Wir klauen uns 'n Handy von einer der Barbies, dann können sie uns damit nicht in Verbindung bringen. Und dann soll er die Kohle irgendwo hinterlegen. Meinetwegen hier am Strand.«

Bones gibt sich alle Mühe, ihr das nicht zu zeigen, aber er bewundert Pearl mal wieder grenzenlos für ihre Kaltschnäuzigkeit.

»Für 'ne Geldübergabe sind die Bedingungen hier auf der Insel gar nicht mal so schlecht«, überlegt sie.

»Aber in dieser weiten Landschaft kann doch jeder alles sehen«, gibt er zu bedenken.

»Das ist doch nicht schlecht. Wir hauen uns in die Dünen und gucken zu, wie der Bodenturner die Kohle hier irgendwo im Sand verbuddelt. Du siehst, ob du beobachtet wirst und auch wenn jemand kommt. Wo ist das Problem?« Pearl blickt kurz zu Bones auf, dann sieht sie wieder auf ihr Handy. Sie lässt das Video mit dem Liebespaar im Regen weiterlaufen. Doch dann stutzt sie plötzlich. Der verächtlich gelangweilte Ausdruck ist von einem Moment zum anderen aus ihrem Gesicht gewichen. »Was ist das denn?«

»Leonie in Aktion mit dem Beckenrandschwimmer Manuel Scholz.«

»Nee, hier im Hintergrund.« Pearl schirmt mit der Hand das Licht ab, um das Display in dem hellen Licht besser sehen zu können. Bones sieht mit auf das Handy. Pearl stoppt das Video und scrollt ein Stück zurück.

»Hier hinter Leonie und Scholz …« Pearl zeigt auf den unscharfen Hintergrund. »Das ist der Typ in der orangen Jacke, der nachher tot an Deck gesessen hat.«

»Was machen die da? Dem wird von dem anderen ja mächtig zugesetzt. Hier kriegt er derbe eine gezimmert. Der schmeißt ihn ja fast über Bord. Wer ist das?« Bones greift sich kurz das Handy, aber Pearl nimmt es ihm sofort wieder aus der Hand.

»Bones! Der hat ihn umgebracht, jede Wette! Das ist der Mörder dieser orangen Windjacke!« Sie zupft nervös an ihrem Lippenpiercing. »Und das Beste ist, ich kenn den Typen. Hier, siehst du die weiße Narbe?«

13

Das Rockford-Klingeln schrillt durch das Auto. Thies sieht es sofort auf dem Display. Heike ist mal wieder dran. Ihre Stimme klingt genauso schrill wie der Klingelton. »Thies, was ist los? Wat is mit den Zwillingen? Warum meldest du dich nich?«

»Heike, wir ermitteln. Nicole und ich sind grad auf dem Weg zum Anleger. Noch mal 'n Blick auf den Toten werfen.«

»Sag mal, Thies, wo übernachtest du eigentlich auf Amrum?«, will Heike interessiert wissen.

»Wieso, warum willst du dat denn wissen? Bei Knut Boyksen.« Thies ist leicht genervt.

»Und Nicole?«, fragt sie schnippisch.

»Bei Antje, Piet und den andern in der Ferienwohnung auf dem Schlafsofa. Und jetzt müssen wir mal weitermachen.«

»Was heißt hier weitermachen?«

»Heike, wir ermitteln!« Thies wird langsam ungeduldig. »Dat is mein Beruf!«

»Und was ist mit den Zwillingen? Kümmerst du dich vielleicht auch mal um deine Familie?« Heikes Ton wird immer schriller.

»Die Zwillinge kommen ganz gut klar. Und jetzt müssen wir wirklich mal. Wir sind hier schließlich nur zu zweit.« Thies legt auf.

Inzwischen hat auch Nicole ihr Handy gezückt. Sie ruft zwischendurch immer mal bei Antje an, um sich nach ihrem Sohn zu erkundigen. Aus dem kleinen Telefonlautsprecher ist sofort ein klangvolles metallenes Scheppern zu hören, Kinderquieken und ein paar krächzende Laute von Piet Paulsen. »Sag mal, was ist bei euch denn los?«

»Nicole, alles in bester Ordnung«, versichert Antje. »Wir sind mit Finn grad mal im Wellnesskeller unten. Finn räumt diese … Klangschalen 'n büschen auf.«

»Ja, das höre ich. Wirklich alles okay?« Nicole klingt skeptisch.

»Ja, er amüsiert sich prächtig. Piet ist auch dabei.« Antje senkt ihre Stimme zu einem Flüstern. »Piet in der Wellnessoase, dass ich dat noch erleben darf.« Antje kichert leise. Nicole runzelt die Stirn.

Als Thies und Nicole am Anleger ankommen, hat sich Knut Boyksen ebenfalls eingefunden. Außerdem müssen sie unbedingt noch mal mit der jungen Witwe Blankenhorn reden, bevor sie aufs Festland zurückfährt. Aber aus der Frau des Toten ist kaum ein Wort herauszubekommen. »Diese neue Fährlinie war sein großer Traum«, schluchzt sie immer wieder. Auf Fragen der beiden geht sie gar nicht ein.

Jetzt bugsiert Gerichtsmediziner Carstensen, dem Thies mal wieder sein Wochenende verdorben hat, gerade den Blechsarg mit dem toten Jungreeder in seinen Kombi. »Und fragt mich jetzt bitte nicht schon wieder nach dem Todeszeitpunkt«, brummt Carstensen.

»Todeszeitpunkt? Nö, den kennen wir.« Thies richtet seinen blonden Frontspoiler.

»Wie willst das denn wissen?« Carstensen sieht ihn provozierend an.

»Neunzehn Uhr Abfahrt in Dagebüll, da lebte er noch. Einundzwanzig Uhr oder 'n büschen danach, Ankunft in Wittdün, da saß er tot aufm Sonnendeck.«

»Dann bin ich ja überflüssig«, nölt Carstensen jetzt fast ein bisschen beleidigt.

»Aber natürlich brauchen wir dich noch.« Nicole tätschelt den Gerichtsmediziner aufmunternd am Oberarm. »Kannst du uns schon was über die Art der Verletzung sagen? Tatwaffe?«

»Mehrere Hämatome, am Kinn und an der Schläfe ... wie von einem schweren Gegenstand und Strangulationsmale«, knurrt Carstensen. »Aber tödlich war vermutlich der Messerstich.«

»Da wollte aber einer ganz auf sicher gehen«, stellt Thies fest.

»Spricht für eine emotional motivierte Tat«, vermutet Nicole.

»Es sieht so aus, als wenn der Stich von oben ausgeführt wurde. Genaueres kann ich sagen, wenn wir uns den Stichkanal angesehen haben.«

»Damit wissen wir doch schon etwas«, kombiniert Nicole stolz. Thies sieht sie zweifelnd an. »Wir können davon ausgehen, dass der Täter größer ist als das Opfer. Das schränkt den Täterkreis ein.«

»Nicole, dat Opfer is keine eins siebzig. Da is jeder größer. Zumindest hier in Nordfriesland. Ich weiß nich, wie dat bei euch an der Ostsee is?«

»Muss ich Thies recht geben«, bestätigt Knut Boyksen mit kräftig gerolltem R. »Da kommt fast jeder als Täter in Frage.«

Das Motiv dagegen scheint diesmal ziemlich klar. Der erbitterte Streit zwischen der Nordfriesischen Fährreederei und der Hamburger Blankenhorn Shipping war auf den Inseln allgegenwärtiges Thema, seit die Pläne der Blankenhorn-Reederei publik waren.

»Da hatten viele wat gegen, dat wir hier 'ne zweite Fährlinie kriegen sollen«, erklärt Boyksen.

»Gibt aber auch manchen, der dat gar nich so schlecht findet«, meint Thies. »Konkurrenz belebt dat Geschäft.«

»Nee, Thies, nicht unbedingt. Die wollen vor allem an dat große Sommergeschäft ran.« Boyksen schiebt sich die Schiffermütze in den Nacken und setzt zu einem Exkurs über die Fährlogistik in der nordfriesischen Inselwelt an. »Und im Winter soll dann die NFR die Verbindung zum Festland gewährleisten. Dat is dann nämlich 'n Minusgeschäft. Nee, langfristig r-r-rentiert sich dat nur für eine R-r-reederei.«

»Und deshalb geht sie jetzt mit 'nem Entermesser auf die Konkurrenz los?« Die Kommissarin hat Zweifel.

»Nicole, dat war 'n Auftragsmord, ganz klar.« Thies wittert sofort wieder den ganz großen Fall.

»Thies, nu mal langsam, die NFR, dat is 'ne Reederei und nich die Mafia.« Boyksen mahnt zur Besonnenheit.

»Na ja, wat hab ich gelesen, die NFR macht ihre Anlegebrücken auf Föhr für die Konkurrenz dicht«, gibt Thies zu Bedenken.

»Da darf dann kein anderes Schiff anlegen?«, fragt Nicole.

»Ja, dat ist wohl grade vor Gericht.« Boyksen harkt sich durch seinen Bart.

»Busverkehr, Parkplätze, alles unter Kontrolle von der NFR. Dat is doch maf-i-ös.« Thies ist in seinem Element. »Und Telje und Tadje und ihre Freundinnen hab'n die dunklen Gestalten doch an Bord gesehen.«

»Thies …« Nicole zieht geräuschvoll Luft durch die Nase. »Telje und Tadje … wie soll ich sagen … die lesen grade ›Die Schatzinsel‹ und finden Jonny Depp in ›Fluch der Karibik‹ toll.«

»Wieso, hast doch gehört, Silvia-Sophie und Pearl und wie sie alle heißen hab'n doch Fotos gemacht … und gepo-o-ostet.«

Nicole fummelt ihr Smartphone aus ihrer Vintage-Lederjacke. Die abgeschabte Jacke mit den verwegenen Nieten trägt sie nun auch schon seit Jahren, aber das superflache Smartphone mit dem Riesendisplay ist nagelneu. Thies guckt neidisch, Boyksen skeptisch.

Die Kommissarin streichelt ein paarmal auf dem Gerät herum. »Hier hast du deine Beweisfotos.« Sie zeigt ihren Kollegen mehrere Fotos, auf denen zwei oder drei Mädchen mit ins Gesicht gewehten Haaren zu sehen sind. Sie sind alle blond und sehen irgendwie gleich aus. Aber viel ist ohnehin nicht zu erkennen. Die Bilder sind unterbelichtet und unscharf. Nicht nur die Mädchen sind vom Regen vollkommen durchnässt, auch das Objektiv scheint reichlich abbekommen zu haben. »Für 'ne Festnahme reicht das noch nicht so ganz.« Nicole grient Thies an.

»Da gibt dat bestimmt noch andere Fotos.« Thies ist sich ganz sicher.

»Ja, die Deerns sind ja immer fix am Knipsen.« An Boyksen ist die Selfie-Kultur auch nicht vorbeigegangen.

»Die Fährleute, die an dem Abend an Bord waren, müssen wir natürlich befragen«, räumt die Kommissarin ein. »Ob sie nun Narben und Holzbeine haben, wie die Mädchen behaupten, oder nicht.«

»Wieso, den gibt dat«, klärt Boyksen die beiden auf. »Johnny Petersen, der soll vor Jahren auf großer Fahrt in Afrika beim Anlegen mitm Bein mal zwischen Kaimauer und Bordkante gekommen sein … na ja … aber aus Holz is dat, glaub ich, nich mehr, da nimmt man heutzutage anderes Material …«

»Mensch, Knut, so genau wollen wir das auch nich wissen.« Nicole wird ganz anders.

»Und wo finden wir den? Hier auf der Insel?«, will Thies wissen.

»Ja, Johnny Petersen is Insulaner. Aber jetzt is er wahrscheinlich unterwegs«, vermutet Boyksen.

»Petersen befindet sich an Bord der ›Rungholt‹«, erklärt die Frau am Fahrkartenschalter. »Und die ›Rungholt‹ hat gerade in Wyk Richtung Dagebüll abgelegt.«

»Fluchtgefahr?« Thies sieht Nicole fragend an.

»Johnny Petersen?« Knut sieht Thies an.

»Ich mein auch, der läuft uns nich weg.« Nicole schnupft. »Und der Typ mit dem Krakenbart auch nicht.«

»Krakenbart? Wat is dat denn?« Knut fasst sich prüfend in seinen eigenen Bart.

»Ja, weiß auch nich, Telje und Tadje haben so wat

gesehen. Der hatte wohl 'n Bart wie so 'n Tintenfisch beim Griechen.«

»Thies, deine Töchter hatten schon immer 'ne blühende Phantasie.« Boyksen ist immer noch mit seinem Bart beschäftigt.

Nicole ruft zur Abwechslung mal wieder bei Antje an. Kaum hat sie die Nummer aufgerufen, schon kommt ein scheppernder, rhythmischer Bass aus dem schicken flachen Gerät, dass ihr das Telefon fast aus der Hand fliegt. Sie erkennt den Sound natürlich sofort. Eindeutig ›AC/DC‹. »Sagt mal, wo seid ihr denn?« Sie klingt besorgt.

»Wir erkunden grad mit Hauke zusammen 'n büschen die Insel«, schreit Antje gegen die Metallrocker an.

»Und wo ist Finni?«, will die Kommissarin wissen. »Habt ihr Finn etwa allein bei den Klangschalen im Keller gelassen?«

»Ach was, der sitzt hier auf dem Beifahrersitz bei Piet aufm Schoß.« Antje ist gegen die Musik kaum zu hören.

»In dem Krach? Soll er, wenn er in die Kita kommt, schon 'n Hörschaden haben.« Nicole klingt jetzt ausgesprochen ärgerlich.

»Nicole, ich kann dich ganz schlecht verstehen.« Die Stimmung im Auto des Schimmelreiters klingt ekstatisch.

14

»Null ... drei ... null ... null«, kräht Käptn Flint vom Regal mit den Rumflaschen in das düstere Lokal.

»Wat schnackt er denn da?«, fragt sich Paulsen. »Sind dat die Wasserstandsmeldungen, oder wat?« Klaas, Antje, Bounty und der Schimmelreiter sehen erstaunt zu dem grüngefiederten Vogel hoch. Schäfermischling Susi legt die Ohren nach hinten und knurrt leise.

Im »Lustigen Seehund« hängen wieder die Rauchschwaden in den verstaubten Fischernetzen. Die Backfischdünste, die durch die Durchreiche aus der Küche in den Gastraum ziehen, mischen sich mit vereinzeltem Zigaretten- und Zigarrenrauch. Im gelben Schein der alten Tresenleuchte »Der gute Pott« steht der Qualm. »Gegen meine Dunstabzugshaube kannst du die hier vergessen«, stellt Antje fest.

»Jaja, is richtig«, kächzt Paulsen, der einen Barhocker am Tresen erobert hat, und zieht genüsslich an seinem Zigarillo. Er ist hocherfreut, zum Rauchen mal nicht nach draußen zu müssen. Paulsen hat sich beim Babysitten von der jungen Mutter ablösen lassen und genießt seinen Feierabend zusammen mit seinem alten Freund Knut Boyksen. Thies leistet seiner Kollegin in der Wellnesspension Gesellschaft und diskutiert den dürftigen Stand der Ermittlungen.

Howard Carpendales ›Spuren im Sand‹ aus der

Musikbox kommt gegen das allgemeine Stimmengewirr kaum an. Die Gäste stehen wieder mit dampfenden Groggläsern in bunter Reihe vor der Theke, darunter Vogelwart Nils Gerckens und auch Junglehrerin Loebell. Im Hintergrund an einem schummrigen Ecktisch sitzen Pearl und Bones vor einem Cuba Libre. »Wo Rum ist, sind auch Piraten«, grinst Bones. Vanessa Loebell beobachtet die beiden kritisch. Sogar eine kleine Abordnung der Steineflüsterer hat sich wieder in die Spelunke verirrt und lässt die Energien des maritimen Ambientes auf sich wirken. Die Leute am Tresen sind in angeregter Diskussion über den toten Reeder auf der »Rungholt«. Nur der lange John Petersen sitzt stumm daneben und stiert in sein mit Rum gefülltes Wasserglas. Er hat die Ärmel hochgekrempelt. Das dilettantisch gestochene Anker-Tattoo schimmert im gelben Licht.

Der sensationelle Sieg des HSV in München ist fast in den Hintergrund geraten. Der Mord auf der »Rungholt« ist das bestimmende Gesprächsthema. Die Schuldfrage wird von den Einheimischen allerdings seltsam gelassen behandelt. Wer der Mörder ist, scheint keiner so recht wissen zu wollen. Und Knut Boyksen will mit dem Mordfall eigentlich gar nichts zu tun haben. »Dat is für die Touristik gar nich förderlich.« Wenn der Ex-Polizist offiziell wird, rollt er das R besonders schön. »Außerdem sind wir im Grunde genommen überhaupt nich zuständig.«

»Nee, wieso nich?«, will Klaas wissen.

»Die Tat ist nich hier auf der Insel verübt worden, sondern an Bord der MS ›Rungholt‹.«

»Aber auf der ›Rungholt‹ gibt dat keine Polizeiwache«, gibt Paulsen zu Bedenken.

»Auf See gibt dat kein Gesetz.« Der Ex-Knacki Raik Rettmer grinst breit und stupst den Handballen lässig gegen den Zapfhahn.

»Die Hamburger sind doch selbst schuld«, erklärt Strandkorbvermieter Ole Tobarben den beiden rheinischen Herbsttouristen auf den Nebenhockern. »Wat wollen die hier?«

»Die wissen eben auch, wo dat schön is.« Der Kölner prostet seinem Freund mit einem Rumcocktail »Skorbut« zu. »Janz wat Jesundes ... so schön frisch mit dem Zitronenscheibschen.« Howard Carpendales ›Spuren im Sand‹ haben sich endgültig in der Geräuschkulisse verloren.

»Eine Fährlinie reicht.« Tobarben geht nicht weiter auf die Rheinländer ein. »Ist doch so, Johnny, oder wat sachst du?«

»Ja, wat soll ich dazu sagen?« Mehr sagt »Long John Silver« Petersen tatsächlich nicht. Er fährt sich mit dem schmutzigen Fingernagel einmal über seine Narbe, kippt den Rest seines Drinks mit einem Zug herunter und humpelt zu den Toiletten.

»Thies meint ja, dat is 'n Auftragsmord oder so«, bemerkt der Schimmelreiter wichtig mit kritischem Blick auf die Rumcocktails der Rheinländer mit der Zitronenscheibe.

»Nu mal ganz langsam, min Jung.« Boyksen hebt beschwichtigend die Hände.

Pearl und Bones sitzen stumm an ihrem dunklen Ecktisch und lauschen. Und auch Junglehrerin Loebell hört interessiert zu. Sie zückt eine alte Zigaretten-Blechschachtel mit dem »Players-Navy-Cut«-Matrosen und steckt sich demonstrativ eine Filterlose zwischen die Lippen.

»Wat is denn dat für 'ne geile Schachtel?«, quakt der Schimmelreiter.

»Wie meinst du das denn?«, fragt die Lehrerin beleidigt.

»Ach so, nee, ich mein … die Schachtel«, beteuert Hauke Schröder.

Vanessa grinst ihn überheblich an, streicht sich die roten Locken zurück und lässt sich von Paulsen Feuer geben. Im »Lustigen Seehund« gibt es kein Rauchverbot, hier herrscht offenbar Rauchpflicht. Und es riecht nicht nur nach Tabak. Bountys Selbstgedrehte verströmen den typisch süßlichen Duft der selbstgezogenen Gewächse aus seinem Kräutergarten. Schäfermischling Susi verzieht sich nach draußen an die frische Seeluft.

»Sacht mal, gibt dat hier keine andere Musik als immer nur Howie?«, ruft der Schimmelreiter zu Bounty hinüber, der gerade sorgfältig das Angebot der Wurlitzer studiert. Der Gitarrist von ›Stormy Weather‹ ist vollkommen in die vergilbten maschinengeschriebenen Zettel mit den Musiktiteln hinter der Glasscheibe der Musikbox vertieft. »Nichts für dich, Hauke. Aber sind 'n paar schöne Titel aus der guten alten Zeit dabei.« Bounty drückt ›Atlantis‹ von Donovan.

»Null … drei … null … null«, quatscht Käptn Flint vom Flaschenregal in Donovans langes Intro.

»Unser Freund wiederholt sich.« Piet Paulsen pustet eine Zigarillowolke Richtung Papagei. »An so viele

Zahlen in ›Wir lagen vor Madagaskar‹ kann ich mich gar nich erinnern.« Paulsen sieht seinen Freund Knut Boyksen fragend an. Boyksen zuckt mit den Schultern. Aber sein Blick verrät, dass er irgendwie mehr weiß.

»Er kommt zwar von Madagaskar, aber er lebt ja schon 'ne ganze Weile in Nordfriesland.« Raik Rettmer nimmt zwei Teller mit Bratfisch aus der Durchreiche zur Küche. »Zweimal Backfisch mit Kartoffelsalat!«, ruft der Wirt in den Raum. Eine der Damen aus der Steinsammlergruppe kommt vom Resopaltisch herüber und nimmt die Teller in Empfang. Rettmer verlässt seinen Platz hinter dem Zapfhahn und geht mit provozierend schwankendem Gang zu Nils Gerckens, der mit Bounty an der Musikbox steht. Er gibt dem Althippie deutlich zu verstehen, dass er mit Gerckens allein etwas zu besprechen hat. »Große Geheimnisse? Ich bin schon weg«, raunt Bounty und schlurft zu seinen Imbissfreunden an die Theke.

»Wo is die Kohle?«, zischt Rettmer.

»Ich hab das Geld nicht«, beteuert Gerckens.

»Diese beiden Kölner Kasper sind hier schon wieder mit so 'nem angekokelten Schein angetanzt«, faucht der Wirt.

»Ja, da war noch was«, flüstert Gerckens. »Aber ich hab es nicht.«

»Wer soll es denn sonst haben?« Rettmer rückt dem Vogelwart auf die Pelle. Es sieht aus, als hätte er ihn am Kragen. Einige Kneipengäste am Tresen gucken interessiert zu.

»Raik, verdammte Scheiße, ich weiß es nicht. Ich

hatte es vergraben, aber die Scheißkohle ist weg!«, zischt der Vogelwart. »Ich weiß nicht, wer sie hat.« Rettmer lässt Gerckens los. Die beiden reden leise, aber eindringlich aufeinander ein. Die Worte »vergraben« und »teilen« meinen Klaas, Antje und die anderen Gäste aus der Entfernung verstehen zu können. Aber der Rest geht in Donovans Refrain unter. ›Way down below the ocean …‹ Und jetzt singt Bounty auch noch mit: »… where I wanna be …« Vanessa Loebell flirtet den Althippie ziemlich offensiv an. Mit einem Ohr ist sie dabei aber immer noch bei dem kleinen Disput zwischen Gerckens und Rettmer.

Piet Paulsen ist im dicken Qualm seines Zigarillos inzwischen kaum mehr zu sehen, und auch der Vogel ist schwer eingenebelt.

»Er braucht hier aber wirklich dringend mal 'n neuen Abzug.« Imbissfachfrau Antje sieht erst Paulsen vorwurfsvoll an, dann nach oben in die Rauchschwaden und zu dem Papagei. Sie schüttelt den Kopf. »Den Zigarrengestank kriegst du aus dem Vogel doch gar nich wieder raus.«

»Raik, wir kriegen noch zwei von denen hier …«, ruft der Kölner den gesamten Tresen entlang dem Wirt zu. »Nisch dat hier noch der Skorbut ausbrischt.« Die rheinische Frohnatur kann sich vor Lachen kaum halten. Rettmer reagiert überhaupt nicht. Er befindet sich immer noch mitten in der hitzigen Diskussion mit Nils Gerckens. »Weiß auch nisch, jeht wohl um den verkohlten Jeldschein, den wir jefunden haben. Ist doch nix wert«, tönt der Rheinländer lautstark.

»Geldscheine? Echt?« Bounty hat mit gefundenen

Geldkoffern ja so seine Erfahrungen. »Is ja irre.« Nach ›Atlantis‹ und mehreren Selbstgedrehten sieht der Althippie alles recht entspannt.

Inzwischen ist auch Fährmann »Long John« Petersen vom Klo zurück und befindet sich ebenfalls in angeregtem Gespräch mit Pearl und Bones. Boyksen beobachtet das verwundert. In der düsteren Spelunke finden heute Abend offenbar mehrere Geheimgespräche statt. Pearl hält dem Fährmann ihr Smartphone hin, das sehr ungewöhnlich aussieht, mit dem schwarz und silbrig gesprühten Totenkopf auf der Rückseite. Long John Silver blickt ungläubig und will danach greifen. Aber das Mädchen entzieht ihm das Gerät geschickt. Das Display wirft ein flackerndes Licht in den schummrigen Raum. Vermutlich ein Video. Irgendwie kann Boyksen sich überhaupt keinen Reim darauf machen, was Johnny Petersen mit diesen gepiercten Schülern in den schwarzen Klamotten zu schaffen hat. Auch Antje, Klaas und Vanessa Loebell gucken. Die Lehrerin zieht intensiv an ihrer Filterlosen und pustet hustend den Rauch in die Runde. Sie nestelt nervös in ihrer roten Mähne.

»Null … drei … null … null«, krächzt Käptn Flint.

»Wat sind dat immer für Zahlen?«, fragt sich mittlerweile auch der Schimmelreiter. »Der hat sie doch nich alle, der Geier.«

»Geheime Botschaften aus dem Nirwana«, nuschelt Bounty und nimmt mit spitzen Fingern einen letzten Zug aus seiner Selbstgedrehten.

»Sind dat die Lottozahlen?«, überlegt der Schimmelreiter.

»Und heute hab'n sie dreimal die Null gezogen? Alles klar, Hauke.« Bounty kichert. »Kein Wunder, dass wir nichts gewonnen haben.«

Als die Imbisstruppe wenig später im Mustang des Schimmelreiters über die neblige Insel zurück zur Pension fährt, kommen statt ›AC/DC‹ die Nachrichten aus den Riesenboxen. »In den Sonntagsspielen der ersten Fußballbundesliga kam es zu folgenden Ergebnissen. Bayer Leverkusen unterlag zuhause Borussia Dortmund mit null zu drei. Schalke 04 und Werder Bremen trennten sich null zu null …«

»Dat gibt's doch nich.« Klaas ist schlagartig stocknüchtern. »Dat sind die Bundesligaergebnisse.«

»Hallo? Klar sind dat die Bundesligaergebnisse, hat er doch eben gesagt.« Der Schimmelreiter wedelt mit der flachen Hand vor seinem Gesicht und tritt das Gaspedal bis zum Bodenblech durch. Der Mustang King Cobra röhrt am Leuchtturm vorbei durch den Nebel.

»Nee, nich dat Radio, der Papagei!« Klaas ist ganz aus dem Häuschen.

»Der Papagei?«, krächzt Paulsen.

»Dat drei zu null vom HSV, dat hast du doch von Knut … und Knut hat dat von dem Papagei.«

»Käptn Flint?« Antje wundert sich.

Susi knurrt schon wieder. Sie muss den Namen nur hören.

Piet Paulsen schiebt die schwere Brille auf die Nase zurück. »Dafür, dat der Vogel von Madagaskar kommt, weiß er über deutschen Fußball ganz gut Bescheid.«

15

»Wat bildet ihr euch ein!« Wütend treibt der große Fährmann die beiden Jugendlichen vor sich her auf die Mole. Unter einer Achsel hat er seine Krücke, in der anderen Hand einen Enterhaken. »Ich werd's euch austreiben«, schreit Long John Silver.

Die Bogenlampen werfen kaltes Licht auf den Anleger, der in das Wasser hinausragt. Tief über dem Wattenmeer steht der Mond, der noch blasser über das Wasser schillert. Die stahlblauen Augen von Johnny Petersen leuchten bedrohlich. Die weiße Narbe steht wie ein Strich in seinem fahlen Gesicht. Ein paar strähnige blonde Haare hängen unter der Wollmütze heraus. Er röchelt und spuckt Kautabaksaft in hohem Bogen ins Wasser.

Pearl und Bones laufen kreuz und quer vor ihm her über den Anleger. Über ihnen segelt gackernd eine Möwe. Long John Petersen ist ihnen dicht auf den Fersen. Sie hören den schweren Schritt im Wechsel mit dem leichteren Auftritt des Holzbeines und dem harten Klopfen der Krücke auf dem Anleger direkt hinter sich. Auch die Gesichter der beiden Schüler schimmern kalkweiß, ihre schwarz geschminkten Augen sehen darin aus wie Kohlestückchen. Zwischendurch bleibt Pearl immer wieder stehen.

»Dir verwöhnten Göre werd ich's austreiben!« Er

pendelt das schwere Eisen mit den über Kreuz geschwungenen Widerhaken bedrohlich hin und her.

»Seht her, den Halunken! Los Leute, heraus mit dem Entermesser!«, schreit Pearl übermütig in die Nacht und springt vor dem wütenden Fährmann umher. Bones lacht hysterisch auf. Jetzt redet Pearl auch schon wie die Typen in der ›Schatzinsel‹.

Long John schwingt den großen Enterhaken, der wie ein Anker aussieht. Aber er ist weit davon entfernt, das Mädchen zu treffen. Die Möwe über ihnen lacht schrill wie über einen Witz.

»Warte, ich bekomm dich gleich zu fassen … und dich Schwuchtel auch!« Jetzt wendet er sich Bones zu. »Wat wollt ihr überhaupt?«

»Du hast den orangen Typen gekillt … und jetzt wollen wir Kohle sehen. Oder sollen wir unsern Clip von der Fähre mal den Bullen zeigen?!« Pearls Stimme hallt über den Anleger. Sie zückt ihr Handy, der Flash blitzt auf. Long John zuckt kurz zusammen. Seine Narbe leuchtet durch die Nacht.

»Hör sofort auf mit der blöden Knipserei!«, brüllt er. Jetzt gerät der Hüne außer sich und schwingt das Seil mit dem Enterhaken wütend über sich. Pearl und Bones hetzen über den Anleger. Sie sind schneller als der Fährmann mit seinem Holzbein. Aber wo wollen sie hinlaufen? Sie sehen, dass die Mole in wenigen Metern zu Ende ist. Dahinter können sie nur noch ins Meer springen. Sie sitzen in der Falle.

Long John Silver ist ihnen jetzt ganz nahe. Und dann sieht Bones das kleine Boot, das unter ihnen schwankend festgemacht ist. Er überlegt nicht lange.

Während der Enterhaken an seinem Kopf vorbeisaust, löst er hektisch den Knoten, mit dem der Kahn an einem Eisenring auf dem Anleger vertäut ist. Er hat den einfachen »Schiffer« sofort gelöst. Er springt in das Boot und stößt es von der Kaimauer ab. Obwohl das Wasser heute viel ruhiger ist, schaukelt das Boot wild hin und her. Er kentert fast. Aber dann kann er sich fangen und die beiden Riemen greifen.

Der Fährmann wendet sich jetzt dem Mädchen zu. »Du entwischst mir nicht!«, schreit er. Pearl läuft im Zickzack vor ihm her.

»Pearl, los, komm!«, ruft Bones ihr aus dem Ruderboot zu. »Wir hauen ab! Los, spring!«

Pearl schlägt einen Haken, um dem Bootsmann auszuweichen. Sie schwingt sich von der Mole herunter in das Boot, das durch ihren Sprung erneut zu kentern droht. Bones rudert sofort los. Aber wo wollen sie eigentlich hin? Er rudert auf das Wattenmeer hinaus. Die Ruderblätter rutschen ihm immer wieder aus dem bewegten Wasser, sodass sie ins Leere schnellen und Pearl eine kurze Dusche verpassen. »Mann, Bones, pass doch auf! Oder lass mich an die Riemen!«

Pearl dreht sich um. Sie sieht, wie sich jetzt auch Long John Petersen langsam von der Kaimauer in ein Boot herunterlässt und sich sofort in die Riemen legt. So schwerfällig er eben an Land war, so schnell und geschickt ist er auf dem Wasser. Mit wenigen kräftigen Ruderschlägen hat er die beiden Jugendlichen fast eingeholt. Bones rudert wie wild, aber immer wieder bekommt er die Ruderblätter beim Rückholen nicht richtig aus dem Wasser. Die beiden Boote haben sich ein ganzes Stück von der Mole entfernt. Das Mondlicht glitzert auf den Wellen. Von weitem funkeln ein paar Lichter von Föhr und den Halligen herüber. Über ihnen hängt wieder die einsame Möwe, die einen langgezogenen Schrei ausstößt. Long John Petersen erhebt sich von der Bank seines Ruderbootes. Jetzt schwingt er schon wieder die Enterhaken.

»Echt, Bones, du Knecht, hau mal rein jetzt«, schreit Pearl ihren Freund an. Der Junge mit den schwarz geschminkten Augen rudert panisch. Aber auf dem Wasser ist er dem Fährmann hoffnungslos unterlegen. Die Enterhaken blitzen im Mondlicht auf. Dann müssen die beiden Jugendlichen mitansehen, wie das Eisen durch die Luft fliegt und sich im Heck ihres Ruderbootes verfängt. Holz splittert. Johnny Petersen steht jetzt ohne Krücke aufrecht in seinem Boot und zieht den Kahn mit den beiden Schülern zu sich heran. In einer Hand hält er das Seil des Enterhakens, in der anderen blitzt auf einmal ein großes Messer auf. Stehend mit einem Holzbein scheint er die Situation viel besser im Griff zu haben als die beiden Jugendlichen sitzend in ihrer schaukelnden Nussschale. Doch dann besinnt sich Bones auf seine Vorbilder. Er reißt einen der beiden Riemen aus dem Klemmring, erhebt sich ebenfalls von der Ruderbank und schwingt den Riemen durch die Luft. Er lässt ihn einmal um sich herum kreisen, dann landet das schwere Ruderholz mit einem hohlen Krachen auf dem langen Gesicht des Fährmanns. Long John Silver schwankt. Er verdreht für einen Moment die Augen, gerät mit seinem Holzbein ins Stolpern, aber dann fängt er sich wieder.

»Bones, los, mach den Bootsmann nieder!«, ruft Pearl. Sie klingt schon wieder wie in der ›Schatzinsel‹.

Petersen will mit seinem Messer das Boot der beiden entern. In dem Moment trifft ihn der nächste betäubende Hieb. Er steht da wie abgeschaltet. Sein Blick geht ins Leere. Das Tau mit dem Enterhaken gleitet ihm aus der Hand. Das Messer hält er noch fest. Für einen Moment hängt der große Kerl in der Luft. Er tritt mit dem Holzbein zweimal hinter sich, um sich aufzufangen. Er rudert mehrmals kurz mit den Armen. Die stahlblauen Augen starren fassungslos Richtung Halligen. Die weiße Narbe leuchtet gespenstisch im Mondlicht. Dann kippt er rücklings über den Bootsrand ins Wasser.

»Los, Bones, vorwärts dann«, ruft Pearl. »Lass die Segel fallen!«

Für einen Moment sehen sie noch zu dem anderen Boot hinüber. Aber Johnny Petersen ist nicht zu entdecken. Dann macht Bones ein paar hektische Ruderschläge hinaus auf das offene Wattenmeer. Pearl dreht sich noch einmal um. Das andere Boot tanzt führerlos auf den Wellen. Aber von Long John Silver ist nichts zu sehen und nichts zu hören. Nur die Möwe, die wie an einem Marionettenfaden über ihnen hängt, gibt einen schrillen Lacher von sich. »Verdammte Scheiße, Pearl, wir haben ihn gekillt.« Bones wird panisch.

»Du hast ihn gekillt, Bones!« Sie sieht ihn herausfordernd an. »Von dem sehen wir keinen Taler mehr. Aber er kann uns auch nichts mehr anhaben. Er hat es nicht anders verdient.«

16

Nils Gerckens hatte die Sache eigentlich längst abge-
hakt. Über vier Jahre ist es jetzt her, dass in seiner Vogelschutzstation dieses geheimnisvolle Paket mit den
Geldscheinen in die Luft geflogen und über die halbe
Insel geweht war. Das Geld stammte aus einem omi-
nösen Immobiliendeal. Da waren beim Verkauf eines
Grundstückes mit Meerblick Gelder geflossen. So ganz
genau wusste Gerckens das gar nicht. Rettmer hatte
das Paket damals zusammen mit einer Bombe in seinem Vogelkäfig versteckt, ohne dass der Vogelwart das
mitbekommen hatte. Aber es war nicht Rettmers Geld,
soviel er wusste. Und dann hatte Rettmer auch jemanden getötet. Bis vor kurzem hatte er im Knast gesessen. Als das Paket mit dem Geld damals in die Luft
geflogen war, waren die meisten Scheine verbrannt
oder zumindest angebrannt. Aber in einer zweiten Vo-
liere hatte sich eine kleine Blechkiste befunden, die die
Explosion fast unbeschadet überstanden hatte. Nur
wenige Scheine waren angekokelt. Gerckens hatte das
Geld am Kniepsand zwischen Nebel und Norddorf
vergraben. Er wollte warten, bis Gras über die ganze
Sache gewachsen war, dann wollte er den Schatz heben.

Als er später an der betreffenden Stelle gegraben
hatte, war sein Schatz nicht mehr da. Den Ort hatte
er sich genau gemerkt. Das bildete er sich zumindest

ein. Er war ganz in der Nähe der Kunstinstallation aus Strandgut, die wie ein Wrack in den Dünen über dem Meer thronte. Er hatte sich an einem verwitterten Mast, der als Teil der Installation im Sand steckte und an dem ein Fender und verschiedene farbige Plastikbänder wehten, orientiert. Er hatte die Schritte genau abgemessen. Sieben große Schritte Richtung Norddorfer Leuchtmarkenfeuer. Er hatte sich eine kleine Karte mit einigen wenigen Orientierungspunkten gezeichnet. Aber die Karte war verschwunden. Seltsam. Er musste sie verlegt haben. Aber er war ein Chaot, das wusste er selbst. Die Skulptur aus angespülten Plastikeimern, verwitterten Holzbrettern, grellfarbigen Tauen aus Strandgut veränderte sich ständig. Sie wurde in den Sturmfluten im Winterhalbjahr zerstört und im Frühjahr wieder neu aufgebaut. Auch die Dünen veränderten sich ständig. Aber der Mast war noch da. Gerckens war sich sicher. Irgendjemand hatte sich hier bedient. Es war gar nicht so leicht, das Raik Rettmer klarzumachen. Nachdem diese idiotischen Kölner mit den halbverkohlten Scheinen im »Lustigen Seehund« aufgetaucht waren, hatte er Lunte gerochen. Jetzt rückte er ihm auf die Pelle. Nils findet das reichlich ungemütlich. Rettmer hatte schließlich mehrere Menschen auf dem Gewissen. Er hatte Rettmer versprochen, mit ihm halbe-halbe zu machen. Aber gab er sich damit wirklich zufrieden?

Es geht Gerckens in erster Linie gar nicht um die Kohle. Geld war für Gerckens noch nie wirklich wichtig. Er brauchte ja auch kaum etwas in seinem Vogelwarthäuschen mitten in den Dünen. Und in den letzten Jahren, seit diese Affäre mit Happy Puttkammer lief, hatte er überhaupt keine Geldsorgen mehr. Happy lädt ihn permanent ein. Sie versorgt ihn mit Aufträgen zu vogelkundlichen Wanderungen, kleidet ihn mit schottischen Regenmänteln ein und überrascht ihn mit neuen Seafood-Kreationen. Er revanchiert sich gelegentlich mit einem gemeinsamen Joint und ein bisschen dick aufgetragener Hippieromantik unter dem Sternenhimmel am Strand. Er nennt es immer noch eine Affäre, auch wenn es jetzt schon Jahre geht. Aber ein Paar sind Hannelore von Puttkammer und er dann auch nicht, so weit würde er nicht gehen. Dafür sind sie dann doch zu unterschiedlich, das ehemalige Sylter Model und der ehemals militante Tierschützer. Nils hat sich seit Jahren an keine Tonne mehr angekettet, um gegen die Bedrohung der Zwergseeschwalbe zu protestieren. Dafür hatte Happy mittlerweile ihr Herz für die Seevögel entdeckt. Bei den von ihr organisierten Protestaktionen gegen neue Offshore-Windparks oder die Überfischung der Nordsee wurden neuerdings Krabbenhäppchen und Champagner gereicht.

Nils dreht seine Runde um die Odde, die Nordspitze der Insel, die unter Naturschutz steht. Er macht das mittlerweile seit dreißig Jahren, seit er hier in der Vogelstation von Amrum seinen Zivildienst absolviert hat. Er zählt den Bestand der Seevögel. Auf dem täglichen Rundgang macht er seine Strichlisten. Und wenn er mal keine Lust hat oder das Wetter zu schlecht ist, dann erstellt er die Strichlisten zu Hause in seiner Vogelstation. So eng sieht Nils das nicht mehr. Früher hat er sich über die Touristen aufgeregt, die ihm und seinen Vögeln im Naturschutzgebiet zu nah kamen. Inzwischen ist er gelassener geworden.

Die Gruppe Austernfischer, die aufgereiht, die langen roten Schnäbel gegen den Wind gerichtet auf einer Dalben-Reihe sitzen, übersieht er heute vollkommen. Nils hat im Augenblick nur den Geldschatz im Kopf. Und er ist offenbar nicht der Einzige. Auf dem Strandstück gleich unterhalb der Nordspitze gegenüber von Sylt hockt eine ganze Gruppe im Sand, ein paar andere versprengt in den Dünen. Schon von weitem erkennt Nils die Frau, die vorgestern im »Lustigen Seehund« hysterisch nach ihrer Tochter gesucht hat. Und einige der anderen waren an dem Abend und gestern ebenfalls in der Kneipe. Mehrere Frauen reiferen Alters umringen einen älteren Mann mit langen grauen Haaren. Er wird von ihnen nicht einfach nur Rainer, sondern *der* Rainer genannt. Die Gruppe hockt am Rand der auflaufenden Wellen im Sand und sucht etwas. Aus der Entfernung sieht es aus, als suchten sie Muscheln. Doch als Gerckens näher kommt, sieht er, dass die Frauen Steine aus dem Sand herausgraben.

»Behandle einen Stein wie eine Pflanze, eine Pflanze wie ein Tier und ein Tier wie einen Menschen«, säuselt eine der Frauen, die ihren Mann offenbar gegen eine Steinsammlung eingetauscht hat. Nils setzt sich ja auch sehr für die Rechte der Tiere ein. Pflanzen auch, sicher. Aber Steine? Die Frau blickt erst hingebungsvoll auf den wie ein Vogelei gepunkteten Stein in ihrer Hand, dann sieht sie Nils mitleidig lächelnd aus ihrem hennaroten Gestrüpp auf dem Kopf an.

»Nee, is schon klar.« Gerckens überlässt die Frau

ihren Steinen. Die Steinsammlerin findet er unverdächtig. Aber was ist mit den anderen, die da etwas oberhalb durch die Dünen schleichen. Wonach graben der langhaarige Seminarleiter und die anderen Frauen im Sand? Was machen diese Freaks und die übermotivierte Mutter mit dem Doppelnamen da in den Dünen?

Nils Gerckens hat auf einmal das Gefühl, dass alle Welt von dem Geld weiß und dem Schatz auf der Spur ist. Das konnte doch gar nicht sein. Außer Rettmer und ihm wusste eigentlich niemand davon. Seinem alten Kumpel Bounty hatte er vielleicht vor einiger Zeit davon erzählt und seiner damaligen Freundin. Astrid war damals gerade mit ihrem lispelnden Surflehrer Marcel nach Wittdün durchgebrannt, wo die beiden in einem Laden in der Einkaufsstraße maritime Holzvögel und in China produziertes »Original Strandgut vom Amrumer Kniepsand« verhökerten. Neuerdings wollte Astrid wieder zu Nils zurück, weil die Liaison mit dem Surfer in eine anhaltende Flaute geraten war. Aber von der Geldkassette hatte sie diesem Idioten vorher bestimmt noch erzählt.

Hat vielleicht sogar der Tod des Hamburger Reeders mit dem Schatz zu tun? Oder dieser unheimliche Bootsmann Johnny Petersen? Und was suchen diese bekloppten Steineflüsterer auf der Insel? Die suchen keine Steine, die suchen das Geld! Aber wenn jemand einen Anspruch auf die Kohle hat, dann er … und vielleicht Raik Rettmer.

17

Die Belegschaft der »Hidden Kist« hat eine unruhige erste Nacht im Friesenhof »Pidder Lyng« hinter sich. Postbote Klaas hat kein Auge zugetan. Das lag weniger an den turbulenten Ereignissen auf der MS »Rungholt« oder den Rumgrogs im »Lustigen Seehund«. Piet Paulsen, mit dem er sich das Doppelbett im Elternschlafzimmer teilt, hatte mit seinem Schnarchen das Apartment »Ekke Nekkepenn« fast zum Einsturz gebracht. Nicht nur Klaas, auch alle anderen haben kaum ein Auge zugetan. Dass sie sich die allergikerfreundlichen Bettdecken über den Kopf gezogen hatten, half da wenig.

»Piet, dein Schnarchen hört man bis nach Föhr rüber.« Antje hat Brötchen besorgt und kocht gerade Kaffee.

»Bounty is oben fast aus seinem Etagenbett gefallen.« Der Schimmelreiter grinst breit.

»Dagegen läuft der Sound von Haukes Mustang ja auf Schlummermodus«, nölt Bounty, gegen Mittag ebenfalls noch im Schlummermodus.

»Nu mal langsam. Wat kann ich dafür, dass ihr so 'n leichten Schlaf habt«, kräht Paulsen. »Müsst ihr gleich mal nach unten in die Entspannungssauna. Der Lütte zumindest hat selig geschlafen, wat, Finn?« Nicoles kleiner Sohn strahlt den Landmaschinenvertreter a. D. an.

»Piet, ehrlich, wir können von Glück sagen, dass du bei mir im Imbiss nich schläfst.«

Antje, Bounty, Klaas und Piet Paulsen verbringen normalerweise ja den halben Tag im Imbiss miteinander. Aber in der gemeinsamen Ferienwohnung lernt sich die Runde noch mal ganz neu kennen. Bounty ist immer noch in seinem Nachtdress, einem ausgeleierten zweifarbigen Frotteeschlafanzug mit zu kurzen Beinen aus der guten, sehr alten Zeit. Sein spärliches Haar, das er sonst mit einem Gummiband zu einem dünnen Pferdeschwanz bändigt, trägt er offen. Piet Paulsen dagegen hat schon die obligatorische Lederweste an. Er hat sein Morgenzigarillo mit Blick über das Wattenmeer und etliche Holztierrennen mit Finn bereits hinter sich. Immer wieder ziehen die beiden Finns Ente und ein Krokodil an einem Bindfaden hinter sich her, sodass die Holztiere klöternd um die Wette durch das Apartment »Ekke Nekkepenn« rollen. Finn kann gar nicht genug davon bekommen, auch wenn seine gelbe Ente gegen Paulsens quietschgrünes Krokodil fast immer den Kürzeren zieht.

Jetzt hat Antje erst mal Frühstück gemacht. »Ist jetzt natürlich kein Ladde Macchiato.«

»Ich trink auch ganz gern mal 'ne ganz normale Tasse Kaffee.« Paulsen schiebt sich ein Körnerbrötchen zwischen die zu großen dritten Zähne.

Den Haferbrei stößt Finn beiseite. Begeistert greift er zu dem Käsebrot, das Antje ihm in Form eines Seesterns ausgestochen hat.

»Wird langsam Zeit, dass der Lütte mal 'n Krabbenbrötchen kriegt«, regt Paulsen an. »Wir sind schließlich an der Nordsee, wat, Finn.«

»Piet, der Kleine ist grad mal 'n gutes Jahr alt.«

»Ja, Antje, mit deinem guten Putenschaschlik Hawaii können wir ja noch mal 'n halbes Jahr warten. Aber so 'n paar Krabben, dat ist doch leichte Kost. Ich nehm ihn gleich mal mit zum Kutter.«

Happy Puttkammers Angebot zu einem Saunagang, zur Klangschalenmassage und anderen Aktivitäten in ihrem Fitnesskeller schlägt die Imbissrunde fürs Erste aus. Paulsen bleibt skeptisch. Aber irgendwie ist sein Interesse geweckt. »Was hat dat eigentlich mit dieser Klangschüssel-Massage auf sich?«, will der Rentner wissen.

»Piet, das sind Energien, die da frei werden.« Bounty überlegt und zieht seinen dünnen Pferdeschwanz durch ein Haargummi. »Ich glaub, der Schall überträgt sich auf den Körper und wird dort als Vibration wahrgenommen.«

»Dat is ja im Grunde genommen wie beim Schimmelreiter im Auto, wenn er seine Beatmusik voll aufgedreht hat«, stellt Paulsen fest.

»Voll die Weibräischn!«, konstatiert der Schimmelreiter begeistert, wobei das »vibration« eher Norddeutsch als Englisch klingt.

»Wo ist denn unsere Hauptkommissarin eigentlich?«, fragt Klaas immer noch völlig verschlafen. Die letzte Nacht mit dem Imbisskollegen Paulsen war für den Fredenbüller Postboten anstrengender als der alljährliche Zustellungsstress in der Weihnachtszeit.

»Die is schon los, zusammen mit Thies. Ermitteln!« Paulsen ist auf dem neusten Stand. »Gleich heute Morgen mit der ersten Fähre zurück aufs Festland, nach Hamburg in die Reederei von dem Toten.«

»Meint ihr wirklich, dass dieser Tote an Bord … also dass der Mörder einer von der NFR war?«, überlegt Antje.

»Na ja, 'n Motiv haben sie. Da geht's ums große Geld«, verkündet Klaas.

Die Imbisswirtin ist schon wieder dabei, den Tisch abzuräumen, obwohl Klaas und Bounty mit dem Frühstück kaum angefangen haben.

»Antje, nu mal ganz sutsche.« Klaas pustet in den heißen Kaffee.

»Freunde, wir wollen langsam los.« Piet Paulsen drückt aufs Tempo. Er und der kleine Finn haben ein volles Programm.

»Wieder an die Klangschalen?« Bounty schlurft in seinem Frotteeanzug Richtung Badezimmer, während Paulsen Finn in seine kleine Öljacke verpackt.

»Krabbenholen am Kutter und Besichtigung des Leuchtturms.« Der Schimmelreiter hat sich bereiterklärt, die beiden zu fahren.

Hauke hat kaum die Schlüssel für den Mustang gezückt, da sitzen Paulsen und Finn bereits auf dem Beifahrersitz. Der Schimmelreiter setzt mit einem Rutscher auf den Asphalt und röhrt die schmale Inselstraße hinunter. Nicoles Sohn hält eine Backform in der Hand und sieht erwartungsvoll zu den großen Lautsprecherboxen, aus denen prompt ›AC/DC‹ wummern.

»Hauke, mach die Beatmusik mal 'n büschen leiser«, sorgt Paulsen sich. »Dem Lütten fliegen sonst noch die Ohren weg.«

»Ja, Piet, die sind ihm letzte Nacht schon weggeflogen … von deinem Schnarchen.«

Finn klopft juchzend mit einem Sandförmchen den Rhythmus von ›Back in Black‹ auf dem Armaturenbrett des Oldtimers mit.

Der Schimmelreiter wird langsam unruhig. »Mensch, Piet, pass mal auf, dat der Kurze hier nix kaputt macht.«

18

Der Morgen war richtig sonnig gewesen. Jetzt hat sich eine dunkle Wolke über die Sonne geschoben. An den Rändern fransen die Wolkenfetzen aus. Es sieht aus wie ein Drache, der zum Sprung in den blauen Himmel ansetzt.

Die 10 a startet heute ihren großen Strandtag mit dem Klassenreisethema ›Das Unheimliche und das Meer‹. Klassenlehrer Doktor Niggemeier und Deutschkollegin Loebell hatten die Idee, ihre Schüler vor Originalkulisse an die Klassiker der Weltliteratur heranzuführen. Für das authentische Erlebnis wollte Niggemeier sogar die Handys einkassieren.

»Ganz ohne Handys? Voll genial! Das ist ja megakrass, echt unheimlich!«, fand Gina-Marie. Aber da war sie die Einzige. Bei dem Rest der Schüler drohte eine echte Revolte auszubrechen. Darauf hatte Niggemeier auf das Einsammeln der Handys verzichtet.

Bei Lasses Referat über den ›Fluch der Schatzinsel‹ hat der dunkelviolette Drache den Himmel über Sylt erobert.

»Voll die Mega-Kulisse«, juchzt Anna-Lena.

»Ja, echt voll interessant«, schwärmt Tadje, die dabei allerdings weniger ›Die Schatzinsel‹ als ihren Mitschüler Lasse mit dem kleinen blonden Dutt im Blick hat.

Dann liest Lasse aus ›Long John Silver. Der abenteuerliche Bericht über mein Leben als freier Mann und meinen Lebenswandel als Glücksritter und Feind der Menschheit‹. Pearl verzieht wissend den Mund zu einem diabolischen Grinsen und zupft mit der Zunge an ihrem Lippenpiercing. Ihr Grinsen wirkt reichlich gequält. Die Auseinandersetzung mit Long John Silver hat bei Pearl und Bones unübersehbare Spuren hinterlassen. Bones hat eine dicke Backe, und Pearls eines Auge wird von einem hübschen Bluterguss umrahmt, den sie fett überschminkt hat. Ihren Mitschülern ist es noch gar nicht richtig aufgefallen. Sie lauschen andächtig Lasses Referat. Niggemeiers Konzept scheint aufzugehen. Die 10 a ist voll im ›Schatzinsel‹-Fieber. Das Fantastische wird tatsächlich ein bisschen real.

»Wir können die Literatur fühlen, oder?«, verkündet Referendar Manuel Scholz, der zum passenden Anlass wieder sein Piratentuch trägt und von den mitfühlenden Mädchen angeschmachtet wird. Nur Leonie sieht demonstrativ weg.

»Na, dann fühl mal schön, Käptn Sparrow.« Pearls Grinsen wird noch dreckiger. Bones kichert. Aber dann fasst er sich gleich an seine dicke Backe. Niggemeier runzelt die Stirn. Ganz so gefühlig hatte es sich der Alt-Sponti dann auch wieder nicht vorgestellt.

»Hier soll ja tatsächlich irgendwo ein Schatz vergraben sein.« Auch Sophie fühlt es jetzt ganz intensiv.

»Ja, ich hab auch schon davon gehört.« Niggemeier harkt sich durch seinen Rauschebart und grient.

»Nee, echt jetzt, Doktor.« Sophie sieht ihren Klassenlehrer mit großen Augen an. »Hat Manuel … also Herr Scholz selbst erzählt.«

Vanessa Loebell wirft dem Referendar einen lasziven und den schmachtenden Mädchen einen verächtlichen Blick zu. Dabei rutscht ihr der halboffene Rucksack von der Schulter. Eine Holzkugel, die an einem Band befestigt ist, fällt heraus. Einige Schüler gucken interessiert.

»Was ist das denn?«, flüstert Torben-Hendrik. »'ne alte Billardkugel?« Vanessa überhört die Frage.

»Oder Lustkugeln?« Ove grinst dreckig. »Donnerkugeln, oder so?«

Die Lehrerin straft ihn mit einem verächtlichen Blick und packt die Kugel kommentarlos wieder in den Rucksack.

»Psst, Leute, bitte!« Niggemeier mahnt seine Schüler zur Ruhe.

Nach dem Exkurs über John Silver »als Glücksritter und Feind der Menschheit« läuft die Klasse am Rand des Watts einmal um die Odde. Inzwischen hat sich der Himmel vollkommen verdunkelt. Sturm kommt auf. Es sieht nach Regen aus. Nur über Föhr glimmen müde noch ein paar rotorange Wolkenflecken. Als Silja mit ihrem Referat über ›Das Gespenstische im Schimmelreiter‹ startet, weht eine erste kurze Dusche über die Klasse hinweg. Sophie sorgt sich um ihre Frisur. Und auch Ove wischt sich den Regen aus der Teppichfliese.

Silja hat gerade mit zarter Stimme gegen die aufkommenden Böen ein paar Sätze über das »Teufelspferd«, über »weißgebleichte Knochengerüste« und andere geisterhafte Phänomene herausgebracht, als eines der Mädchen zum Wasser zeigt. Anna-Lena Lammers-

Lindemann trifft der Schlag. Ihre Mutter, die Elternvertreterin, läuft in Begleitung mehrerer ihrer neuen Steinsucher-Freunde über das Watt auf die Klasse zu.

»Guckt mal, da läuft ja das Gespenst!«, prustet es aus Ove heraus.

»Krass«, findet Lasse.

»Anna-Lena, was macht deine Mom da?« Gina-Marie staunt, die gesamte Klasse kichert.

Auch Doktor Niggemeier wundert sich. »Wieso ist deine Mutter denn immer noch hier?« Frau Lammers-Lindemann winkt aufgeregt von weitem herüber. Ein paar Jungs winken johlend zurück. Anna-Lena ist inzwischen rot angelaufen.

Niggemeier schüttelt den Kopf. »Anna-Lena, so geht das auf Dauer nicht. Wenn wir wieder zurück sind, dann komm doch mal zu mir in die Sprechstunde. Wir müssen mal ein ernstes Wort über deine hypermotorische Mutter sprechen.«

Nachdem sich die Elternvertreterin und ihre Steineflüsterer in der Weite des Watts verloren haben, fährt Silja vor immer dunkler werdender Kulisse mit ihrem Referat über bedrohliche Sturmnächte, über Wienke, die das Meer sprechen hört, über Seeteufel und den gegen die Geister und die Sturmflut kämpfenden Hauke Haien fort. Die Schülerinnen und Schüler werden ungewöhnlich ruhig. Pearl und Bones verdrehen ein paarmal die Augen. Aber auch die beiden hören aufmerksam zu.

»Wieso heißt der eigentlich genauso wie unser Schimmelreiter, also wie Hauke«, fragt Tadje ihre Zwillingsschwester flüsternd.

Telje stößt ihr energisch in die Seite, damit sie bloß die Klappe hält. »Mensch, Tadje, andersrum. Hauke is nach dem benannt«, zischelt sie ihrer Schwester zu. Ein paar andere Mädchen kichern.

»Nein, eine gute Frage von dir, Tadje.« Niggemeier liebt es, immer die blödesten Fragen aufzugreifen. »Was denkst du denn?«

»Die heißen beide Hauke.« Da muss Tadje nicht lange überlegen. »Na ja … und das weiße Pferd … dat Auto von Hauke Schröder is auch weiß, nich ganz, ich glaub, dat is perlmutt-metallic …« Das Kichern ihrer Mitschüler wird immer lauter. »Und er is mit seiner Kiste ja auch viel nachts am Deich unterwegs.«

Auch Manuel Scholz und Vanessa Loebell grinsen inzwischen breit.

»Und dat is doch 'n Ford Mustang … also is doch praktisch auch 'n Pferd.«

Jetzt muss auch Doktor Niggemeier lachen.

»Aber der im Roman ist nich halb so bescheuert wie der Schimmelreiter bei euch in Fredenbüll.« Ove nimmt die Kapuze ab und streicht über seinen Haarstreifen. »Ihr Fredenbüller … na ja, das ist schon krass.«

Silja lässt sich von ihrem Referat nicht abbringen und erzählt weiter vom Spukhaften bei Storm. »Das Unheimliche tritt im Moment des Kaufes des Schimmels entscheidend in die Geschichte ein …«, zitiert sie aus einem alten Standardwerk über den Schimmelreiter aus den Siebzigerjahren.

Bei diesem Satz zuckt Pearl kurz zusammen »Hast du das gehört, Bones?«, zischt sie ihm zu. »Das ist genau derselbe Satz?«

»Hammer!« Er sieht Pearl vielsagend an und fasst sich an die schmerzende Wange.

»Psst.« Pearl wirft ihm einen strafenden Blick zu.

»… der Schimmel wird mehrmals in Verbindung mit dem Teufel gebracht …«, flüstern beide leise im Chor mit, während Silja denselben Satz laut vorliest.

19

Der Detektiv-Rockford-Klingelton schrillt durch den ganzen Passagierraum der »Uthlande«. Thies fummelt sein Handy aus der Jackentasche. Zur Abwechslung ist Heike mal wieder dran. »Was? Du bist gar nich mehr auf der Insel?«

»Wir sind auf der Fähre und dann nach Hamburg.«

»Nach Hamburg? Zusammen mit Nicole? Wat wollt ihr da denn?« Heike verbindet Hamburg vor allem mit Shoppingtouren und Musicalbesuchen.

»Heike, laufende Ermittlungen«, verkündet Thies wichtig.

»Und die Zwillinge sind mit der Klasse noch auf Amrum?«

»Ja, die Klasse ist auf Amrum.«

»Und wo ist der Mörder?« Heike klingt besorgt.

»Wenn wir dat wüssten, wären wir 'n ganzen Schritt weiter.«

Thies und Nicole haben die frühe Fähre auf das Festland genommen. Sie müssen dem Reeder Blankenhorn, dem Vater, und der Familie des Toten in Hamburg einen Besuch abstatten. Außerdem wollen sie die Fährfahrt damit verbinden, den Mitarbeiter der Nordfriesischen Reederei John Petersen zu befragen. Petersen, das hat der Kollege aus Kiel gerade mitgeteilt, hat mehrere Eintragungen in der Täterkartei. Deshalb haben die beiden Polizisten die »Uthlande« genommen, auf der Petersen heute Dienst hat. Doch er ist nicht an Bord. Long John Silver ist nicht zur Arbeit erschienen.

»Sehr seltsam«, findet der Erste Steuermann. »Dat is überhaupt nich seine Art. Der hat dreißig Jahre nich krankgemacht, der lebt praktisch auf der Fähre.«

»Dat is natürlich verdächtig, wenn er dann auf einmal nich mehr auf der Fähre is.« Thies sieht Nicole erwartungsvoll an.

»Was heißt dat denn? Wat wollt ihr denn überhaupt von ihm?«, will der NFR-Mann wissen.

»Die Fragen stellen wir hier«, ranzt Thies den Ersten Steuermann an. Nicole wirft ihrem Kollegen einen strafenden Blick zu.

»Was hat Herr Petersen denn eigentlich für eine Funktion an Bord?«, will die Kommissarin wissen.

»Wieso, der is Bootsmann.«

»Bootsmann?« Nicole zieht geräuschvoll Luft durch die Nase.

»Na ja … seit 'n paar Jahren Oberbootsmann«, fällt dem Ersten ein.

»Und was macht ein … Oberbootsmann?«, fragt Nicole nach.

»Ganz normal …« Der Mann von der NFR macht eine Pause. »Der kümmert sich um die Ausrüstung an Bord, außerdem Autoverladung und so weiter.«

»Und so weiter is gut.« Thies hakt nach. »Dann kümmert er sich auch um die Konkurrenz, wenn die hier plötzlich aufläuft? Seh ich dat richtig?«

»Konkurrenz?« Der Steuermann sieht den Fredenbüller Polizeiobermeister fragend an.

»Es ist ja offenbar kein Geheimnis, dass die NFR hier auf den Inseln Konkurrenz bekommen soll und darüber gar nicht glücklich ist«, erklärt Nicole.

»Dat wollen mir mal ganz sutsche abwarten.« Der Steuermann rückt seine Schiffermütze mit den gekreuzten Flaggen über dem NFR-Zeichen zurecht.

»Sutsche?« Nicole schnauft. »Sie sind vielleicht gut. Wir haben einen Toten, und zwar den Juniorchef der konkurrierenden Hamburger Reederei Blankenhorn.«

»Und wat soll Johnny Petersen damit zu tun haben?«, fragt der Fährmann.

»Die Kollegen sind in unserem Vorstrafenregister fündig geworden«, entgegnet die Kommissarin.

»Petersen is kein unbeschriebenes Blatt«, trumpft Thies auf. »Mehrfach verurteilt wegen Körperverletzung.«

»Mehrfach? Ja, weiß nich.« Der Steuermann schiebt sich die Mütze aus der Stirn und seufzt. »Aber dat is lange her, oder?«

»Dat liegt doch auf der Hand, Petersen is euer Mann fürs Grobe.« Für Thies ist die Sache sonnenklar.

»Mehrere Zeugen haben eine Auseinandersetzung zwischen ihrem Bootsmann und dem toten Bent Blankenhorn gesehen«, versucht es Nicole ins Blaue.

»Wenn die sich da man nich verguckt haben. War bei dem Wetter doch kaum wat zu sehen.«

»Das wissen Sie aber ganz genau«, bemerkt Nicole.

Der Erste gibt sich alle Mühe, seinen Bootsmann in Schutz zu nehmen.

»Den habt ihr doch auf den Hamburger gehetzt.«

Thies lässt sich nicht beirren. »Und jetzt habt ihr ihn erst mal aus der Schusslinie genommen.«

»Aus was für 'ner Schusslinie denn?« Der Steuermann schaltet zunehmend auf stur.

»Fahndung«, raunt Thies Nicole aufgeregt zu.

Die Kommissarin geht gar nicht darauf ein und wendet sich an den NFR-Mann. »Haben Sie eine Ahnung, wo sich Herr Petersen aufhalten könnte?«

»Wie gesagt, eigentlich wohnt er auf der Fähre.«

»Aber an seinem ersten Wohnsitz treffen wir ihn heute nich an!«, blafft Thies ihn an.

»Weiß ich dann auch nich. Er hat ja 'ne Wohnung im Gewerbegebiet auf Amrum und ansonsten … im ›Lustigen Seehund‹.«

»Und was ist mit dem anderen, den unsere Zeugen gesehen haben …« Thies schiebt sich die Polizeimütze in den Nacken. »Gibt's bei Ihnen einen, der so aussieht wie … ja, wie soll ich mich ausdrücken? Der hat so 'n Bart … wie heißt er noch?«

»Davy Jones«, kommt Nicole ihrem Kollegen zu Hilfe.

»So 'ne Art Krakenbart«, führt Thies aus. »Wie Calamaris beim Griechen.«

»Wie bitte? Calamaris?« Der Steuermann grinst breit.

»Haben die Mädchen so ausgesagt.« Thies zuckt mit den Schultern. Nicole hebt die Augenbrauen.

»Wat für Mädchen?«, will der Fährmann wissen.

»Dat haben meine Töchter ausgesagt, die sind hier auf Klassenreise.«

»Und spinnen hier Seemannsgarn, oder was?« Der

Steuermann ist mit seiner Geduld allmählich am Ende. »Mein lieber Herr Detlefsen, dat sind ja alles tolle Geschichten, die Sie da erzählen. Aber ich hab hier noch wat anderes zu tun.«

»Fahndung?«, fragt Thies seine Kollegin noch einmal, nachdem sich der Steuermann auf die Brücke verabschiedet hat.

»Den Krakenbart?« Nicole wundert sich.

»Nee!«, protestiert Thies. »Petersen natürlich.«

Die Kieler Kommissarin sieht ihn skeptisch an.

»Nicole, der is längst aufm Festland und über alle Berge.« Thies macht sich ernsthafte Sorgen.

»Lass uns noch mal abwarten, bis wir nachher wieder auf der Insel sind. Für 'ne Fahndung ist mir das noch ein bisschen früh.«

»Nicole, ich versteh dich nicht, Petersen ist unser Hauptverdächtiger. Der ist heute Abend weg. Gott weiß wohin. Dänemark oder mitm Fischkutter nach Helgoland.«

Nicole hebt beschwichtigend die Hände. »Ganz ruhig, Thies.«

Der Fredenbüller Polizist schüttelt den Kopf. Aber Nicole ist nun mal die Hauptkommissarin. Die junge Mutter wählt zur Abwechslung mal wieder Antjes Handynummer. Statt ›AC/DC‹ kommt diesmal ein lautes Rauschen aus dem Telefon. Nicole ist sofort alarmiert. »Wo seid ihr denn jetzt? Am Strand?«

»Neeee!«, schreit Antje ins Telefon. »Wir sind hier oben aufm Leuchtturm?«

»Und Finni?«

»Der is mit oben!« Das Rauschen aus dem Handy wird lauter. »Nicole, ich kann dich ganz schlecht verstehen!«

»Und wie ist er da bitte hochgekommen?« Nicole bekommt immer größere Bedenken, ob ihr Finn bei der Fredenbüller Imbissrunde richtig aufgehoben ist.

»Piet hat ihn hochgetragen. Und jetzt is er groggy.«

»Kein Wunder!«, sorgt sich Nicole. »Finn ist grad mal fünfzehn Monate alt!«

»Nee, Finn is quietschfidel. Piet is vollkommen erledigt«, gellt Antje ins Telefon und dann leiser. »Und dann is hier oben auch noch Rauchverbot.«

Im Hintergrund kann Nicole gegen den Wind undeutlich ein kindliches Juchzen und Paulsens krächzende Stimme hören. »Min Jung, und dahinten, dat is der Leuchtturm von Langeneß. Und dat is keine Insel, Langeneß is 'ne Hallig.«

20

Auf einer der Dünen am Kniepsand direkt am Wasser zwischen Nebel und Norddorf staken farbige Strandgutteile aus dem Sand. Verwitterte Holzstäbe, an denen Plastikkanister und Bojen an blauen und orangen Seilen hängen, ein ausgedientes Surfbrett, das zu einem Viertel im Sand steckt. Zerfleddernde Folien flattern wie ein altes Segel im Wind. Über Bretterzäunen aus Treibgut hängen zerfetzte Netze. Es ist eine Kunstinstallation des Berliner Künstlers Pancho, die hier wie ein gestrandetes Piratenschiff in den Dünen liegt. In der Mitte zwischen den Holzstaken duckt sich wie das Steuerhaus eines Fischkutters ein einigermaßen wetterfester Holzverschlag, in dem der Künstler während der Sommermonate auch immer wieder übernachtet.

Silja, Sophie, Gina-Marie und Leonie haben Pearl hierhergelockt. Insbesondere Sophie und Gina-Marie haben noch eine Rechnung mit ihr offen. Gina-Marie war beim Schummeln während der Lateinarbeit von Pearl verpetzt worden. Und nicht nur Lasse, auch Sophie war in der Schulpause das Handy geklaut worden. Beide waren sich hundertprozentig sicher, das ging auf Pearls Konto. Für Sophie wurde es richtig dramatisch. Sie war nicht nur ihr schickes neues Smartphone los. Wenig später tauchten sämtliche Nachrichten, die sie sich mit diesem süßen Typ aus der Zwölften endlos hin- und hergesimst hatte, wortwörtlich auf Facebook auf. Unterschrieben waren die Posts mit »Tia Dalma«, dem Namen der Voodoo-Queen aus ›Fluch der Karibik‹. Sophie war tagelang mit hochrotem Kopf durch die Schule gerannt.

Auf der Klassenreise kam wieder die ganze Wut in ihr hoch. Zur Abwechslung wollen sie jetzt mal Pearl ihr Handy abnehmen. Die Mädchen hatten Ove und Torben-Hendrik überredet, ihnen dabei zu helfen, Pearl einen kleinen Denkzettel zu verpassen. Die beiden Jungs waren von ihr immer wieder als spießige Langweiler verhöhnt worden und ebenfalls gar nicht gut auf sie zu sprechen. Auf seine treudoofe Art hatte Ove sie scheinheilig mit dem Versprechen, ihr den Piratenschatz zu zeigen, an den Strand gelotst. Die Geschichte von den geheimnisvollen angebrannten violetten Euroscheinen hatte in der 10 a längst die Runde gemacht.

»Echt, Pearl, voll die verkohlten Scheine.«

Pearl hatte überheblich gegrinst. Aber sie war sofort mitgekommen. »Jetzt wissen wir, warum es Kohle heißt«, hatte sie gegackert.

»Sag mal, Pe-e-etra, was ist mit dir denn passiert?« Silja und Torben-Hendrik grinsen sie höhnisch an. Gegen das blaue Auge und die anderen Blessuren, die Pearl sich bei der Auseinandersetzung mit Long John Silver zugezogen hat, hatte sie mit dem Kajalstift nicht mehr viel ausrichten können. Die Piratenbraut sieht reichlich mitgenommen aus. Und dass ihre Klassenkameraden sie »Petra« nennen, findet sie noch schlimmer als das blaue Auge.

»Zick mich nich an«, motzt Pearl und will Silja in die Strandgut-Kulissen schubsen.

»Hör auf! Lass das!« giftet Silja zurück. Torben-Hendrik kommt ihr zu Hilfe und schubst Pearl jetzt.

»Ey, was wollt ihr von mir? Was soll das?«

»Du Bitch freust dich doch wie ’n Schnitzel, wenn andere leiden«, höhnt Gina-Marie. »Jetzt bist du zur Abwechslung mal dran.«

Ove, Sophie und Torben Hendrik schubsen Pearl zwischen sich hin und her.

»Was soll das denn werden? Große Revolte der Oberspießer, oder was?« Auch wenn sie nur mit Mühe im Sand die Balance halten kann, behält Petra-Pearl immer noch ihren überheblichen Gesichtsausdruck bei.

»Wo ist denn dein treuer Knecht Bones geblieben?« Sophie wirft wütend ihre blonden Haare.

»Wo ist dein braver Bootsmann? Von Bord gegangen, oder wie seh ich das?« Torben-Hendrik kann sich halb totlachen. Silja und Gina-Marie kichern.

»Ihr seid so Neid!« Pearl hat immer noch ihr arrogantes Grinsen aufgesetzt.

»Und du bist so krank! Das ist sooo bitter!« Sophie ist einfach nur wütend. »Los kommt, Tia Dalma möchte sich in ihre Kajüte zurückziehen.« Sophie greift Pearl an ihrem schwarzen Shirt und will sie zu dem Bretterverschlag hinüberziehen.

Pearl schlägt jetzt mit den Armen um sich. »Was soll denn das?«, keift Pearl. Sie stößt Sophie gegen das Surfbrett. Pearl will weglaufen. Aber in dem Sand kommt sie nicht so schnell vom Fleck. Die anderen sind sofort zur Stelle und greifen sie sich. Sie zerren

Pearl mit vereinten Kräften in den Bretterverschlag. Einen richtigen Fußboden gibt es nicht. Der Boden besteht einfach aus Sand.

»Hängt die Hexe!«, quiekt Gina-Marie. Die anderen johlen. Aber so richtig ernst meint das natürlich keiner von ihnen. Sophie zieht eines der knallblauen Taue aus Kunststofffaser aus der Strandgut-Installation und fesselt sie an den Händen und Fußgelenken. Die beiden Jungs halten sie dabei fest. Aber so ganz wohl ist Ove und Torben-Hendrik dabei nicht.

Pearl stemmt sich mit Gewalt dagegen. »Seid ihr dumm, oder was?! Ihr Bodenturner!« Das Grinsen ist aus ihrem Gesicht verschwunden. Sie strampelt kurz mit den Beinen und versucht, die Fesseln sofort wieder loszuwerden. Vergeblich. Bisher war das für sie ein nettes Seeräuberspiel, eine Fortsetzung der morgendlichen Literaturstunde. Jetzt wird Pearl allmählich sauer. »Ihr seid doch superkrank. Das ist echt krass! Ich fass es nicht.« Pearl hüpft mit den gefesselten Beinen durch den Sand. Sophie schubst sie, dass sie gegen eine der Bretterwände stürzt. Im Fallen bleibt sie mit ihrem schwarzen Shirt an einem aus der Wand stehenden Nagel hängen.

Sophie tastet Pearls Hosentaschen ab. »Was haben wir denn da?« Sie greift in eine der Taschen und zieht das schwarze Handy mit dem Totenkopf und den gekreuzten Schwertern heraus. »'n Piratenhandy, wie süüüß!« Die anderen lachen. Pearl versucht mit den gefesselten Händen, ihr das Telefon aus der Hand zu schlagen. Sophie wirft Leonie das Handy zu, die es gleich in ihrer Tasche verschwinden lässt.

»Verdammte Scheiße, was soll das? Was macht ihr da für 'n Scheiß, ihr Spasten?« Pearl wirft Sophie aus ihren Mascara umränderten und geschwollenen Augen einen giftigen Blick zu. Sophie revanchiert sich, indem sie die hilflose Pearl kurz an ihrem Lippenpiercing zupft.

»Komm, ist gut, Sophie! Lass sie!« Gina-Marie hält ihre Freundin zurück. »Wir haben ihr Handy.«

Dann verschließen die Jugendlichen die Tür von außen mit einem Holzriegel. Es ist nur eine Holztür, sie hat kein Schloss, aber von innen lässt sich der Riegel nicht öffnen. Sophie verkeilt den Riegel zusätzlich mit einem verrosteten Stück Eisen. Die vier Mädchen und die beiden Jungen laufen hechelnd über den Strand Richtung Schullandheim. Nach hundert Metern bleibt Ove stehen. »Wollen wir sie da echt eingesperrt lassen?« Die beiden Jungs haben Zweifel.

»Ach was, die kommt da schon wieder raus«, ist Silja überzeugt.

»Tia Dalma hat es sich echt verdient.« Jetzt rollt Sophie die Augen wie die Voodoo-Queen aus ›Fluch der Karibik‹ und stürmt auf den weiten Strand in die untergehende Sonne.

21

Die Reederei Blankenhorn residiert in einem alten Kontorhaus mit Blick auf die Speicherstadt. Im Eingang des Bürohauses stehen zwei bronzene Elefanten und in der im Jugendstil gefliesten Halle die Plastik eines leichtbeschürzten afrikanischen Kriegers mit Speer. Das Entree ist eher gediegen als großartig. Aber man kann noch die alte Kolonialzeit, die Anfänge des Überseehandels spüren. Nur das Firmenschild mit der Aufschrift »Blankenhorn Shipping« wirkt stylisch modern.

Thies und Nicole springen in den hölzernen Paternoster. »Echtes Himmelfahrtskommando.« Nicole lacht, während der Fahrstuhl zur Belle Etage rumpelt. Thies zeigt Ansätze seines Kuhblicks.

Der Empfangsraum der Reederei wirkt genauso gediegen wie das Treppenhaus. An den Wänden hängen Schiffsgemälde aus der Pionierzeit der Dampfschifffahrt und alte Hamburg-Stiche. Es riecht nach Holzpolitur und dem Kölnischwasser der Empfangsdame, die ein bisschen so aussieht, als stamme sie ebenfalls noch aus der Kolonialzeit.

»KHK Stappenbek von der Mord zwei aus Kiel. Und das ist mein Kollege POM Detlefsen.« Die beiden Polizisten zücken ihre Dienstausweise.

»Wie bitte!?«, schreit die Frau, die offenbar nicht mehr so gut hört. Sie trägt ein antiquarisches Chanel-

Kostüm und einen roten Lippenstift, der nicht ganz an der richtigen Stelle sitzt.

»KHK Stappenbek, Mord Zwei!«, wiederholt Nicole laut und deutlich.

Die Empfangsdame zückt die an einer perlenbesetzten Kette hängende Ganzkörperbrille. »Ja, das sehe ich, dass Sie zu zweit sind!« Die Frau sieht die Kommissarin mit großen Augen an und stößt einen schrillen Lacher aus. Thies nimmt die Polizeimütze ab.

»Wir ermitteln in dem Mordfall Ihres Chefs Bent Blankenhorn«, schreit Nicole die Dame an.

»Mord?!« Der übermalte Mund formt sich zu einem großen O. »Ausgeschlossen!«

»Doch, da spricht leider alles dafür.« Thies lässt keine Zweifel aufkommen. »Ihr Chef ist gerade bei den Kollegen in der Gerichtsmedizin«, erklärt er mit wichtiger Miene.

»Junger Mann, mein Chef sitzt nebenan in seinem Büro.«

»Herr Blankenhorn senior?«, vermutet Nicole. »Genau den wollen wir sprechen.«

»Nein, das ist Herr Blankenhorn junior. Der Senior ist vor dreißig Jahren verstorben.« Die Dame schüttelt verständnislos den Kopf.

Thies und Nicole sehen sich verwundert an. Für die Dame in dem musealen Chanel-Kostüm scheint die Zeit stehen geblieben zu sein »Haben Sie denn einen Termin? Nicht, dass ich wüsste«, fragt die Empfangsdame spitz.

»Wie gesagt, wir ermitteln in einem Mordfall«, wiederholt Thies.

»Das ist ja schön und gut. Aber deshalb brauchen Sie, wenn Sie Herrn Direktor Blankenhorn sprechen wollen, trotzdem einen Termin.« Die Frau zeigt sich völlig unbeeindruckt von dem Polizeibesuch. Oder sie weiß dies geschickt zu verbergen.

»Ich glaube, Herr Blankenhorn wird schon für uns zu sprechen sein, wenn Sie uns bitte anmelden mögen.« Der Ton der Kommissarin ist jetzt bestimmt.

Die Dame im Chanel schüttelt unwillig den Kopf, dass die Perlen ihres Brillenkettchens klimpern, trotzdem greift sie dann zum Telefonhörer. »Herr Direktor, hier sind zwei Herrschaften ... ähhh ... von der Kriminalpolizei.« Es entsteht eine Pause. Die Frau mustert die beiden Polizisten kritisch durch ihre goldgefasste Riesenbrille. »In ... in Ordnung«, stammelt sie kleinlaut und legt den Hörer mit einem beleidigten Gesichtsausdruck wieder auf. »Herr Direktor lässt bitten. Ich bring Sie zu ihm.« Umständlich erhebt sie sich von ihrem Stuhl und kommt auf kippeligen Pfennigabsätzen hinter ihrem Empfangstisch hervor.

»Wenn Sie uns sagen, wo wir hinmüssen, dann finden wir den Weg selbst«, will Nicole ihr die Mühe ersparen. Aber da wackelt sie schon gefolgt von den beiden Polizisten über den langen Flur Richtung Direktorenzimmer.

Blankenhorn sitzt hinter einem voluminösen, schweren Schreibtisch. An der Wand hängen ein Ölschinken eines Frachtschiffes in schwerer See und das Porträt eines Mannes mit Stehkragen und altertümlicher Nickelbrille. Der Reedereigründer, vermutet Nicole.

»Wir haben die Polizei im Haus, höre ich.« Blankenhorn erhebt sich. Der einstige Junior und heutige Senior ist auch nicht größer als sein Sohn. Hinter dem großen Mahagonischreibtisch wirkt er besonders verloren. Er trägt einen offensichtlich maßgeschneiderten Anzug mit dezentem Nadelstreifen, ein gestreiftes Hemd mit Piccadillykragen und eine goldgefasste halbe Lesebrille.

»Das sind ja keine so erfreulichen Umstände, unter denen wir uns hier begegnen.« Er bietet Thies und Nicole einen Platz an. Auch der alte Blankenhorn reagiert seltsam gelassen auf den Tod seines Sohnes.

»KHK Stappenbek. Mordkommission Zwei in Kiel« Nicole zückt erneut ihren Dienstausweis. »Und das ist mein Kollege POM Detlefsen aus Nordfriesland, wo der Mord passiert ist.«

»Ich denke, der tragische Vorfall ist auf See passiert«, wendet Blankenhorn ein.

»Ja, Nationalpark Wattenmeer, dat is Nordfriesland, zum Teil wenigstens.« Thies kennt seine Gegend.

»Jaja, das weiß ich natürlich. Aber Sie sprechen von Mord. Ist das denn gesichert?« Blankenhorn senior scheint nicht an einen Mord zu glauben, oder er will davon nichts wissen. »Kann ich Ihnen einen Kaffee anbieten?« Nicole will gerade dankend ablehnen, als Blankenhorn sie gleich unterbricht. »Frau Ahrweiler, bringen Sie uns doch bitte einen Kaffee … Keine Widerrede, den müssen Sie probieren. Importieren wir selbst aus Äthiopien.«

»Kaffee? Natürlich.« Die Empfangsdame wackelt auf ihren Stöckelschuhen aus dem Raum. Thies und Nicole haben nicht das Gefühl, sich in einer Befragung zu einem Mordfall zu befinden. Dieser Blankenhorn tut so, als wären sie zu einer Besichtigung der Reederei hier. Sehr seltsam. Der Tod seines Sohnes scheint ihn wirklich kaltzulassen.

»Herr Blankenhorn, wir haben Aussagen, dass Ihre Reederei plant, in das Fährgeschäft auf die Nordfriesischen Inseln einzusteigen. Was bei der konkurrierenden Nordfriesischen Fährreederei wenig Begeisterung ausgelöst hat.« Nicole sieht den Senior prüfend an.

»Wissen Sie, diese Fährlinie auf die Inseln, das ist so eine … war so eine fixe Idee meines Sohnes.«

»Gab es Drohungen des Konkurrenten? Irgendetwas, um Blankenhorn Shipping das Leben schwer zu machen.«

»Dass die Nordfriesische Fährreederei darüber nicht besonders glücklich ist, lässt sich denken. Aber Drohungen …? Was meinen Sie damit?«

»Na ja, Ihr Sohn ist schließlich ermordet worden«, entgegnet Thies knapp.

»Ich hab es meinem Sohn immer gesagt. Nur ein Wort habe ich gesagt.« Er macht eine bedeutungsvolle Pause. »Afrika.«

In dem Moment betritt die Dame vom Empfang mit dem Kaffee den Raum. Nicole hat Sorge, dass die Frau auf ihren kippeligen Schuhen mit dem vollen Tablett stürzen könnte. »Kann ich Ihnen helfen?« Sie will ihr das Tablett abnehmen.

»Das bekommt Frau Ahrweiler schon hin. Sie macht mir schließlich meinen Kaffee seit fünfzig Jahren.« Blankenhorn stößt ein kurzes, meckerndes Lachen aus.

»Na ja, nicht ganz, Herr Direktor.« Frau Ahrweiler schenkt den Kaffee ein. »Milch, Zucker?«

»Für mich schwarz. Und für dich, Thies?«

»Jo, nur 'n büschen Milch.« Sonderlich wohl fühlt sich der Fredenbüller Polizist in diesem gediegenen Hamburger Kontor nicht.

»Bitte, da haben wir es doch.« Der Reedereichef zeigt auf die Kaffeetassen. »Afrika ist unsere Tradition ... und Afrika ist unsere Zukunft. Touristen in Öljacken auf die Inseln zu schippern, damit sollen sich andere befassen. Wir sorgen seit vier Generationen dafür, dass Deutschland mit Kaffee, Kakao und Kautschuk versorgt wird. Das ist ein funktionierendes Geschäftsmodell. Gibt keinen Grund, daran etwas zu ändern.« Blankenhorn sieht die beiden Polizisten über seine halbe Lesebrille hinweg an.

Thies und Nicole sind sprachlos. Der Mann behandelte sie wie potentielle Geschäftspartner und nicht wie Polizisten. »Herr Blankenhorn, der Tod Ihres Sohnes scheint Sie nicht besonders zu erschüttern.« Nicole sieht ihn prüfend an, während Thies verlegen in seine heiße Kaffeetasse pustet.

Der Senior räuspert sich nervös und blickt nicht mehr ganz so zuvorkommend wie eben noch. »Nehmen Sie es mir nicht übel .... Sie sind ja zwei sympathische Beamte. Aber mein Seelenleben muss ich Ihnen deshalb nicht gleich offenbaren.« Er räuspert sich noch einmal.

»Gab es Spannungen zwischen Ihnen und Ihrem Sohn?«, hakt Nicole nach.

»Verehrte Frau Kommissarin«, jetzt greift auch der

Reeder zur Kaffeetasse, »Spannungen gibt es immer mal. Das kennen Sie doch sicher aus Ihrer eigenen Familie.«

»In meiner Familie hatten wir aber noch keinen Mordfall ... «, entgegnet Nicole schnippisch.

22

Nils Gerckens ist sich mittlerweile vollkommen sicher, wer seinen Schatz geklaut hat. Er muss dem lispelnden Surflehrer Marcel Siems in seinem idiotischen Andenkenladen in Wittdün unbedingt einen Besuch abstatten. Vor ein paar Jahren war er mächtig sauer auf Siems gewesen. Er hatte ihn regelrecht gehasst. Marcel Siems hatte ihm damals schließlich seine Freundin ausgespannt. Mittlerweile war ihm das eigentlich egal. Trotzdem spürt er jetzt die Wut wieder in sich aufsteigen. Er hätte richtig Lust, diesem bekloppten Surftypen eins einzuschenken. Dumm wie 'n Surfbrett, hatte Nils zu Bounty gesagt. Aber die Frauen flogen wie verrückt auf ihn. Nils war nicht der Einzige, dem er die Freundin ausgespannt hatte. »Dumm fickt gut«, hatte Bounty grinsend gemeint.

Marcel, das C spricht er selbst wie ein englisches Th, also Mar-th-el, war in Nils' Augen zwar eine Witzfigur – mit seinem Muschelohrring und der Seepferdchen-Tätowierung unter dem Ohr. Doch Marcel war eben sehr viel sportlicher als Nils, auf dem Board die ganz große Nummer. Und dann ist der Surflehrer und Andenkenverkäufer auch immer zu einer kleinen Schlägerei aufgelegt. Er langt schon gern mal hin, wenn ihm einer dumm kommt, sofern er das überhaupt merkt. Alleine wollte Nils also nicht unbedingt bei ihm aufkreuzen. Als Naturschützer und Umwelt-aktivist hat er zwar allerlei illegale Aktionen auf die Beine gestellt. Er hatte sich zum Beispiel mal an eine Tonne im Wittdüner Hafen angekettet, und vor ein paar Jahren hatte er einen toten Golfspieler in eine Eistruhe verfrachtet. Aber die Androhung von körperlicher Gewalt gehörte bislang nicht zu seinem Repertoire. Nils hatte absolut keine Idee, wen er mitnehmen sollte. Rettmer wollte er nicht fragen. Dann schon lieber Bounty, der ja sowieso gerade auf der Insel war. So machen sich der Ornithologe und der Althippie zusammen auf den Weg zu »Marcels Muschelkiste«. Sonderlich furchteinflößend wirkt das Duo natürlich nicht. Aber wenigstens sind sie zu zweit.

Der kleine Laden in der Wittdüner Geschäftsstraße ist gerammelt voll mit Barometern auf Treibholzstücken, aus Fernost importierten Muschel-Aschenbechern und einem ganzen Rudel von Seehunden, als Plüschtier mit und ohne Kapitänsmütze, als Kaffeebecher und als Wärmflasche. Und es gibt wirklich keinen Artikel in diesem Laden, auf dem nicht »Moin, Moin« steht.

»Ach so, Nils, du bist das.« Marcel Siems sieht die beiden an. »Alles easy so weit?« Gelispelt klingt das allerdings nicht halb so cool. Siems scheint nicht weiter verwundert zu sein, die beiden in seinem Laden zu sehen. Dabei sind Bounty und Gerckens nicht unbedingt die Zielgruppe für Seehund-Wärmflaschen. Marcel Siems ist, wie immer, braungebrannt, und ihm hängt eine dauergewellte blonde Tolle halb vor den Augen. Er trägt ein rotes T-Shirt mit der Aufschrift »Wilderness Survival«.

»Du kannst dir wahrscheinlich denken, warum wir hier sind.« Gerckens wirft einen verächtlichen Blick auf das T-Shirt.

Marcel sieht die beiden fragend an. »Wollt ihr mit Surfen anfangen, oder was?«

»Wir haben schon mit den Beach Boys gesurft, da hattest du noch nich mal den Fahrtenschwimmer.« Bounty gackert. Marcel sieht ihn mit offenem Mund an.

Nils tritt ein Stück näher an den Surflehrer heran. »Du hast was, das nicht dir gehört.«

Die beiden können richtig beobachten, wie es in Marcel arbeitet. Dann scheint bei ihm der Groschen zu fallen. »Ja, Mann, ich weiß, aber das ist doch längst vorbei«, lispelt er. »Weißt du doch bestimmt schon. Mit Astrid, das is aus.« Aus lauter Verlegenheit fängt Siems an, die Seehund-Wärmflaschen zu sortieren.

Gerckens kann so viel Begriffsstutzigkeit kaum fassen. »Ja, scheiße, das geht hier nicht um Astrid. Du hast was ausgegraben, was nicht dir gehört«, wird Nils jetzt deutlicher.

»Nich angegraben, ausgegraben!« Bounty kichert über sein grandioses Wortspiel.

»Keine Ahnung, wovon du redest«, beteuert Siems. Aber für einen kurzen Moment meint Nils ein Zucken über sein Gesicht flackern zu sehen.

»Nils hatte sich so eine kleine Reserve für schlechte Tage gebunkert«, nölt Bounty. »Und er müsste da jetzt echt mal ran. Also, du solltest die Kohle einfach rausrücken.«

»Ej, Alter, was redest du denn da? Was für Kohle?

Ich hab echt keinen Schimmer.« Marcel schüttelt sich seine blonde Dauerwelle aus dem Gesicht. Dann rettet ihn fürs Erste das Telefon mit einem Möwenlachen als Klingelton.

»Marcels Muschelkiste, moin moin«, meldet sich Siems. Die Häufung der S-Laute hatte der Surfer bei der Namensgebung seines Ladens nicht recht bedacht. »Seehund-Frühstücks-Sets?«, fragt der Muschelkisten-Chef. »Mit ›Moin-Moin‹ drauf? Muss ich mal nachsehen, aber müsste ich noch dahaben.« Siems legt den Hörer beiseite und kramt in einem Regal. »Jo, See-hund-Sets hab ich noch da. Zwölf Stück. Was brauchen Sie? … Sechs Sets? Jo, leg ich zurück.«

»So, von den Frühstücks-Sets jetzt mal wieder zu uns.« Gerckens zupft den Surfer an seinem Survival-T-Shirt. »Wo bist du Knalltüte mit meiner Schatztruhe hin?«

»Ich weiß echt nicht, wovon du redest!«, beteuert Siems noch einmal.

»Das weißt du ganz genau.« Nils wird jetzt wieder richtig wütend auf diesen Idioten. »Keiner hat gewusst, dass damals nicht alle Scheine aus diesem krummen Immobiliendeal verbrannt sind. Und niemand wusste, wo ich die restlichen Euroscheine versteckt habe … nur Astrid … und die hat es dir brühwarm gesteckt.«

»Nils, ich weiß von gar nix.« Marcel hebt beschwichtigend die Hände. »Astrid hat mir nix erzählt, nix.« Die blondierte Dauerwelle fällt ihm ins Gesicht. »Echt jetzt. Keinen Schimmer.«

»Komm, Kohle ist nich alles.« Bounty bringt seine

Lebensweisheiten vollkommen entspannt an den Mann. »Sag einfach, wo du mit Nils' Scheinen geblieben bist. Du fühlst dich echt besser, wenn du die wieder los bist, ich schwör's dir.« Der Althippie versucht ernst zu bleiben. Aber ein bisschen muss er doch grinsen.

»Red doch hier keinen Scheiß.« Marcel Siems wird jetzt auch sauer. Er baut sich vor Gerckens auf, wischt sich die Locken aus der Stirn und stemmt die Hände in die Hüfte. »Ihr beiden Komiker macht hier jetzt mal 'n Abflug. Ihr verjagt mir hier noch die Kundschaft.«

»Und was ist mit diesem Hamburger Reeder, den sie umgebracht haben?«, fährt Nils ihn an. »Das war doch 'n Kumpel von dir. Ihr karriolt doch mit euern Scheiß-Kiting-Brettern vorm Kniepsand rum.« Für den Vogelwart sind die Wind-Kiter ein rotes Tuch. Aus Sorge um seine Vögel und die Kegelrobben hat er die Typen sehr genau im Blick.

»Was heißt schon Kumpel?« Marcel macht einen Gesichtsausdruck, als ob er überlegt. »Dem hab ich das Kiten beigebracht. Privatstunden.«

»Und wo wart ihr Kiten?«, fragt Gerckens. Dabei weiß er es ganz genau. »Zwischen Nebel und Norddorf. Und da habt ihr dann ganz zufällig diese angerostete Blechkiste gefunden ...« Gerckens macht eine Pause. »Und dann habt ihr euch in die Haare gekriegt. Würde mich mal interessieren, wer da noch im Boot ist?«

»Im Boot?« Siems blickt ratlos. »Wat denn für 'n Boot?«

In dem Moment betritt ein Kunde den Laden und rettet den »Muschelkisten«-Besitzer aus der Situation.

»Moin, Manuel«, begrüßt Siems erleichtert den Mann mit dem roten Piratentuch.

Irgendwie kommt Bounty der Typ bekannt vor. Dann fällt es ihm sofort ein. »Du bist der Lehrer von Thies' Töchtern, von Telje und Tadje, oder?«

»Genau, wir sind hier grad auf Klassenreise.« Manuel Scholz grinst freundlich. Nils Gerckens wahrt Abstand.

»Aber ihr kennt euch ja offenbar auch«, nölt Bounty und fällt dabei sofort wieder in seinen entspannten Plauderton.

»Marcel hat mir das Kiten beigebracht«, verkündet Manuel wichtig.

»Das war keine Kunst«, lispelt der Surflehrer. »Er is 'n Naturtalent.«

»Marcel und ich sind neulich vorm Kniepsand bei acht Windstärken 'n paar geile Halbwindkurse gelaufen.« Referendar Manuel zupft sich sein Piratentuch zurecht und setzt einen verwegenen Blick auf.

23

Blankenhorn senior hat mittlerweile gerötete Schläfen, und das liegt nicht nur an dem extrastarken Direktimport aus Äthiopien.

»Sie und Ihr Sohn hatten ja offenbar unterschiedliche Vorstellungen, was die Zukunft von Blankenhorn Shipping betrifft«, setzt Nicole Stappenbek die Befragung in dem Hamburger Kontor fort.

Das Räuspern des Reeders wird immer nervöser. »Blankenhorn ... SHIPPING!«, platzt es aus dem Senior heraus. »Shipping, was ist das für ein alberner Name. Das ist auch auf seinem Mist gewachsen. Es musste bei Bent ja immer die neueste Mode sein. Vor zwei Jahren hießen wir noch Reederei Blankenhorn. Was ist daran verkehrt?« Der feine ältere Herr redet sich in Rage.

»Wenn ich das richtig heraushöre, waren Sie sich mit Ihrem Sohn über den Kurs der Reederei nicht ganz einig«, fragt Nicole vorsichtig dazwischen.

Doch Blankenhorn ist in seinem Redefluss nicht zu stoppen. Durch Fragen schon mal gar nicht. »Ich weiß wirklich nicht, was meinen Sohn dazu getrieben hat, in was für Kreise er da geraten ist. Er hat sich in der letzten Zeit eher für das Surfen interessiert und dieses ... Kiting. Er hatte da neue Freunde auf Amrum gefunden. Das war ihm auf einmal wichtiger als unsere

Hamburger Kreise. Sylt und jetzt Amrum. Die hatten dort Gott weiß was vor.«

Thies und Nicole stutzen. »Was heißt das denn? Was hatte Ihr Sohn auf den Inseln noch vor?«, will Nicole wissen.

»Unser Kerngeschäft war für meinen Sohn ja uninteressant. Stattdessen dieses Kiting und seine Nordfriesland-Linie.« Eine Ader an seiner Schläfe pulsiert. »Meine Güte«, fährt der Senior unbeirrt fort. »Wir sind Reeder und keine … ähhh … Kiter … nennt man das so? Ich will es gar nicht wissen. Wir sind früher auf der Alster gesegelt. Muss man denn jetzt unbedingt auf Polyesterbrettern im Wattenmeer umherkariolen?«

Thies und Nicole sehen sich fragend an, und dann setzt Thies zu einem neuen Thema an: »Mal wat ganz anderes, kennen Sie einen Johnny Petersen?«

Blankenhorn reagiert nicht gleich. Aber irgendwie sieht es so aus, als würde er in seinem Nadelstreifenanzug kurz zusammenzucken. »Petersen? Ja sicher, ich erinnere mich.«

Die beiden Polizisten horchen auf. »Und woher?«, fragt Thies sofort nach.

»Ja, Petersen ist für Blankenhorn bestimmt zwanzig Jahre auf großer Fahrt gewesen. Er ist Hamburg-Westafrika als Bootsmann gefahren. Das war noch ein richtiger Seemann.«

»Wann war das?«, will Nicole wissen.

»Liebe Frau Hauptkommissarin, so gut ist mein Gedächtnis nun auch nicht mehr.« Blankenhorn stößt einen kurzen Lacher aus. Der Reeder hat seine distinguierte Liebenswürdigkeit zurückgewonnen. »Wenn Sie das genauer wissen wollen, dann müsste ich uns mal die Personalakte heraussuchen lassen.«

»Warum hat er bei Ihnen aufgehört?« Nicole schnieft.

»Auch das kann ich Ihnen nicht sagen.« Der Reeder sieht die Kommissarin über seine halbe Brille hinweg an. »Vermutlich hatte er genug von der großen Fahrt und wollte nach zwanzig Jahren Afrikafahrt nach Hause zurück. Er kommt ja wohl von den Nordfriesischen Inseln.«

»Haben Sie noch mal Kontakt zu ihm gehabt?«, hakt Nicole nach.

»Nein, wieso? Dazu gab es keine Veranlassung.«

»Na ja, Johnny Petersen steht in Verdacht ...«, setzt Thies an.

Nicole wirft ihm einen mahnenden Blick zu. »Wir stehen ja erst am Anfang unserer Ermittlungen«, erklärt die Kommissarin.

»Groß geschockt is er ja nich grade«, bemerkt Thies treffend, als die beiden auf dem Rückweg zur Fähre sind. »Hörte sich ja fast so an, als wenn dem Alten der Tod seines Sohnes ganz gelegen kam.«

»Schon seltsam«, pflichtet Nicole ihm bei. »Du hast schon recht, wir sollten Long John Silver endlich zu fassen kriegen. Wir haben doch einige Fragen an ihn.«

Nach ihrer Rückkehr auf die Insel versuchen die beiden es zunächst in seiner Amrumer Wohnung in dem kleinen Gewerbegebiet. Thies klingelt Sturm. Doch in der mit vergilbten Rollos verhängten Wohnung neben der Tischlerei öffnet niemand. Thies glaubt ein Geräusch zu hören und klopft an die Tür.

»Hier spricht die Polizei!« Thies wird offiziell. »Herr Petersen, aufmachen!« Er meint, wieder etwas zu hören. Er klopft noch ein paarmal. »Wir haben nur 'n paar Fragen.«

Die beiden Polizisten horchen. Aber in der Wohnung ist es jetzt ruhig. Dafür lugt nebenan ein Kopf mit einer gründlich eingestaubten Schiffermütze aus der Tür der Tischlerwerkstatt heraus.

»Hast du Johnny Petersen gesehen?«, ruft Thies dem Mann zu.

»Johnny? Nee, keinen Schimmer!« Er sieht sich um. »Sein Wagen steht aber da.«

»Der rote Corsa?«, fragt Thies.

»Jo«, antwortet er knapp.

»Schönes Auto für 'n Piraten«, grient Nicole, während die staubige Schippermütze wieder hinter der Tür verschwindet.

»Nicole, der is getürmt, jede Wette. Der is längst aufm Festland.« Thies kommt langsam wieder in Schwung. »Da muss heute noch die Fahndung raus.«

»Lass uns vorher noch mal in diese Kneipe fahren, in den ...«, Nicole überlegt.

»... ›Lustigen Seehund‹«, bringt Thies den Satz zu Ende.

»Vielleicht weiß unser alter Freund Raik Rettmer etwas.« Nicole zieht geräuschvoll Luft durch die Nase.

Aus der Wurlitzer leiert Procol Harums maritimer Klassiker ›A Salty Dog‹. Im »Seehund« ist um diese

Zeit kein einziger Gast. Raik Rettmer schrubbt gerade seine Fritteuse und kommt aus der Küche in den Gastraum. »Ja, Johnny Petersen war ja gestern Abend hier.«

»Wie lange war er da?«, will Nicole wissen. »Wann hat er das Lokal verlassen?«

»Jo? Wann war das? Weiß auch nicht. Er ist ja zusammen mit diesen beiden Jugendlichen raus.« Rettmer trägt Gummihandschuhe und hält einen schmutzig schäumenden Reinigungsschwamm in der Hand.

»Mit zwei Jugendlichen? Was für Jugendliche?«, fragt Thies. Er muss sofort an seine Töchter denken.

»Diese beiden, die hier auch seit vorgestern rumsitzen und sich den ganzen Abend an einem Glas Rum festhalten.«

»Seit vorgestern? Wie sehen die aus?« Thies vermutet natürlich gleich, dass sie aus Teljes und Tadjes Klasse sind.

»Jo, beide in so schwarzen Klamotten. Weiß auch nicht. Die beiden haben Johnny ihr Handy gezeigt.«

»Ihr Handy?« Thies und Nicole sehen sich an.

»Ja, weiß auch nich, was dat da zu begucken gab.« Rettmer legt den Schwamm beiseite.

»Und seitdem ist er nicht wieder aufgetaucht?«, fragt Nicole weiter.

»Doch, wieso, nach 'ner halben Stunde kam er hier wieder rein. Von oben bis unten klitschnass. Ich sach noch, bist du von der Fähre gefallen, oder wat?«

»Vollkommen nass?«

»Ja, außerdem dickes Auge und ausm Ohr hat er geblutet. Er hat wie verrückt getobt. Er konnte sich gar nich wieder beruhigen. ›Diese Tunte und seine kleine Freundin, ich mach sie platt‹, hat er immer wieder geschrien. ›Mit denen bin ich noch lange nich fertig. Die schnapp ich mir.‹ Und dann hat er noch auf die Reeder geschimpft. ›Da hab ich mich von den feinen Herren Reedern wieder in wat reinziehen lassen. Johnny macht ja die Drecksarbeit.‹ Oder so ähnlich, ich weiß auch nich. Schon ungewöhnlich. Johnny sagt normalerweise nich viel. Er ist nich so 'n Schnacker.«

»Wie viel Uhr war das?«, will Thies wissen.

»Wann war dat?« Rettmer überlegt. »Die meisten Gäste waren raus. Weiß nich so genau.«

»Dreiundzwanzig … fünfundvierzig!«, krächzt Käptn Flint vom Rumregal herunter.

24

Das Wetter ist heute Morgen immer noch ziemlich durchwachsen. Die Sonne kommt ein paarmal heraus. Aber dann weht auch wieder eine kräftige Dusche gegen die hübschen Sprossenfenster im Friesenhof »Pidder Lyng«. Die Imbissrunde im Apartment »Ekke Nekkepenn« lässt es gemütlich angehen. Nur Imbisswirtin Antje hat bereits eine Erlebnisdusche im Wellnessbereich hinter sich und befindet sich jetzt in angeregtem Gedankenaustausch mit Happy Puttkammer über die vielfältigen Aspekte der Dampftechnik. Während Antje für ihren Imbiss kürzlich einen neuen Dampfgarer angeschafft hat, denkt Hannelore von Puttkammer gerade über ganz neue Dimensionen des Saunens nach.

»Wir werden in den nächsten Tagen ein Schwitzhüttenritual am Strand veranstalten. Das ist ein alter indianischer Brauch. Nils sammelt schon seit Tagen Material für den Bau der Schwitzhütte«, raunt sie mit heiserer Stimme. »Statt in der Farblichtsauna sitzen wir dann in einem selbstgebauten Schwitzzelt vor den Dünen direkt am Meer. Fantastisch!«

»Dat is dann aber ohne Farbe, oder?«, gibt Antje zu bedenken.

»Ja, einfach nur Dampf! Ganz toll!« Happy schüttelt die Strubbelfrisur. »Der Dampf, das ist Entspannung pur, und das setzt gleichzeitig Wahnsinnsenergien frei.«

»Ja, genau, dat macht mein neuer Garer auch«, pflichtet die Imbisswirtin ihr bei. »Dat is schonend, und gleichzeitig bleiben die ganzen Vitamine drin.«

Der Rest der Belegschaft im »Ekke Nekkepenn« steht noch nicht so unter Dampf. Klaas schlummert dank der neuerworbenen Ohropax immer noch selig im Doppelbett. Der Schimmelreiter hängt mit ›AC/DC‹ auf den Kopfhörern auf dem Etagenbett. Bounty präpariert im obligatorischen Frotteeschlafanzug die Kaffeemaschine. Und Nicole macht sich im Badezimmer fertig. Piet Paulsen und Finn veranstalten schon wieder ein Rennen. Im Apartment »Ekke Nekkepenn« rumpeln Holzente und Krokodil über das biogeölte Parkett. Finn juchzt und Paulsen hat einen hochroten Kopf und kommt in seiner Lederweste mächtig ins Schwitzen. Die Ente von Finn geht zum dritten Mal hintereinander als Erste über das Ziel auf der Kante des dänischen Webläufers.

»Mensch, Piet, pass bloß auf, dein Blutdruck«, mahnt Antje, als sie im Bademantel aus dem Wellnessbereich zurückkommt.

Zwischen Finns Quieken ist auf einmal der typische Marimba-Sound eines Handys zu hören. »Seid mal eben leise, da klingelt ’n Handy«, bemerkt Bounty. »Meins is das nich.«

»Bounty, seit wann hast du ’n Handy?«, kräht Piet.

Antje horcht. »Dat is Nicoles Telefon. Wo is denn dat Telefon?« Alle sehen sich suchend um. »Wo is Nicole überhaupt?«

»Die Hauptkommissarin is noch im Badezimmer«, krächzt Paulsen. »Macht sich für uns schön.«

»Ich hab das Handy.« Bounty fischt Nicoles iPhone zwischen zwei Kissen auf einem Korbstuhl heraus. Er hält den anderen den Apparat entgegen. Auf dem Display blinkt der Schriftzug »anonym«.

»Geh mal ran, Bounty«, kräht Piet.

»Nee, weiß nich … dat is 'n Polizeitelefon.« Der Althippie traut sich nicht, den Anruf entgegenzunehmen.

»Komm, Bounty, kann doch nich angehn, gib mal her. Is vielleicht was Wichtiges.« Antje lässt sich das Handy geben. »Hallo?! … Wer is denn da? Hier is Antje aus ›De Hidde Kist‹ … Ach so, du bist das, Telje.« Antje macht eine Pause. »Telje, nu mal ganz ruhig. Was denn los? Nee, dein Vater is nich hier, der schläft ja bei Knut Boyksen.« Und dann zu den anderen. »Thies hat sein Handy mal wieder nich an … Ich weiß, das is dat Telefon von Nicole …«

In dem Moment kommt die Kommissarin mit nassen Haaren und in ein Badehandtuch gehüllt aus dem Bad.

»Nicole, dat is Telje … völlig aufgeregt.« Antje reicht ihr das Handy.

»Nicole, Pearl ist weg.« Telje spricht so aufgeregt und laut, dass die anderen mithören können. »Seit gestern Nacht schon, 'n paar aus meiner Klasse haben sie gestern am Strand eingesperrt, und jetzt ist sie weg. Voll unheimlich.«

»Mal ganz ruhig, Telje, eins nach dem anderen …«

»Ich geb dich mal an Doktor Niggemeier weiter.«

»Okayyy.« Nicole hält krampfhaft ihr Badehandtuch fest. »Ja? Niggi?« Sie schnieft nervös. Der Rest der Imbissrunde hört gebannt zu. Inzwischen sind auch Klaas und Schimmelreiter Hauke Schröder aus ihren Schlafzimmern gekommen, gefolgt von Imbisshündin Susi, die die Feriennächte unter Bountys Etagenbett verbringt.

»Nicole, eine unserer Schülerinnen ist spurlos verschwunden. Petra Köpping, die Tochter des Chefs der …«

»… Nordfriesischen Fährreederei.«

»Genau. Pearl, also Petra taucht ja immer gern mal unter. Aber über Nacht? Ich weiß nicht recht, und außerdem ist ihr Freund Bones da. Die hängen normalerweise immer zusammen. Ich glaube, du und Thies müsst ganz schnell mal vorbeikommen.«

25

Als Thies und Nicole im Schullandheim ankommen, sind alle in hellster Aufregung. Zusammen mit Telje und Tadje kommt Niggemeier den beiden Polizisten schon entgegengelaufen. Nicole fasst sich verlegen in die immer noch nassen Haare. Zum Föhnen ist sie nicht mehr gekommen. Beiden ist es ziemlich peinlich, sich hier auf der Insel immer wieder zu treffen. Aber für Niggemeier ist das im Augenblick fast nebensächlich.

»Mann, Papa, wo bleibt ihr denn solange«, mault Tadje vorwurfsvoll. »Und wieso hast du dein Handy nich an?«

»Komm, Tadje, nu' mach mal halblang. Wir sind hier auf der Insel auch nur die kleine Besetzung.« Nicole sieht ihren Kollegen prüfend an.

»Eine meiner Schülerinnen ist verschollen.« Niggemeier fährt sich durch seine vollen struppigen Haare.

»Pearl ist weg!« Telje blickt ungewöhnlich ernst.

»Is die nich öfter mal weg?«, bemerkt Thies.

»Da hast du nicht ganz unrecht. Petra geht ihre eigenen Wege.« Niggemeier zögert. »Aber diesmal …«

»… diesmal stimmt da was nich«, führt Telje den Satz zu Ende. »Nicole, da is irgendwas passiert.«

»Telje, was hast du da vorhin erzählt? Pearl wurde von Mitschülern irgendwo eingesperrt?« Nicole zieht schon wieder nervös Luft durch die Nase.

»Ein paar Schüler wollten Petra wohl einen Streich spielen. Sie hat da so eine etwas problematische Rolle in der Klasse …«

»Problematische Rolle is gut, Doktor«, ereifert sich Tadje. »Pearl nervt total! Sie is 'ne blöde Bratze! Echt, jetzt mal ganz wertfrei.«

»Pearl hat Sophie das Handy geklaut und ihre ganzen SMS gepostet, das war schon krass.« Telje muss sich ein Grinsen verkneifen.

»Nee, echt, das is sooo krank«, bestätigt Tadje.

»Und dann wollte sie sich rächen, oder wat?«, fragt Thies.

»Zusammen mit Silja und Gina-Marie haben sie Pearl in dieser komischen Burg am Strand in so einer Bretterbude eingesperrt. Torben-Hendrik war auch dabei.«

»Wann war das?«, will Nicole wissen.

Telje überlegt. »Irgendwann nachmittags.«

»Abends kam dann Torben-Hendrik, voll in Panik«, fällt Tadje ihr ins Wort. »Er so, Pearl ist noch nich wieder da, und wir haben sie da eingesperrt. Ich gleich, wie jetzt, Pearl eingesperrt?«

»Dann bin ich mit Torben-Hendrik und Silja noch mal an 'n Strand zu der Burg«, unterbricht Telje ihre Schwester. »Es war ja immer noch dieser Regen und voll dunkel. Aber Pearl war nich da. Krass. Das war richtig gruselig.«

»Und, Niggi, du hast mal wieder von nichts gewusst?«, giftet Nicole den Vater ihres Kindes an. »Wie viel Uhr war das?«, will Nicole wissen.

Niggemeier zupft verlegen an seinem Rauschebart.

»Wir haben Niggemeier nix erzählt«, verteidigt Telje ihren Klassenlehrer. »Wir dachten, Pearl taucht irgendwie noch wieder auf. Sie ist ja öfter mal weg.«

Jetzt kommen auch Lasse, Silja und Sophie dazu.

»Das Krasse war ja, Bones war da.« Lasse ordnet seinen Dutt, der sich gerade in einer Bö aufgelöst hat. »Der weicht Pearl doch normalerweise nicht von der Seite.«

Die Kommissarin wendet sich an Silja und Sophie. »Ihr habt Pearl am Strand eingesperrt?«

»Was heißt eingesperrt?!« Silja und Sophie werfen sich verlegen die blonden Haare hin und her. Am liebsten würden sie sich hinter ihrer Mähne verstecken. »Keine Ahnung … das war nur so 'n Streich.«

»Streich?« Nicole zieht geräuschvoll Luft durch die Nase.

»Ihr habt sie eingesperrt. Und dann hat Sophie Pearl gefesselt.« Tadje wirft Sophie, mit der sie auch noch eine Rechnung offen hat, einen triumphierenden Blick zu.

»Tadje, du kleine Petze, du bist doch sooo dumm«, giftet Sophie sofort zurück.

»Wieso, hat Torben-Hendrik doch erzählt«, verteidigt Lasse seine Klassenkameradin. Tadje schmachtet ihn postwendend an.

»Die haben sie voll gefesselt«, bestätigt Tadje noch mal. »Das ist doch superkrank.«

»Du machst doch jetzt hier nur den Lautsprecher, weil Papa, der Polizist, dabei ist. Ich krieg ja solche Angst!« Sophie streckt Tadje die Zunge raus.

»Sophie, bleib mal cremig!«, pflaumt Telje sie an.

»Kommt Mädels, nich schon wieder diesen Backfischalarm!«, geht Thies dazwischen. »Wir haben hier 'ne Vermisste, und außerdem haben wir 'n Mordfall aufzuklären! Also, einfach unsere Fragen beantworten! Klar?«

Nicole und Niggemeier stehen leicht paralysiert daneben. Nicole kann sich gar nicht recht auf ihre Ermittlungsarbeit konzentrieren. Irgendwie wirkt sie heute Morgen reichlich durch den Wind. Auf der Fahrt hierher hatte sie Thies in den Ohren gelegen, dass sie überhaupt keine Lust hat, Niggemeier hier immer wieder zu treffen. »Wat soll's, Nicole«, hatte Thies gemeint, »eigentlich hast du doch nich viel mit ihm zu tun.« Nicole hatte sich trotzig die Sonnenbrille ins Haar geschoben. »Nö, Thies. Er ist ja nur der Vater von Finn.«

So übernimmt vor allem Thies heute die Befragungen. Und er genießt die neue Rolle als Chefermittler. »Also, ich fass mal zusammen: Ihr habt Pearl entführt, und du hast sie gefesselt.« Er sieht Sophie an.

»Was heißt denn gefesselt. Hallo, geht's noch?«

»Gefesselt heißt gefesselt.« Thies schüttelt den Kopf. Sophie wirft sich die Haare aus dem Gesicht und verdreht die Augen. Langsam kann er die Abneigung seiner Töchter gegen die zickige Sophie verstehen. Mittlerweile kommen immer mehr Schüler aus dem Haus. Leonie, Torben-Hendrik und etliche andere. Die beiden Polizisten stehen mitten in einem Pulk von Schülern.

»Wir wollten ihr 'n kleinen Schreck einjagen«, beteuert Silja. »Wir haben sie auf jeden Fall nicht so zugerichtet.«

»Wat heißt denn zugerichtet?«, will Thies wissen.

»Pearl sah wüst aus«, schaltet sich Leonie ein. »Blaues Auge und so. Weiß auch nicht, keine Ahnung, die ist krass abgebürstet worden.«

»Abgebürstet?« Thies blickt fragend.

»Mann, Papa.« Telje will mal wieder im Boden versinken. »Verprügelt worden.« Ihre Mitschüler kichern hinter vorgehaltener Hand.

»Und wie und wo hat sie sich die Verletzungen zugezogen?«, fragt Thies weiter.

»Herr Detlefsen, das müssen Sie Bones fragen.« Lasse zuckt mit den Schultern.

»Bones? Wo ist der eigentlich?«, will Thies wissen.

»Bones sagt doch sowieso nichts. Nur immer diese Piratensprüche«, wendet Silja ein. »Das ist doch der totale Spinner.«

»Wir würden ihn aber trotzdem gern mal sprechen«, schaltet sich die Kommissarin mal wieder ein.

»Nicole, das ist ja das Merkwürdige.« Niggemeier fuhrwerkt erneut in seinem Bart herum. »Bones ist jetzt auch verschwunden.«

»Das ist jetzt nicht dein Ernst.« Nicole sieht ihn missbilligend an. »Niggi, das kann jetzt wirklich nich wahr sein. Das ist …« Sie sucht nach Worten.

»Niggemeier, dat is Verletzung der Aufsichtspflicht oder so wat Ähnliches«, meint Thies.

»Papa, das ist voll der Stress mit denen da«, kommt Tadje ihrem Lehrer erneut zu Hilfe und deutet auf Sophie und Silja. »Megakrass.«

»Aber Niggemeier is ja nich alleine zuständig. Wo sind denn überhaupt der Pirat und die Lehrerin mit den roten Haaren … wie heißt sie?«

»Frau Loebell«, rufen gleich mehrere Schüler.

»Loebell ist auch irgendwie nich da, keine Ahnung«, ruft Torben-Hendrik.

»Hat einer von euch Manuel gesehen?«, fragt Niggemeier in die Schülerrunde.

»Nee, weiß auch nich«, antworten wieder mehrere.

»Bitte? Das glaub ich jetzt nicht.« Nicole wirkt jetzt wieder munter. »Wo sind die alle abgeblieben?«

»Meuterei auf der Bounty, oder wat?«, bemerkt Thies knapp. Die Schüler kichern.

Nicole schnieft. »Niggi, das ist aber schon reichlich merkwürdig, dass deine beiden Kollegen im entscheidenden Moment immer von der Bildfläche verschwinden.« Sie sieht ihren Exfreund vorwurfsvoll an. Aber dann wendet sie sich wieder Thies zu. »Das Mädchen und Bones hatten doch angeblich eine Auseinandersetzung mit unserem Freund Long John Silver. Wir müssen die beiden Jugendlichen finden«, sagt sie und wird plötzlich sehr ernst. «Und Johnny Petersen.«

26

Bones liegt versteckt hinter einem Büschel Dünengras im Sand. Er hält das Fernglas auf die Dünenmulde gerichtet, die gut hundert Meter entfernt und von seiner Seite einsehbar ist. Die Sonne ist herausgekommen und die Dünen sehen wieder aus wie die Blasen in einem Hefeteig. Auf einer Seite zeichnet sich halbverweht ein Waschbrettmuster ab. Eine einzelne Fußspur führt in die Mulde hinein. Vor dem tiefblauen Himmel rasen Wolken wie zerpflückte Wattebäusche über sie hinweg und schieben sich ineinander. Von der See naht schon wieder ein dunkler Wolkenberg. Aber wenn die Sonne scheint, hat sie noch richtig Kraft.

Bones liegt auf dem Bauch. Sein Rücken wird von den Sonnenstrahlen gewärmt, aber von unten dringt die Feuchtigkeit durch seine Klamotten.

Er hat Pearl die ganze Zeit im Blick. Von hier sieht er halb in die Mulde hinein. Er kann alles genau beobachten, wie Jim Hawkins in der ›Schatzinsel‹. Pearl hat keine Ahnung, dass er sie im Fokus seines Feldstechers hat. Sie sitzt da, sonnt sich und wartet. Zwischendurch steigt sie mehrmals auf einen kleinen Sandhügel, um zu sehen, ob sich etwas tut. Hinter den Dünen lugt rot-weiß der kleine Leuchtturm, das Norddorfer Quermarkenfeuer, hervor. Irgendwie scheint die Sache nicht zu laufen, wie die beiden sich das vorgestellt hatten. Bones hatte ja von Anfang an Bedenken.

Pearl wollte ihn bei der Abwicklung des Deals, wie sie es nannte, nicht dabeihaben. Er hatte lediglich ein paar schlaue Sprüche beigesteuert. Aber wenigstens hatte er das Handy, das sie bei der Erpressung benutzen wollten, besorgt. Er musste es aus Anna-Lenas Tasche, die sie im Speisesaal liegen gelassen hatte, einfach nur herausnehmen. Um alles andere hatte Pearl sich gekümmert. Auch diese Idee, nachts am Strand zu übernachten, kam natürlich von ihr. Bones fand, sie sollte ins Schullandheim zurückkommen, nachdem er sie gestern aus der Hütte befreit hatte. Aber Pearl wollte unbedingt über Nacht wegbleiben, um ihren Mitschülerinnen eins auszuwischen. Die sollten ruhig alle mal ein bisschen Panik kriegen.

Jetzt war er ihr einfach gefolgt, denn er hatte das unbestimmte Gefühl, er müsse die Aktion im Blick behalten. Nach ihrer Auseinandersetzung mit Long John Silver war er vorsichtiger geworden. Und er wollte einfach aufpassen, dass Pearl nichts zustößt. Sie ist zwar tough, tougher als er, aber der Fährmann der NFR hatte ihnen beiden ganz schön zugesetzt. Sie waren noch mal mit einem blauen Auge davongekommen. Das hätte auch anders ausgehen können. Aber was war mit dem Fährmann? Hatte der das überlebt? Das ließ Bones seitdem keine Ruhe. Pearl sah das erstaunlich gelassen. Wirklich erstaunlich.

Jetzt hatten sie Manuel Scholz eine Nachricht zukommen lassen. Sie hatten doch keine SMS geschickt. Nicht einmal das von ihm geklaute Handy kam zum

Einsatz. Ein einfacher Zettel war ihnen sicherer erschienen. Aus dem Amrumer Veranstaltungsflyer hatten sie einzelne Worte und Buchstaben ausgeschnitten. »Geil, voll retro, wie so 'n Erpresserbrief aus Derrick, oder so!« Pearl war begeistert. »So retro machen wir weiter«, meinte sie. »Angeln von Backfischen verboten! Fotos von Bord meistbietend zu verkaufen« stand in unterschiedlich großen Buchstaben auf dem ersten Brief, den Bones dem Referendar in einem Umschlag abends unter der Tür seines Zimmers hindurchgesteckt hatte. Auf einem zweiten Zettel hatten sie »Erste Rate: 1000 Euro« hingepuzzelt und die Uhrzeit und eine kurze Beschreibung des Treffpunktes in den Dünen in der Nähe des Quermarkenfeuers angegeben. Aber wo bleibt Manuel Scholz nur? Von dem Referendar ist bisher keine Spur zu sehen. Hatte er die Zettel nicht bekommen oder etwa gleich entsorgt?

Bones wachsen ihre gemeinsamen Aktionen im Augenblick sowieso über den Kopf. Scholz hatten sie seinen »blauen Brief«, wie Pearl es hämisch nannte, schon zugestellt. Auch mit Vanessa Loebell hatte sie schon Kontakt aufgenommen. Nach Siljas Referat über den ›Schimmelreiter‹ hatten er und Pearl sich sofort im Internet an die Recherche gemacht. Sie brauchten gar nicht lange, um fündig zu werden. Der Satz »der Schimmel wird mehrmals in Verbindung mit dem Teufel gebracht«, den sie in Loebells Dissertation entdeckt hatten, tauchte wortwörtlich in einer anderen dreißig Jahre alten Arbeit über Theodor Storm auf, einem Standardwerk, aus dem Silja zitiert hatte. Auf Anhieb entdeckten sie sieben weitere wörtliche Übereinstimmungen, die nicht als Zitat kenntlich gemacht waren. »Das reicht mir«, hatte Pearl triumphiert. »Geil! Voll abgekupfert, das Teil. Die arrogante Schnalle nehmen wir auch aus.« Bones war das zu viel auf einmal. »Wir müssen doch nicht alle gleichzeitig erpressen«, fand er.

Pearl scheinen diese Aktionen überhaupt nicht aus der Ruhe zu bringen. Sie liegt im Sand und hält ihr Gesicht in die Sonne. Der Wind hat sich jetzt etwas gelegt. In der Dünenmulde scheint es richtig warm zu sein, denn Pearl zieht ihr schwarzes Shirt aus. Bones glaubt, er sieht nicht richtig. Sie zieht sich das Shirt über den Kopf und entblößt dabei das Tattoo, das ihr von der Schulter auf die Brust reicht. Eine Seeschwalbe über bewegten Wellen. Bones erkennt es natürlich sofort, das ist das Tattoo von Käptn Sparrow. Aber was macht Pearl da? Er geniert sich ein bisschen, dass er sie heimlich durch das Fernglas beobachtet. Aber er muss einfach hinsehen. Er hatte sich das schon des Öfteren ausgemalt, wie es wäre, mit ihr zusammen zu sein, sie zu küssen, sie auszuziehen und ihre Brüste zu streicheln. Doch in seinem Beisein hatte sie sich gerade mal die Socken und die Schuhe ausgezogen. Nicht mal den Ansatz des Tattoos hatte sie gezeigt.

Pearl sieht sich noch einmal in alle Richtungen um. Dann lässt sie sich in den Sand fallen und streckt ihre nackten Brüste der Sonne entgegen. Sie liegt eine ganze Weile so da, und Bones sieht ihr zu. Gebannt hat er sein Fernglas auf das Seeschwalben-Tattoo gerichtet. Deshalb bekommt er gar nicht mit, als sich Manuel Scholz dem vereinbarten Treffpunkt nähert. Pearl hat ihn offenbar auch nicht kommen sehen. Sie hält sich sofort ihr Shirt vor den nackten Oberkörper, als der Junglehrer mit ein paar Schritten von einer Düne durch den tiefen Sand zu ihr herunterrutscht. »Was geht, Pearl!«, ruft er ihr zu und grinst blöd, soweit Bones das durchs Fernglas erkennen kann. »Es bringt furchtbares Unglück, eine Frau mit an Bord zu nehmen«, zitiert Manuel aus dem ›Fluch der Karibik‹.

»Ihr habt es nicht mit gewöhnlichen Piraten zu tun«, ruft Pearl zurück und verzieht provokant die Mundwinkel. Krampfhaft drückt sie sich das T-Shirt an den Oberkörper. Nur die Flügel der Seeschwalbe unter der Schulter gucken heraus. Manuel Scholz grinst dämlich. Wie ein verängstigtes Erpressungsopfer wirkt er nicht gerade. Die beiden reden jetzt leiser. Der Ton klingt ernster. Aber Bones kann sie aus der Entfernung nicht verstehen. Er kommt ein Stückchen weiter aus seinem Versteck heraus.

Was haben die beiden da so lange zu quatschen? Pearls Ton ist zunächst motzig, der typische Pearl-Tonfall eben. Aber vor allem redet Manuel Scholz. Er redet ruhig, irgendwie beschwichtigend auf sie ein. Er will die Kohle nicht abdrücken, das kann Bones sich zusammenreimen. Aber wieso lässt Pearl sich das gefallen? Das ist überhaupt nicht ihre Art. Dann zückt er ein Kuvert, es sieht aus wie der Umschlag des Erpresserbriefes, und gibt es ihr. Pearl nimmt das Kuvert und öffnet es sofort. Es ist kein Geldbündel, das sie herauszieht. Es sieht aus wie zwei violette Scheine. Bones hat so etwas noch nie gesehen. Und auch Pearl blickt ebenfalls erstaunt auf die großen lila Geldscheine.

27

Für die Nachsaison herrscht reges Strandleben auf dem Amrumer Kniepsand. Nils Gerckens trifft Vorbereitungen für den Bau einer Schwitzhütte am Strand, die morgen mit einem Ritual eingeweiht werden soll. Er sucht den Kniepsand nach Strandgut ab. Ein paar Weidenstäbe und Haselnussruten für das Gerüst des Schwitzzeltes, über das dann die Decken gelegt werden, trägt er schon bei sich. Jetzt gräbt er am Strand ein Loch für die Feuerstelle, in dem morgen die Steine für das Schwitzritual erhitzt werden sollen.

Ein Stück weiter läuft Elternvertreterin Iris Lammers-Lindemann mit hochgekrempelten Hosenbeinen barfuß durch die nassen Rippelmarken, die das ablaufende Wasser zurückgelassen hat. In der einen Hand hält sie einen kleinen halbverkohlten Fetzen Papier, den sie eben im Sand gefunden hat. Mit der anderen Hand hat sie das Handy am Ohr. Die Elternvertreterin versucht zu telefonieren. Vergeblich. Die Handynummer ihrer Tochter Anna-Lena ist »vorübergehend nicht erreichbar«. Frau Lammers-Lindemann ist dem Nervenzusammenbruch nahe. Im Schullandheim hat sie Hausverbot. Vorhin ist sie von dieser unverschämten rothaarigen Lehrerin gleich wieder vor die Tür gesetzt worden. Eine Frechheit.

Iris Lammers-Lindemann ist mit ihren neuen Freunden, den Steinflüsterern, am Strand unterwegs, wieder ganz in der Nähe des Strandgut-Kunstwerkes. Seminarleiter Rainer ist überzeugt, dass sich bei dem wechselhaften Wetter die »Energie der Steine« besonders gut erspüren lässt. Nach einem Licht-Energie-und-Heil-Abend schien die Elternvertreterin bestens in die Gruppe integriert. Heute will sie allerdings nicht recht mit den Steinen ins Gespräch kommen. Die Wirkung des energetischen Resonanzstellens ist schon wieder verflogen. Dabei sind alle anderen von Rainers integraler Gefühlsarbeit noch ganz beseelt.

»Ich bin heute aufgewacht und habe mich auf einmal mit mir selbst verbunden gefühlt, ganz fantastisch«, schwärmt Heide. Eine leichte Nordseebrise fährt ihr in die hennarote Zaubertroll-Frisur.

»Ich will aber mit meiner Tochter Anna-Lena verbunden werden.« Mit Panik in den Augen hört sich Frau Lammers-Lindemann zum fünften Mal die Ansage »vorübergehend nicht erreichbar« an.

Heide fasst Frau Lindemann sanft an die Schulter und blickt bedeutsam. »Iris, du musst loslassen.«

»Loslassen lernen, ganz wichtig, Iris«, bestätigt der Rainer.

»Ihr seid gut, die Schüler sind in Gefahr und Anna-Lena mittendrin … in den Händen eines verantwortungslosen Lehrkörpers!«

»Ich weiß nicht, Iris, dieser Lehrkörper mit dem roten Piratentuch hat eine ganz tolle Aura«, haucht Heide, als wollte sie mit Manuel Scholz am liebsten auf große Kaperfahrt gehen.

Der Rainer straft sie mit einem argwöhnischen Blick.

Aber dann wendet er sich gleich wieder der Elternvertreterin zu. »Iris, magst du mir das Telefon geben«, raunt er. Gütig lächelnd nimmt er ihr das Handy ab und gibt ihr einen Stein. »Nimm den Stein und jetzt lass ihn fallen … einfach fallen lassen.« Frau Lammers-Lindemann blickt immer noch ungnädig, aber sie lässt den Stein fallen. »Toll, Iris«, lobt der Rainer mit sonorer Stimme. Die anderen aus der Gruppe sehen sie glücklich lächelnd an und nicken wissend. »Siehst du, es ist ganz einfach.«

Das Handy ist sie erst mal los, in der anderen Hand hält sie noch diesen merkwürdigen Fetzen halbverbrannten Papiers, so als wäre beim Entzünden eines Lagerfeuers am Strand vom Wind ein Schnipsel weggeweht worden. Andererseits sieht es fast aus wie das Stück von einem Geldschein. Der Teil eines dunklen Kreises könnte zu einer Ziffer gehören. Aber das Violett kommt keinem bekannt vor. »Geld aus einem fernen Land«, mutmaßt Heide.

Während der verkohlte Fetzen von einer Hand zur anderen geht, kommt ein Typ in grellbunten Hawaii-Bermudas zum »Wilderness-Survival«-Shirt auf die Gruppe zu. Er lässt seinen Blick suchend über die Strandgut-Installation schweifen. Dann schiebt er sich die Wrap-around-Spiegelsonnenbrille in die blonde Dauerwelle. »Moin moin, was sucht ihr denn hier?«, lispelt Marcel.

Die Frauen aus dem Workshop sehen ihn mitleidig lächelnd an. »Die Energie der Steine«, säuselt Heide und lächelt versonnen aus ihrem roten Mob heraus.

»Steine?« In Marcel arbeitet es. »Oder Muscheln?«

Der Betreiber der »Muschelkiste« blickt noch etwas ungläubig.

»Auch die Steine haben ein Energiefeld«, erklärt die Frau ernst. »Über Schwingungen können wir mit ihnen kommunizieren.«

»Good Vibration oder was?« Marcel scheint von dem Gedanken gar nicht so abgeneigt und bringt schon mal seine dauergewellte Tolle in Schwingungen. Er zeigt auf das zersplitterte Surfbrett, das als Teil der Installation halb aus dem Sand heraussteht. »Aber mal nebenbei, bei dem alten Surfbrett sind die Vibrations raus.« Dabei starrt er die ganze Zeit auf den violetten Papierfetzen, den mittlerweile der Rainer zwischen seinen magischen Fingern hält.

28

Was haben Pearl und Manuel Scholz da stundenlang zu besprechen? Pearl hat das Kuvert von ihm bekommen. Der Deal scheint also geklappt zu haben. Was gibt es da noch ewig zu bequatschen? Bones hat die beiden im Rund seines Feldstechers. Scholz redet, aber so leise, dass Bones kein Wort verstehen kann. Pearl sagt kaum etwas, soweit er das sieht. Sie grient ihn nur schief an. Was spielt sich da ab? Scholz redet und redet, und er berührt sie dabei immer wieder am Arm und dann auch an ihrer nackten Schulter. Pearl klingt jetzt auch nicht mehr motzig. Dann streicht er ihr durchs Haar. Er fasst ihr in die struppigen schwarzgefärbten Haare, was sich Bones nie getraut hat. Pearl war immer so unnahbar. Aber was ist das jetzt? Dieser Idiot Manuel Scholz hält sie im Arm, und Pearl lässt sich das gefallen. Nein, er sieht ihre Hände auf seinem Oberkörper, jetzt fummelt sie auch an ihm herum. Er sagt noch mal etwas, Pearl antwortet, er grinst sein blödes Grinsen. Ihr Lippenpiercing blinkt in der Sonne. Sie zieht ihn an seinem geflochtenen Bart zu sich heran, und dann küssen sie sich. Das darf wirklich nicht wahr sein! Was macht dieser Typ mit Pearl? Oder vielmehr, was macht Pearl mit ihm? Bones kann es nicht fassen. Das ist *seine* Freundin. Nein, sie gehört niemandem. Pearl und er, sie führen das Leben von freien Piraten.

Er kommt mit seinem Fernglas noch ein Stück weiter aus dem Dünengras heraus. Die beiden könnten ihn jetzt sicher sehen. Aber sie sind viel zu sehr mit sich selbst beschäftigt. Während sie sich wild küssen, reißt Scholz Pearl die schwarze Jeans halb herunter. Ihr Shirt hat sie sowieso längst wieder fallen lassen. Bones sieht ihre entblößten Brüste und würde am liebsten wegschauen. Aber er muss einfach hinsehen. Inzwischen hat der Hilfspirat seine alberne Pluderhose heruntergelassen. Aber sein Piratentuch hat er noch auf dem Kopf. Pearl steckt mit einem Bein immer noch in ihrer Hose, als sich die beiden gegenseitig in den Sand schubsen. Dieser Idiot scheint es gar nicht abwarten zu können. Dann sind beide halb in der Sandmulde verschwunden.

Die Sonne scheint immer noch, aber gleichzeitig weht eine kurze Regendusche über sie hinweg. Manuels Kopf mit dem blöden roten Piratentuch leuchtet vor dem Sand. Und dann wippt es plötzlich auf und ab. Bones wird fast schlecht. Eben war er ein bisschen erregt, jetzt ist er nur noch wütend. Am liebsten würde er zu ihnen hinüberlaufen, den Hilfs-Sparrow von Pearl herunterreißen und ihm ein Entermesser über seine dämliche Visage ziehen oder ihm wenigstens kräftig die blöde grinsende Fresse polieren. Aber Bones bleibt in seinem Versteck und duckt sich noch ein Stück weiter hinter das Dünengras. Gebannt starrt er durch seinen Feldstecher. Vor dem Sand hüpft das rote Piratentuch auf und ab. Referendar Manuel zieht ekstatische Grimassen und gibt ein exaltiertes Grunzen von sich. »Lächerlich«, knurrt Bones. »Dieser Hollywood-Pirat! Diese Faschingsfigur!« Doch plötzlich steht der hüpfende Pirat still. »Was soll das jetzt?!«, hört er Pearls Stimme. Dann richtet sie sich auf, und Bones kann sie wieder sehen. Sie ist nackt und sie klingt jetzt wieder motzig. »Das war's jetzt bei dir schon?! Sofort auf hundertachtzig, und dann ... Der Superpirat ist von der ganz schnellen Truppe!«, giftet sie ihn höhnisch an. »Ich bin noch gar nicht aus der Hose draußen, da bist du schon ... Darf ja wohl nich wahr sein!« Pearl springt auf, reißt dem Referendar das Tuch vom Kopf und stößt ihn von sich. »Hauptsache, du hast deinen Spaß gehabt!« Scholz sammelt hektisch seine durchnässten Klamotten auf und steigt stolpernd in seine Pluderhose.

«Guck dir die Sauerei auf meiner Hose an! Ist ja ekelhaft!«, schnauzt Pearl ihn an und zieht sich dabei den Slip über. »Zieh bloß Leine, du Bodenturner.«

»Hör auf, rumzuzicken«, brummt er zurück. Aber der Mädchenschwarm klingt dabei eher kleinlaut. Ohne sich noch einmal umzusehen, stapft er schwankend durch den tiefen Dünensand Richtung Leuchtturm. Inzwischen hat es wieder aufgehört zu regnen.

»Die restliche Kohle will ich aber sehen!«, ruft Pearl ihm hinterher, während sie sich wieder in ihre engen Jeans zwängt.

Als sich der Referendar in der weiten Strandlandschaft hinter einem Dünengürtel verloren hat, hält es Bones nicht mehr in seinem Versteck. Wütend stapft er zu der Mulde, wo Pearl sich gerade ihre Hose anzieht.

Sie starrt Bones entrüstet an. »Was treibst du hier jetzt bitte!?«

»Das frage ich dich! Was treibst *du* hier?« Bones'
Stimme überschlägt sich fast.

»Hast du uns etwa beobachtet?« Pearl steht noch
mit nacktem Oberkörper da. Ihr Rücken, die Arme,
die Brüste, alles ist voller Sand. Das nasse Shirt hält sie
in der Hand.

»Was ist in dich gefahren? Pearl, was hast du mit
diesem Typ zu schaffen?«

»Bones, was machst du da mit dem Fernglas? Du
hast uns zugeguckt, mit dem Fernglas, du Spanner. Ich
fass es nicht! Spanner!«

»Wir wollen ihn erpressen!«, schreit Bones. »Und er
hat dich gefickt!« Er wirft das Fernglas in den Sand.

»Na ja, wie man's nimmt.« Sie wirft ihm einen gelangweilt arroganten Blick zu. »Du hast es doch selbst
gesehen, oder?«

»Ich hab's doch immer gewusst! Du bist eine so
blöde Schlampe!« Er schubst sie, erst ein bisschen,
dann kräftiger.

»Fass mich nich an, du Perversling!«, keift sie.

»Wer ist denn hier pervers?« Bones stößt sie jetzt
mit beiden Händen.

Pearl fliegt in den Sand. »Drehst du jetzt völlig
durch!«

»Kannst dir ja Hilfe holen, von deinem Johnny
Depp im Bonsai-Format!«

»Sei du bloß ruhig, du Memme!« Sie rappelt sich
auf. Bones greift nach ihr. Pearl schlägt um sich und
kratzt ihn. Mit ihren verschiedenfarbig lackierten Fingernägeln kratzt sie ihm einen tiefen Striemen über
die ganze Wange. Für einen Moment ist es ein weißer

Strich, wie die Narbe von Long John Silver, dann quillt das Blut heraus. Bones fasst sich ins Gesicht und hat sofort blutige Hände. Pearl sieht prüfend auf ihre Hände. Ihre Finger sind nicht blutig. Aber sie glaubt, die Hautfetzen unter ihren Fingernägeln zu spüren.

Bones stiert entsetzt auf das Blut. Er tobt. Und die See auf Pearls Käptn-Sparrow-Tattoo scheint plötzlich ebenfalls zu toben. Die Wellen wogen und die Seeschwalbe wird vom Sturm hin und her gerissen. Blind vor Wut versucht Bones nach Pearl zu greifen. Aber sie kann ihm immer wieder ausweichen. Sie schlägt ihm ihre Jacke um die Ohren. Er stolpert in den Sand, kann sich aber sofort wieder aufrappeln. Bones greift immer wieder ins Leere. Er spürt, wie ihm das Blut über sein Gesicht läuft. Er fasst sich an die Wunde. Jetzt mischt sich das Blut mit Sand.

»Du bist so eine hinterhältige … abgefuckte …« Ihm fehlen die Worte. Er möchte cool klingen. Aber er könnte heulen.

Pearl erkennt das natürlich sofort und provoziert ihn munter weiter. »Heul doch!« Sie zieht eine Fratze und wedelt ihr Shirt durch die Luft. »Heulsuse!« Dann stürmt sie von der Düne herunter und läuft auf die nächste Düne zu.

In Bones' Kopf pocht das Blut. Er ist außer Atem und es fühlt sich an, als würde alles Blut aus seinem Körper in diesen klaffenden Kratzer auf seiner Wange gepumpt. Er will hinter ihr herlaufen. Aber dann bleibt er wie angewurzelt stehen. Ein paar Dünen weiter meint er im Gras ein Blinken zu erkennen. Es wirkt wie ein Fernglas, wie die zwei Okulare eines

Feldstechers, die die Sonnenstrahlen reflektieren. Werden sie etwa die ganze Zeit noch von jemand anderem beobachtet? Bones sammelt sein Fernglas aus dem Sand auf und richtet es auf die Düne. Hektisch versucht er, es scharf zu stellen. Aber jetzt ist das Blinken verschwunden.

Aufgewühlt läuft er durch die Dünen zurück Richtung Schullandheim. Er hat gerade den ersten Dünenrücken hinter sich gelassen, als er plötzlich dieses Geräusch hört. Ein metallisches Klappern. Was ist das? Ein klapperndes Schild? Oder die Metallschnur einer Flagge, die im Wind an den Mast schlägt? Aber hier steht kein Fahnenmast. Vielleicht hat er wirklich schon Halluzinationen. Bones stapft weiter die Düne hinauf. Dann hört er es wieder. Ein metallisches Klack-klack-klack-klack, ganz in seiner Nähe. Fast wie ein Maschinengewehrrattern. Und plötzlich fällt ihm ein, wo er dieses Geräusch schon einmal gehört hat: Bei der stürmischen Überfahrt an Deck der »Rungholt«, als Pearl und er sich unter dem Rettungsboot versteckt hatten.

29

Sie steht auf ihrem Board und hält die Leinen fest umklammert. Der Lenkdrachen zieht sie im Rundwindkurs auf die offene Nordsee hinaus. Vanessa sieht nach oben zu dem prall aufgeblähten Drachen, der rot-gelb aus dem blauen Himmel herausstrahlt. Sie lehnt sich nach hinten und steuert jetzt härter am Wind. Sie läuft auf einer Linie immer weiter auf die See hinaus. Ihr kommt es vor, als würde sie immer schneller werden. Aber ihr Board schlägt jetzt nur härter auf die Wellen. Am Horizont kann sie den Amrumer Krabbenkutter mit seinen weit ausgebreiteten Netzauslegern in der Sonne leuchten sehen.

Vanessa Loebell hatte sich mal wieder von der Klasse abgesetzt. Sie wollte einfach nur raus an den Strand. Keinen Augenblick länger hätte sie diese verwöhnten, ständig ihre Haare werfenden Zicken ertragen. Für heute waren Windgeschwindigkeiten um die fünfzig von Nordwest vorausgesagt. Und wozu hatte sie schließlich ihr Board mit auf die Insel genommen. Eigentlich wollte sie zusammen mit Manuel eine kleine Kite-Session machen. Aber dann hatte sich der schnuckelige Pirat, den sie sich jetzt endlich mal genehmigen wollte, wieder verdrückt. Eben hatte sie ihn wie aufgedreht über die Dünen laufen sehen. Vermutlich steigt er schon wieder einer Schülerin hinterher. Erst dieses

Reh Leonie. Und welches der Mädchen hatte er jetzt im Visier? Wollte diese kleine Ratte eigentlich die ganze Klasse vernaschen? So hatte sie nicht mit ihm gewettet. Was gab er sich mit diesen lächerlichen Schulmädchen ab? Vanessa wusste es natürlich ganz genau, sie hatte ihn doch längst durchschaut. Er hatte Angst vor richtigen Frauen wie ihr. Dieser kleine Pirat ist ein echter Windbeutel. Er mag ein passabler Kiter sein, der ein paar hübsche Basic Jumps beherrscht. Aber ab Windstärke fünf kneift er und hängt lieber im Surferladen ab und schwingt dort die großen Reden. Oder er schmeißt sich an die blonden Schulmädchen ran.

Vanessa muss nur an diese Flachpfeife denken, schon spürt sie die Wut in sich aufsteigen. Sie verlagert ihr Gewicht nach hinten, lehnt sich noch weiter aus dem Windfenster, fährt noch härter am Wind. In Gedanken ist sie schon bei dem Sprung. Sie lenkt den Kite in die Powerzone, dann wird sie von dem Drachen nach oben gerissen. Sie schnellt durch die Luft, etliche Meter. Es kommt ihr wie eine Ewigkeit vor. Ohne große Anstrengung, wie von selbst, dreht sie im Wind eine Pirouette. Die hohen Wellen rollen unter ihr hinweg, am Horizont fliegt der Amrumer Krabbenkutter vorbei, das aufgewühlte Wasser flimmert im Gegenlicht, vom Strand leuchtet rot-weiß gestreift der Leuchtturm und in der nächsten Zehntelsekunde der Krabbenkutter und gleich wieder der Strand mit dem Leuchtturm. Beides wischt mehrmals an ihr vorüber, dass alles verschwimmt. Sie dreht sich einmal kopfüber, dass das Wasser kurz über ihr zu stehen scheint. Ihr wird schwindelig, aber Vanessa mag das. Die Farben bekommen etwas Unwirkliches, alles ist viel farbiger, viel schneller. Die Gischt spritzt in leuchtenden Perlensträngen von ihrem Board an ihrem Kopf vorbei Richtung Horizont. Fast hätte sie vergessen, das Brett rechtzeitig wieder zum Wasser zu bringen.

Während sie über der Welle durch die Luft dreht, schießt es ihr durch den Kopf: Im Frühjahr hatte sie noch zu zweit mit ihm gekitet. Sie hatte den Drachen gehalten, bis er ihr den Daumen gezeigt hatte, und dann war er losgeschossen. Später hatte sie ihn von hinten umklammert, während sie ganz dicht zusammen, vereint auf einem Board, über das Wasser rasten. Anschließend hatten sie sich aus ihren wasserdichten Neoprenanzügen gepellt und in den Dünen geliebt. Sie hatten sich weit weg in ferne Surfreviere geträumt, nach Torquay in Australien, wo sie sich kennengelernt hatten, nach Oahu, Maui und Malibu. Zusammen wollten sie zu Stevensons Grab nach Western Samoa reisen. Sie hatten so viele Pläne. Und das war jetzt alles gestorben.

Vanessa fühlt sich vollkommen leer. Am Ende der Pirouette steht für einen kurzen Moment alles still. Dann stürzt sie in rasantem Tempo nach unten. Das Brett schlägt auf die Wellen. Die Lenkleinen reißen mit einem Ruck an ihren Armen, der Lenkdrachen zieht sie sofort wieder auf den richtigen Kurs.

Sie ist immer noch wütend. Auf einmal schießt ihr wieder alles Mögliche durch den Kopf. Aber all diese Idioten können ihr doch gestohlen bleiben. Sie reitet auf einem Wellenkamm. Die Gischtfontänen glitzern im Sonnenlicht. Sie muss jetzt wieder an ihre Schülerinnen denken. Was bildet sich diese durchgeknallte Göre nur ein, hier irgendwelche Behauptungen aufzustellen? Vanessa surft vor der Welle, die sich neben ihr aufrollt, gleichzeitig hat sie den rot-gelben Drachen im Blick. Sie hält die Lenk- und Bremsleinen fest in den Händen.

Der Berg der Welle kommt immer näher. In dem Moment, in dem die Welle sie überrollt, dreht sie das Segel voll in den Wind. Augenblicklich wird sie erneut aus dem Wasser gerissen, hoch in die Luft. Vanessa überspringt die Wave und hält sich endlos lang in der Luft. Sie wird von dem Wind über das Wasser gezogen, immer weiter auf die wilde offene Nordsee hinaus.

30

Pearl ist jetzt schon einen ganzen Tag lang verschwunden. Allmählich machen sich alle Sorgen. Auch Pearls Vater Jens-Peter Köpping, der Chef der Nordfriesischen Reederei, hat bereits vom Verschwinden seiner Tochter gehört und bei Doktor Niggemeier angerufen – mehr sauer als besorgt. Bei Knut Boyksen hatte er sich ebenfalls erkundigt, was denn da auf seiner Insel nur los sei. Long John Silver Petersen ist noch immer untergetaucht. Seit kurzem ist auch noch Bones, mit dem Thies und Nicole unbedingt reden müssen, verschollen. Außerdem scheinen sich Manuel Scholz und Vanessa Loebell verdrückt zu haben. Klassenlehrer Niggemeier, normalerweise die Ruhe selbst, ist sichtlich nervös.

»Niggi, wo sind deine Kollegen?« Nicole schüttelt den Kopf. »Wozu hast du die überhaupt auf die Klassenreise mitgenommen?«

»Das frag ich mich langsam auch.« Niggemeier fuhrwerkt in seinem Rauschebart herum.

»Scheinen irgendwie kein Interesse an ihren Schülern zu haben«, bemerkt Nicole hämisch.

»Na ja, Manuel Scholz interessiert sich eher etwas zu sehr für seine Schülerinnen. Und die Loebell? Ich weiß nicht, ist irgendwie schräg drauf … Aber ich will nichts gesagt haben.« Niggemeier klingt betrübt.

»Du willst dich mal wieder nicht festlegen.« Nicole sieht ihn vorwurfsvoll an. »Falls die beiden auftauchen sollten, sag ihnen, dass wir sie sprechen wollen.«

Vor allem müssen Thies und Nicole erst mal Pearl finden. Sie wissen gar nicht, wo sie mit der Suche anfangen sollen. Dabei ist die Insel nun wirklich nicht besonders groß. Mit dem Auto braucht man grade mal eine Viertelstunde vom Wittdüner Hafen im Süden bis nach Norddorf. Der Schimmelreiter hat es nachts in der Hälfte der Zeit geschafft, behauptet er. Hauke Schröder hat auch gleich angeboten, auf der Insel ein bisschen Patrouille zu fahren. Der Fredenbüller Helldriver ist mittlerweile fast zahm geworden und richtiggehend hilfsbereit, solange er nur seinen geliebten Mustang King Cobra nicht verlassen muss. Dass er die Vermissten nun grade auf dem Seitenstreifen der einzigen Hauptstraße entdeckt, ist allerdings doch eher unwahrscheinlich. Thies und Nicole vermuten sie eher im Wald oder in dem weitläufigen, breiten Dünengürtel. Da wollen sich Telje und Tadje zusammen mit Lasse und Torben-Hendrik auf die Suche machen. Die Exkurse in die Fantastische Literatur sind für heute Nachmittag gestrichen. Die halbe Insel ist mittlerweile an der Suche beteiligt. Vor allem will sich Knut Boyksen umhören. »Die werden sich alle schon wieder anfinden.« Thies' ehemaliger Chef ist zuversichtlich.

Johnny Petersen haben die beiden Polizisten in seiner Wohnung im Gewerbegebiet erneut nicht angetroffen. Nur der rote Corsa steht vor der Tür. Zum Dienst auf der Fähre ist er auch nicht erschienen. Nicole hat ihn jetzt zur Fahndung ausgeschrieben. Hat sich

Long John Silver aufs Festland abgesetzt oder auf eine der anderen Inseln oder Halligen? Aber auf welche? Auf den Fähren ist er seit seinem Verschwinden nicht mehr gesichtet worden. Aber das Boot von Petersen, das er normalerweise an der Steenodder Mole festgemacht hat, liegt nicht mehr da. Weit kann er mit dem kleinen Kahn auf der bewegten Nordsee allerdings nicht gekommen sein. Der Föhrer Kollege Nis Nissen hat am Anleger in Wyk alles unter Kontrolle, was bei Nis Nissen nicht viel zu bedeuten hat. Knut Boyksen, Piet Paulsen, Antje und der kleine Finn haben beim Krabbenpulen die Lage an der Steenodder Mole im Blick. Aber Long John Silvers Boot ist bisher nicht wieder aufgetaucht.

Thies und Nicole fahren zum wiederholten Mal die kleinen Nebenstraßen der Insel ab. Die Schafe auf dem Deich sehen ihnen verwundert hinterher. Die Sonne steht über dem Wattenmeer. Es ist Hochwasser und die See leuchtet karibisch türkis. Nicole hat ihre Sonnenbrille zur Abwechslung mal auf der Nase. Sie lenkt das Auto lässig mit nur zwei Fingern auf dem Lenkrad. Mit der anderen Hand betätigt sie die Freisprechanlage ihres Handys. Alle paar Minuten muss sie sich nach dem Befinden des kleinen Finn erkundigen. Ein bisschen zu oft, findet Thies. »Nicole, der Lütte is bei Piet Paulsen und Antje in den besten Händen, dat kannst mir glauben.«

Die junge Mutter bleibt skeptisch und lässt sich nicht vom Telefonieren abhalten. Sie muss sich bei Antje unbedingt vergewissern, dass ihr kleiner Sohn bei den Imbissfreunden nicht unter die Räder kommt.

»Ach wat, Nicole, must keine Angst haben«, beruhigt Antje sie. »Wir sind grad mal zum Kutter nach Steenodde rüber. Piet und Knut versuchen Finn grad dat Krabbenpulen beizubringen.«

»Krabbenpulen?« Nicole greift das Lenkrad jetzt fest mit beiden Händen. »Antje, Finn ist dafür noch viel zu klein. Das kann er doch noch gar nicht.«

»Mit Krabbenpulen kannst du gar nich früh genug anfangen«, sagt Knut. Antjes Stimme tönt laut aus dem Telefon. »Dat fördert die Feinmotorik.«

»Und mit Krabben kennt Knut sich aus. Er is ja auch nich mehr der Jüngste. Aber er is immer noch 'n schneller Puler«, bestätigt Thies. Nicole muss grinsen.

»Nicole, ich weiß gar nich, ob ich es dir sagen soll, aber Finn fängt jetzt an zu sprechen. Er hat sein erstes Wort gesagt …« Antje druckst herum. »… und du warst jetzt gar nich dabei …«

»Was hat er denn gesagt?«, will Nicole ganz aufgeregt wissen. »Mama?«

»Ja … neeee …«, schallt es aus der Freisprechanlage heraus, »Ha Es Vau.«

»Wie bitte?!« Nicole wird augenblicklich von einer Niesattacke überfallen.

»Hat Piet ihm natürlich beigebracht. Der redet doch seit Tagen von nichts anderem als dem HSV. Deshalb sind wir doch überhaupt auf der Insel.«

»H-S-V?«, schnieft Nicole. »Darf doch echt nich wahr sein.« Sie bricht enttäuscht die Verbindung ab.

»Dann wird dat ja höchste Zeit, dass wir Finn sein erstes Paar ›adidas Uwe‹ besorgen.« Thies grient seine Kollegin an.

»Ach, Thies, hör doch auf.« Die Kommissarin lenkt ihren Zivil-Mondeo energisch auf den kleinen Nebenweg, der zum Watt herunterführt. In dem Moment vibriert Thies' Handy in seiner Polizeijacke. Ausnahmsweise ist es mal nicht Heike. Telje ist dran, und sie ist vollkommen außer sich. »Papa, ihr müsst sofort kommen.«

»Wat is denn los, Telje? Noch einer von euch verschwunden?«

»Nee, Papa … Pearl …« Thies' Tochter ist vollkommen außer Atem, dass sie kaum ein Wort herausbekommt. Im Hintergrund hört Thies wildes Stimmengewirr und Gejammer.

»Pearl hat sich wieder eingefunden?«, vermutet er.

»Nee … das heißt, ja.« Telje atmet heftig. »Nur die Hand, die kommt so aus dem Sand raus, voll unheimlich.«

»Wie jetzt?« Thies versteht nicht ganz, und Nicole blickt ebenfalls fragend.

»Die Hand und der Arm mit dem ›Black-Pearl‹-Tattoo …« Telje und auch Thies verschlägt es für einen Moment die Sprache. »Papa, Pearl ist eingegraben.«

31

Der bläulich angelaufene Unterarm mit dem ›Black-Pearl‹-Tattoo steht fast senkrecht aus dem verwehten Sand heraus, so als wolle er jemandem zuwinken. Die in Gelb, Lila und Silber lackierten Fingernägel leuchten in der untergehenden Sonne. Das Gesicht der Schülerin ist ebenfalls freigelegt. Aber Thies und Nicole haben nur noch den Tod feststellen können. Die weit aufgerissenen Augen starren bewegungslos ins Nichts. Die Mascara-Schminke ist mit Sand überpudert. Der Rest des Körpers ist noch unter Sand vergraben. Die gesamte 10 a der Theodor-Storm-Schule hat sich im Halbkreis um den Fundort versammelt.

»Voll schrecklich!«, stöhnt Gina-Marie.

»Das kann doch nicht angehen.« Silja ist den Tränen nahe. »Pearl?! Wie kann das sein?«

»Was ist mit Pearl passiert?«, stellt Leonie die entscheidende Frage.

Die Mädchen sind schockiert und den Tränen nah. Auch die Jungs bleiben nicht unbeeindruckt. Ove zupft an der Teppichfliese auf seinem Kopf herum und zündet sich umständlich eine Zigarette an. Tjark rutscht seine Hose noch ein weiteres Stück in die Kniekehlen. Und Lasses Gesichtsfarbe tendiert mal wieder ins Grünliche.

»Nix anfassen!« Thies setzt seine offizielle Miene

auf. »Und Abstand halten!« Doch so nah trauen sich die Schüler ohnehin nicht an die tote Pearl heran.

»Anfassen? Ihh, nee, ich fass die doch nich an, voll eklig.« Sophie starrt trotzdem fasziniert auf die halbvergrabene Pearl. Gina-Marie hat schon wieder das Handy gezückt und macht Fotos. »#Piratentot«.

»Das ist doch sooo krank«, pflaumt Telje sie an.

»Nix anfassen«, mahnt Thies noch mal.

»Ich mach doch nur 'n Foto«, mault Gina-Marie und lässt den Auslöser der Handykamera klicken.

»Und dann wieder posten, oder wat? Hier werden keine Tatortfotos gemacht. Macht mal 'n büschen Platz, dass wir hier weiterkommen.«

»Och, Mann, Papa«, nölt Tadje. »Nu können wir endlich deine Arbeit mal 'n büschen kennenlernen. Das is voll interessant.«

»Echt faszinierend, Herr Detlefsen!« Sophie reißt kamerawirksam die Augen und die rosa geschminkten Lippen auf. Gina-Marie fotografiert sie dabei.

»Mädels, dat is hier 'n Mordfall und nich der Girls'-Day bei der Polizei. Dat darf doch nich wahr sein. Ihr macht hier jetzt mal den Abflug!« Thies läuft langsam warm. »Eigentlich müsste der Tatort abgesperrt werden, aber ohne Absperrband ...«

»Warte mal, Thies.« Nicole sieht ihren Kollegen strafend an. »Wir sollten uns noch einen ersten Überblick über die Alibis verschaffen.

Die beiden Polizisten und auch die Lehrer Niggemeier, Loebell und Manuel Scholz wissen nicht recht, wie sie die aufgedrehten Schüler im Zaum halten sollen.

»Ihr hört doch, was der Vater von Telje und Tadje

sagt.« Pirat Manuel Scholz klingt kleinlaut. Vanessa Loebell verkriecht sich in dem Kragen ihrer U-Boot-Jacke. Niggemeier zupft nervös an seinem Bart. »Nicole, wir müssen die Eltern benachrichtigen. Wer macht das?«

»Das soll ich machen? Oder?« Sie sieht den Vater ihres Kindes provozierend an. »Hauptsache, keine Verantwortung übernehmen!«

»Nicole, ich kann das machen. Aber ich dachte, ihr seid die Polizei.« Niggemeier hört gar nicht wieder auf, an seinem Bart herumzuzupfen.

»Das übernimmt Thies diesmal.« Nicole verzieht keine Miene. Thies bekommt augenblicklich seinen Kuhblick.

»Die Eltern werden einen Abbruch der Klassenreise fordern«, vermutet Niggemeier.

»Meine Mutter darf das auf keinen Fall erfahren.« Anna-Lena Lammers-Lindemann hat einen besorgten Gesichtsausdruck.

»Das wird sich kaum vermeiden lassen.« Niggemeier blickt ebenso besorgt.

»Klassenreise abbrechen?«, geht Thies dazwischen. »Dat geht nich, wir ermitteln. Und dat sind alles Zeugen … oder vielleicht sogar Tatverdächtige.« Nicole sieht ihn schon wieder tadelnd an. »Wat denn, Nicole? Hast du eben selbst gesagt.«

Inzwischen sind auch Spusimann Mike Börnsen und Gerichtsmediziner Carstensen per Hubschrauber eingetroffen. Gemeinsam legen die beiden den Körper der toten Schülerin frei. Im Brustbereich hat das schwarze T-Shirt einen sauberen, kaum sichtbaren Schnitt, aus dem Blut herausgesickert ist. Das Rot ist auf dem schwarzen T-Shirt unter einer überpuderten Sandschicht kaum zu erkennen.

»Ich hab gleich gesagt, wir hätten sie da nicht einsperren dürfen«, flüstert Silja ihrer Freundin Sophie ungewöhnlich kleinlaut zu.

»Hallo, du hast gar nichts gesagt!«, giftet Sophie so laut zurück, dass alle es mitbekommen können.

»Ich hab gesagt, dass wir nich einfach so weggehen können.« Torben-Hendrik schüttelt den Kopf. »Sophie, du hast gesagt, sie kommt da wieder raus.«

Sophie wird richtig sauer. »Hallo? Ich diss die Bitch, aber kill sie doch nicht!«

»Da hab ich langsam meine Zweifel.« Thies blickt betont ernst.

»Mann, Papa, Pearl nervt …«, Tadje überlegt, »… ich mein natürlich, hat genervt … aber wir sind doch keine Mörder.«

»Tadje«, zischt Telje ihrer Zwillingsschwester zu. »Das war 'n Witz!« Auch Thies sieht seine Tochter zweifelnd an. Schließlich ist Tadje jetzt auf dem Gymnasium.

Carstensen und Börnsen gehen bei der Freilegung der Toten sehr behutsam vor, um ja keine Spuren zu vernichten. Aus der engen Hose der Toten fördert Börnsen zwei gefaltete violette Papierstückchen zutage. »Seht mal, was wir hier haben!«

»Was ist das denn?«, fragt Nicole.

»Das sind Geldscheine.« Börnsen lässt sie in ein Plastiktütchen fallen. »Sieht nach zwei Fünfhunderteuroscheinen aus.« Durch die Schülerreihen geht ein Raunen.

»Büschen viel Taschengeld für 'ne Klassenreise«, findet Thies.

»Mann, Papa.« Telje verdreht die Augen.

Mittlerweile ist auch der Mann von der Strandwacht mit seinem Geländewagen, mit dem normalerweise kranke Seehunde und Kegelrobben in die Aufzuchtstation transportiert werden, mit einem Affenzahn über den Strand gefegt, so als wäre die Tote noch zu retten. Statt der Wanne für angestrandete Seehundheuler hat er einen Blechsarg auf der Ladefläche.

»Könnt ihr bei der Toten 'n Handy entdecken?«, will Thies wissen.

»Nun mal nich so ungeduldig, Thies.« Spusimann Mike Börnsen lässt Thies ganz gern mal auflaufen. Das Verhältnis zwischen dem Kriminaltechniker der Kieler Mord Zwei und dem Fredenbüller Polizeiobermeister war schon immer reichlich angespannt, spätestens seit der ewig jungenhafte Börnsen beim Fredenbüller Feuerwehrfest ein bisschen zu eng mit Thies' Frau Heike getanzt hat. Andererseits passt es Börnsen überhaupt nicht, dass sie bei Thies in Nordfriesland mittlerweile mehr Mordfälle als in Kiel haben.

»Auf dem Handy sind wichtige Informationen. Dat is Beweismaterial«, ranzt Thies den KTU-Mann an.

»Hat einer von euch das Handy von Pearl gesehen?«, fragt Nicole in die Schülerrunde. »Ihr habt doch selbst erzählt, dass da allerlei Bilder oder Videos drauf sind.«

»Pearls Handy? Keine Ahnung.« Gina-Marie will davon auf einmal nichts mehr wissen.

»Habt ihr das Telefon von ihr?«, hakt Thies nach.

Die Schülerinnen blicken betreten zu Boden. »Hallo!? Jemand das Handy von ihr gesehen?«

»Ihr Handy?« Sophie sieht Leonie fragend an. Leonie starrt mit durchdringendem Blick zurück. Auch Silja, Gina-Marie und Torben-Hendrik sehen sich an. »Keine Ahnung!«, antwortet Sophie. »Echt.«

Jetzt sieht auch Deutschlehrerin Loebell die Mädchen prüfend an. Anschließend schiebt sie sich die grüne Ray-Ban-Sonnenbrille aus den roten Haaren zurück auf die Nase, sodass ihre Augen nicht mehr zu sehen sind.

»Der Täter ist mit ihrem Handy übern Deich«, glaubt Thies.

»Vielleicht hat Bones ihr Handy«, spekuliert Silja und blickt die beiden Polizisten fragend an.

»Wo ist dieser Bones eigentlich schon wieder?«, fragt Nicole. »Ist der inzwischen mal wieder aufgekreuzt?«

»Ja, wo ist Timo eigentlich?«, fragt sich jetzt auch Klassenlehrer Niggemeier.

»Bones ist mal wieder abgetaucht«, murrt Ove.

Mittlerweile haben Börnsen und Carstensen die tote Schülerin komplett ausgegraben. Sie hantieren mit verschiedenen Zellophantütchen und Plastikröhrchen. Gerichtsmediziner und Kriminaltechniker untersuchen die Tote ausführlich. Börnsen fotografiert ein blaues Auge und mehrere Hämatome auf ihrem Gesicht. Carstensen will sich die Wunde gerade näher ansehen, als er die interessierten Schüler wahrnimmt. »Nicole, kannst du mal dafür sorgen, dass wir hier in Ruhe unsere Arbeit machen können.« Carstensens Laune ist nicht die beste.

Niggemeier und Manuel Scholz drängen ihre Schüler jetzt etwas energischer vom Tatort weg.

»Könnt ihr schon was sagen?«, will Nicole wissen. »Stichwunde?« Carstensen reagiert zunächst überhaupt nicht.

»Lass mich raten, Stichwunde von oben«, versucht es Thies stattdessen.

»Ja, sieht so aus«, brummt Carstensen. »Und wieder Strangulationsmale.« Der Mediziner ist ganz und gar mit der Toten beschäftigt ist.

»Schlagen, würgen, stechen. Wieder emotionales Tatmotiv«, bemerkt Thies knapp.

»Derselbe Täter?«, fragt die Kommissarin.

»Nicole, das weiß ich doch jetzt noch nicht. Irgendetwas muss ja auch noch für euch zu tun bleiben.« Börnsen und Carstensen untersuchen die Wunde und die Kleidung der Toten. Dabei weckt besonders ein Fleck auf der schwarzen Jeans Börnsens Interesse. »Das sollten wir uns mal näher ansehen«, raunt er den beiden Polizisten zu. »Aber sieht ganz so aus, als hätte sie vor ihrem Tod noch Geschlechtsverkehr gehabt.«

32

Im »Lustigen Seehund« stehen mal wieder die Rauchschwaden. Aus der Wurlitzer rieseln Howard Carpendales ›Spuren im Sand‹. Die gelbe Rum-Reklame glimmt behaglich durch den Dunst. Die Stimme von Papagei Käptn Flint klingt heute Abend besonders rauchig.

»Das geht doch gar nicht.« Antje ist empört. »Der ist doch Passivraucher, jeden Abend, und da oben auf dem Getränkeregal is doch total dicke Luft.« Susi sieht erst Antje an und dann zu dem Vogel hoch. Bei ihr stellen sich alle Nackenhaare auf. Sie gibt ein missbilligendes Knurren von sich. Dann fletscht sie kurz die Zähne, was sonst überhaupt nicht ihre Art ist.

»Wann bringt er eigentlich die Ergebnisse?«, will der Schimmelreiter wissen. »Ist doch englische Woche. Heute Dienstagsspiel.«

»Mensch, Hauke, nich so laut«, raunt Klaas dem Schimmelreiter zu. »Muss ja nich jeder wissen, dat der Papagei … du weißt schon.«

»Was schnackt er denn?« Jetzt flüstert auch der Schimmelreiter. »Piet, hast denn wieder gewettet?«

»Längst abgegeben, den Tipp«, krächzt Paulsen. »Die Spiele laufen ja schon.« Aber irgendwie klingt er etwas kleinlaut. Der Landmaschinenvertreter a. D. lässt sich alle paar Minuten von den beiden Kölner Stammgästen die aktuellen Spielstände durchgeben. Aus der Imbissrunde verfügt nämlich keiner über ein internet-fähiges Handy. Der HSV liegt zuhause gegen Hoffenheim 0:1 zurück.

»Dat kann gar nich angehen.« Paulsen mag es nicht glauben. Käptn Flint hat einen 4:0 Heimsieg der Hamburger vorausgesagt.

»Piet, ich bin da nich so sicher, dass du dat richtig verstanden hast«, gibt Knut Boyksen zu bedenken. »Es hat gesagt: null … vier.«

»Knut, dat war 'ne ganze Zahlenreihe. HSV is ja nich dat einzige Spiel heute Abend.«

»Na ja, aber erst kam die Null und dann die Vier.«

»Nee. Gegen Hoffenheim? Dat kann nich sein.« Paulsen hat die Hoffnung noch nicht aufgegeben.

»Heute Abend eher Bad Vibration?«, gluckst Bounty und drückt in der Musikbox seinen Favoriten ›A Salty Dog‹. Dazu gibt es jetzt auch den passenden Drink. Die beiden Kölner sind von »Skorbut« auf »Salty Dog« umgestiegen, Gin mit Grapefruitsaft in einem Glas mit gesalzenem Rand. Beim zweiten Tor für Hoffenheim braucht auch Paulsen einen »Salty Dog«.

Weit mehr als der Fußball sorgen heute Abend allerdings die Todesfälle auf der Insel für Aufregung. »So 'ne tote Schülerin, dat ist gar nich gut für die Insel.« Knut Boyksen schiebt sich nachdenklich die Schippermütze in den Nacken. »Vor allem nich für unser Schullandheim.«

»Hatten wir überhaupt schon mal 'n Toten auf der Insel?«, lispelt Surfer Marcel, der nach dem anstrengenden Tag in der Muschelkiste bei einem Drink im

»Seehund« entspannt. »Höchstens mal 'n Surfunfall, oder?«

»Wir hatten vor ein paar Jahren sogar drei Tote auf der Insel.« Boyksen sieht Raik Rettmer, der an deren Ableben aktiv beteiligt war, vorwurfsvoll an. Rettmer kontert mit einem kurzen provozierenden Blick und poliert weiter seine Gläser.

»Da waren wir alle ja fast live dabei«, gluckst Bounty.

»Ach so, die Sache …« Bei Marcel fällt der Groschen jetzt auch.

»Ja, die Sache!«, ranzt Rettmer den Surfer an. »Da haben wir noch 'ne Rechnung offen, mein Freund.«

»Ich weiß gar nich, was ihr alle habt. Er hier war doch auch schon zusammen mit Gerckens bei mir in der ›Muschelkiste‹.« Marcel deutet auf Bounty. »Weiß nich, was die wollten.«

»Das weißt du ganz genau, großer Surfmeister.« Der Tonfall des Althippies ist ungewöhnlich ernst. Marcel wirft sich die Dauerwelle aus der Stirn. Rettmer blickt angriffslustig hinter seinem Tresen hervor.

Knut Boyksen ist längst schon wieder bei dem aktuellen Mordfall. »Schon seltsam, die Sache mit dem toten Mädchen«, sinniert er. »Vor zwei Tagen hat sie doch noch da gesessen.« Er zeigt auf einen der Resopaltische am Fenster.

»Dann hatten sie und ihr Freund wohl mächtig Zoff mit Johnny Petersen. Der hatte eine Stinkwut auf die beiden.« Rettmer lässt Bier in die Gläser laufen.

»Und Petersen ist seitdem verschollen«, kombiniert Boyksen. »Die Fahndung ist ja schon raus.«

»Meinst du, dat ist der Mörder?« Der Fredenbüller

Postbote ist ganz begeistert, mal wieder hautnah bei einer Mordermittlung dabei zu sein.

»Zuzutrauen wär's ihm.« Boyksen harkt sich durch seinen Bart.

»Dat is 'n knallharter Sailor.« In Rettmers Ton klingt Bewunderung mit.

»Johnny Petersen is 'ne ganz harte Nummer«, bestätigt Marcel. »Er soll ja wohl mal einbeinig nach Sylt rübergesurft sein.«

»Ganz früher soll er angeblich bei den Menschenfressern in Neuguinea auf einem Bein an der ganzen Mannschaft vorbeigelaufen sein, um sie zu retten … Aber dat ist so Seemannsgarn, wat man sich erzählt.« Rettmer schenkt die nächsten Drinks aus.

Paulsen hat für solche Geschichten heute Abend überhaupt nichts übrig und rutscht nervös auf seinem Barhocker herum. »Wie sieht dat aus?«

»Ja, Spiele sind dursch. Der FC unentschieden in Gladbach, und Hoffenheim hat vier zu null in Hambursch jewonnen.« Der Kölner grinst schadenfreudig.

»Waaat?« Paulsen ist das blanke Entsetzen ins Gesicht geschrieben. »Dat kann nich angehen!« Ihm rutscht die Gleitsichtbrille von der Nase. »Dat gibt's doch gar nich!«

»Hier, kannst selbst sehen. Dat sind die Erjebnisse.« Der Kölner zeigt Paulsen sein Smartphone.

»Die kleinen Zahlen kann doch keiner erkennen«, motzt Paulsen.

»Piet, vorsichtig, dein Blutdruck!«, sorgt sich Antje.

»Hambursch fehlt die Konstanz«, analysiert der andere Rheinländer oberlehrerhaft.

»Hör doch auf!«, motzt der Schimmelreiter. »Dat wissen wir selber!«

»Hoffen…heim …«, seufzt Klaas und schüttelt resigniert den Kopf.

»Ich hab dat gleich gesagt, Piet. Du hast da 'n Zahlendreher dringehabt.« Knut Boyksen ist die Ruhe selbst. Er ist ohnehin eher ein Anhänger des TSV Amrum.

»Der Papagei lügt.« Piet deutet wütend mit dem Zeigefinger auf Käptn Flint. »Der Vogel hat uns reingelegt. Dat ist 'ne ganz linke Socke.« Piet redet sich immer mehr in Rage.

»Wat habt ihr eigentlich immer mit Käptn Flint?«, wundert sich Wirt Raik Rettmer.

»Nix weiter los, Raik.« Knut Boyksen winkt ab. »Gar nich um kümmern.«

Rettmer sieht Paulsen staunend an. Antje tätschelt ihm die Schulter.

»Pest an Bord«, krächzt der Papagei.

Paulsen atmet heftig und wirft dem Papagei über seine Gleitsichtbrille einen hasserfüllten Blick zu. »Spieß in' Arsch, und ab mit dir aufn Grill in ›De Hidde Kist‹!«

»Pi-i-i-e-et«, stöhnt Imbisswirtin Antje auf. Schäfermischling Susi bellt begeistert und wedelt mit dem Schwanz.

»Finger weg von Käptn Flint«, ranzt Rettmer den Landmaschinenvertreter an.

»Komm, Raik, ganz ruhig. Dat meint er nich so.« Boyksen will verhindern, dass Ex-Knacki Rettmer auf seinen Freund losgeht.

In dem Moment öffnet sich die Kneipentür und bleibt für einen Moment offen stehen. Im Eingang steht eine dunkle Gestalt. Mit den letzten verklingenden Akkorden von ›A Salty Dog‹ bläst ein feuchtkalter Windstoß an ihr vorbei in den »Lustigen Seehund«. Der stehende Qualm über dem Tresen wird aufgewirbelt. Die Kneipenrunde ist plötzlich verstummt. Nur Käptn Flint gibt einen schrillen Krächzer von sich und hüpft hektisch vor den Rumflaschen entlang. Mehrere Papierservietten wehen von den Resopaltischen. Alle starren auf den Ankömmling. Er sieht aus wie ein Schiffbrüchiger, der sich mit letzter Kraft an den Strand einer verlassenen Insel geschleppt hat.

»Dat ist doch der Klassenkamerad von Telje und Tadje.« Knut Boyksen hat Bones als Erster erkannt.

»Der war doch neulich schon mal hier«, meint auch Klaas.

»Und zwar mit der Braut, die sie heute gefunden haben«, kombiniert der Schimmelreiter.

Bones sieht böse zugerichtet aus. Die schwarz gefärbten Haare kleben an seiner Stirn. Seine Klamotten sind völlig durchnässt. Das Gesicht ist kalkweiß, die Lippen sind blaugefroren. Über die Wange zieht sich ein blutiger, halbverkrusteter roter Strich, der ungesund entzündet aussieht.

»Mein Gott, Jung, wat is mit dir denn passiert?«, fragt Knut Boyksen besorgt, der sich sofort wieder in der Rolle des Amrumer Wachhabenden sieht.

»Ja, scheiße, irgendwie voll verspult.« Bones spricht so leise, dass er kaum zu verstehen ist.

»Warum ist er denn so nass?«, fragt sich Paulsen.

»Von Bord gefallen, oder wat?« Rettmer steckt sich das Handtuch in den Hosenbund. »Wie Johnny Petersen neulich?«

»Ja, scheiße, ohne Surfanzug«, lispelt Marcel. »Da frierst du dir in der Nordsee einen ab.«

»Der Jung braucht erst mal wat zu essen«, findet Imbisswirtin Antje. »Der ist ja völlig ausgehungert. Gibt's hier noch was?«

»Jo, Backfisch. Kann ich noch warm machen«, brummt Rettmer.

»Die suchen dich seit Tagen. Wo hast du denn die ganze Zeit gesteckt?«, will Boyksen wissen.

Bones steht völlig verstört mitten in der Kneipe und sagt keinen Piep. Die Wunde auf der Wange leuchtet im gelben Kneipenlicht besorgniserregend.

»Ich ruf Thies gleich mal an.« Klaas zückt sein Handy. »Thies und Nicole wollen unbedingt mit dir sprechen.«

Bones sieht ihn fragend an.

»Der Vater von Telje und Tadje«, erklärt Klaas.

»Wo ist denn hier das Klo?« Bones ist immer noch kaum zu verstehen. Rettmer zeigt Richtung Kellertreppe, wo das ›Fluch-der-Karibik‹-Plakat hängt. Die gesamte Runde an der Theke sieht ihm hinterher.

»Schon seltsam, vorhin haben sie seine Freundin am Strand tot aufgefunden.« Wenn der pensionierte Polizeiobermeister Boyksen ins Sinnieren kommt, rollt er das R besonders schön. »Und jetzt kommt ihr Pir-ra-tenfr-reund hier völlig der-rangiert anger-rückt.«

»Du meinst Knut … er hat sie vielleicht …« Antje blickt Knut fragend an. Boyksen überlegt, ob er den

Schüler nicht gleich festnehmen sollte. Klaas und der Schimmelreiter wollen ihm sofort assistieren.

»Gefährlich geworden, die Klassenreisen heutzutage.« Paulsen, der sich halbwegs wieder beruhigt hat, zündet sich ein Zigarillo an.

»Wir haben früher nur Drogen genommen, aber keinen umgebracht.« Auch Bounty ist entrüstet.

»Früher ist gut!« Klaas schüttelt den Kopf.

Aus der Luke zur Küche wird eine Portion Backfisch mit Kartoffelsalat gereicht.

»Wo bleibt er denn eigentlich?«, fragt Klaas.

»Er lässt sich aber Zeit auf Klo«, findet Antje. »Der Backfisch wird kalt.«

Auf einmal zeigt Bounty nach draußen. Die gesamte Kneipenrunde dreht sich zum Fenster um. Durch den Qualm über dem Tresen kann man Bones den Steenodder Kai entlanglaufen sehen.

»Wo will er denn hin?« Knut Boyksen zieht sich den Elbsegler in die Stirn und erhebt sich von seinem Barhocker.

33

Ihr karierter Morgenmantel passt sich dem Muster der Couch so perfekt an, dass Thies und Nicole die Frau des Reedereichefs auf dem Sofa fast übersehen hätten. Dabei ist Frau Köpping stark geschminkt und hat einen blonden dauergewellten Bienenkorb auf dem Kopf, der jedem Nordseeorkan standhalten dürfte. Trotzdem wirkt sie irgendwie ramponiert. Der Morgenmantel ist leicht geöffnet, dass ihr Brustansatz zu sehen ist. Vor sich auf einem Glastisch hat Frau Köpping ein fast leeres Whiskeyglas stehen, das sie offenbar am frühen Morgen schon geleert hat.

In seinem Büro in Dagebüll hatten Thies und Nicole den Reeder früh am Morgen nicht angetroffen. So waren sie zum Haus der Köppings am Deich weitergefahren. Es thront mitten in der weiten Landschaft auf einer Warft, ein protziger Backsteinbau unter einem gewaltigen Reetdach, mit geschwungenen Gauben und einer nostalgischen, in friesischem Blau gestrichenen Eingangstür. So als hätte sich ein Haus von Kampen ins Deichvorland verirrt. Das Wohnzimmer ist mit einer ausuferndenden Wohnlandschaft in weißem Leder und einem schweren Kristalltisch eingerichtet, was in dem Friesenhaus reichlich deplatziert wirkt. Aus den großen Sprossenfenstern hat man einen weiten Blick über das Deichvorland bis zum Deich, hinter dem sich die Nordsee erahnen lässt. Über der See türmt sich ein Nolde-Himmel in Orange und Violett.

»Marlies, wir haben die Polizei im Haus.« Er wirft seiner Frau einen abschätzigen Blick zu. Und dann, an die beiden Polizisten gewandt: »Das ist meine Frau.« Besonders glücklich scheint er über diese Tatsache allerdings nicht zu sein.

»Die Polizei?« Das O verschluckt Frau Köpping dabei halb. Sie erhebt sich von dem schweren Sofa und lässt sich dann aber sofort wieder in die karierten Kissen fallen. »Kann ich Ihnen etwas anbieten?« Die Reedersgattin ist um deutliche Artikulation bemüht.

Nicole wirft einen kritischen Blick auf das Whiskeyglas und schnieft. »Danke, nein.«

»Maria macht Ihnen auch einen Kaffee?«, lallt die Dame des Hauses mit Blick auf die osteuropäische Haushälterin, die Thies und Nicole eben ins Haus gelassen hatte.

»Ja, nee, wir hatten grade auf der Fähre …« Thies druckst herum und hat seinen Kuhblick aufgesetzt. Die Übermittlung von Todesnachrichten gehört nicht unbedingt zu seinem Spezialgebiet. Er sieht Nicole hilfesuchend an.

»Na, was ist, haben Sie schon etwas in Erfahrung bringen können?«, poltert Köpping sofort los, ohne dass einer der beiden Polizisten überhaupt ein Wort herausbringen kann. Nicole steht mit ihrem Dienstausweis in der Hand etwas unbeholfen vor Jens-Peter Köpping. Der Chef der Nordfriesischen Fährreederei trägt ein dunkelblaues Clubjackett mit Goldknöpfen, eine Krawatte in den nordfriesischen Farben und einen Anstecker der NFR. Der Scheitel der drahtigen grauen Haare ist wie mit dem Lineal gezogen, der Nacken und die Seiten sind ausrasiert.

»Herr Köpping«, beginnt die Kommissarin schleppend. »Wir haben keine guten Nachrichten ...«

»Das bin ich gewöhnt. Hat Petra wieder was ausgefressen?«

»Nein, wie gesagt ...« Nicole wird sofort wieder unterbrochen.

»Haben Sie Petra endlich gefunden?«, blafft Köpping die Kommissarin an. »Wenn nicht, sollten Sie Ihre Zeit lieber nutzen, meine Tochter ausfindig zu machen.«

»Wir haben Ihre Tochter gefunden.« Thies nimmt die Polizeimütze vom Kopf und richtet seinen Frontspoiler. »... am Strand.«

»Ist etwas passiert mit Petra?«, fragt Frau Köpping mir schwerer Zunge.

»Was ist mit Petra?«, fragt die Hausangestellte, die noch immer neben den beiden Polizisten steht, kleinlaut mit angsterfülltem Gesichtsausdruck dazwischen.

»Ist in Ordnung, Maria, wir brauchen dich im Augenblick nicht.« Köpping gibt ihr ein Zeichen, worauf die Haushälterin den Raum verlässt.

»Wir haben Ihre Tochter tot am Strand aufgefunden.« Nicole schnieft. »Das heißt, ihre Klassenkameraden haben sie gefunden. Wir und unser Gerichtsmediziner konnten nur noch ihren Tod feststellen.«

»Was erzählen Sie da?« Köpping klingt, als wäre er absolut nicht bereit, diese Nachricht zu akzeptieren.

»Petra? Tot?« Frau Köpping starrt die beiden Polizisten an. Ihr verschleierter Blick ist mit einem Schlag klar. »Nein!«

»Doch«, entgegnet Thies. »Und wir müssen von Mord ausgehen.« Nicole wirft Thies einen mahnenden Blick zu, dass er ihr die Befragung überlassen soll.

Die Frau des NFR-Chefs macht wieder Anstalten, sich zu erheben, setzt sich dann aber doch lieber auf die Sofakante. »Um Gottes willen. Wie kann das sein?« Sie greift zur Karaffe und schenkt sich ein neues Glas ein. »Kann ich Ihnen wirklich nichts anbieten?« Ihr Mann wirft ihr einen abschätzigen Blick zu.

»Frau Köpping, wann haben Sie Ihre Tochter das letzte Mal gesprochen?«, fragt Nicole.

»Meine Frau ist nicht Petras Mutter«, unterbricht Köpping. »Petras Mutter ist kurz nach ihrer Geburt gestorben. Ich hab neu geheiratet.« Er sagt das in einem Ton, als würde er das bereuen. Auf die Fragen der Kommissarin geht er überhaupt nicht ein. »Das darf auf einer Klassenreise doch nicht passieren!«

Die Trauer über den Tod seiner Tochter weiß er gut zu verbergen, denkt Nicole. Er wirkt eher wütend als geschockt. »Das ist dieser Lehrer mit dem Karl-Marx-Bart. Da sieht man doch, wo das hinführt.«

»Jens-Peter«, ermahnt Frau Köpping ihren Mann.

Nicole lässt sich nicht beirren. »Noch mal die Frage, wann haben Sie Ihre Tochter zuletzt gesprochen?«

»Wann war das, Jens-Peter?« Die Frau rutscht auf der Sofakante herum und richtet ihren Morgenmantel.

»Gesprochen?« Köpping wird immer unfreundlicher. »Meine Tochter spricht seit längerem nicht mehr mit mir. Unsere Kommunikation läuft … wie soll ich sagen … auf Sparflamme. Und jetzt würde ich Sie bitten, dass Sie uns nach dieser traurigen Nachricht unsere Ruhe gönnen.«

»Herr Köpping, wir ermitteln in einem Mordfall.« Thies setzt seine wichtige Miene auf.

»Sie sehen doch, meine Frau ist nicht recht auf dem Damm.«

Nicole wirft einen Blick auf das Whiskeyglas, das schon wieder halb geleert ist. »Aber um Ihre Frage zu beantworten, ich nehme mal an, dass wir Petra vor ihrer Abfahrt auf die Klassenreise zuletzt gesehen und gesprochen haben.«

»Ist Ihnen in der letzten Zeit etwas an ihr aufgefallen?«, fragt Nicole weiter.

»Aufgefallen? Meine Tochter ist ja an sich schon ziemlich auffällig«, brummt Köpping. »Zu unserem Leidwesen.«

Thies und Nicole tauschen einen raschen verwunderten Blick. »Etwas anderes interessiert uns noch«, setzt Nicole noch einmal neu an. »Was hat Ihre Tochter mit Ihrem Mitarbeiter, dem Bootsmann Johnny Petersen zu tun?«

»Was soll Petra mit Petersen zu tun haben?«, schnaubt Köpping.

»Herr Köpping, dat wollen wir von Ihnen wissen?«

»Wir haben Zeugenaussagen, dass Petra und ihr Freund eine Auseinandersetzung mit Petersen hatten.« Nicole sieht ihn prüfend an.

»Wer behauptet das denn? Kann ich mir überhaupt nicht vorstellen«, blafft er sie an.

»Wo is Johnny Petersen überhaupt? Wir suchen ihn

seit Tagen«, hält Thies dagegen. »In seiner Wohnung ist er nicht anzutreffen, und zur Arbeit ist er offenbar auch nicht erschienen.«

»Woher soll ich das wissen? Da müssen Sie meine Mitarbeiter, die auf den Schiffen zuständig sind, fragen.« Der NFR-Chef wird immer gereizter und zugeknöpfter.

»Was hat dieser Johnny Petersen überhaupt für eine Funktion bei Ihnen in der Reederei?«

»Wieso, der ist Bootsmann«, knurrt Köpping.

»Dat ist doch euer Mann fürs Grobe«, prescht Thies mal wieder vor.

»Was soll das denn heißen?«

»Der flüchtige Johnny Petersen steht in Verdacht, den Reeder Bent Blankenhorn ermordet zu haben«, erklärt Nicole. »Ihren Konkurrenten Blankenhorn … den Sie jetzt los sind.«

»Was wollen Sie damit denn sagen?«, giftet Köpping. »Sie meinen …«

»Wir meinen im Augenblick gar nichts, wir ermitteln«, stellt Thies nüchtern fest.

»Der Reederei Blankenhorn, respektive dem Senior Ulrich Blankenhorn bin ich seit Jahrzehnten freundschaftlich verbunden. Und unter uns, der Senior war von den Plänen seines Sohnes alles andere als begeistert. Ich hab vor ein paar Tagen noch mit ihm telefoniert.«

»Nach dem Tod seines Sohnes?« Die Kommissarin sieht ihn prüfend an.

»Nee, vorher.« Irgendwie wirkt Köpping auf einmal nervös, meint Nicole zu beobachten. Aber allzu viel werden sie heute Morgen nicht aus ihm herausbekommen, befürchtet sie.

»Dürfen wir uns das Zimmer von Petra mal ansehen?«

Frau Köpping sieht ihren Mann fragend an. »Dürfen sie Petras Zimmer angucken?«

»Meinetwegen. Ich weiß zwar nicht, was das bringen soll, aber bitte schön, stellen Sie das Zimmer auf den Kopf. Sie werden Ihre Freude haben.« Köpping ruft die Haushälterin, damit sie die beiden Polizisten ins Dachgeschoss führt.

Pearls Zimmer sieht tatsächlich wild aus. Überall liegen Klamotten und Krimskrams herum, Schminksachen, eine aufgerissene Chipstüte und zwei leere Getränkedosen. An den Wänden hängen Plakate aus ›Fluch der Karibik‹ mit Totenköpfen vor gekreuzten Säbeln, Skeletthänden und einer Schatztruhe, aus der sich Krakenarme herauswinden. ›Dead Man's Chest‹. Die Wände des Zimmers sind schwarz gestrichen.

»Interessante Farbe«, kommentiert Thies.

»Ich darf nix anfassen hier«, entschuldigt sich Haushälterin Maria.

Thies und Nicole stöbern eine Weile in dem Zimmer herum. Sie wissen ja selbst nicht recht, wonach sie eigentlich suchen. Und dann zieht Thies mitten aus dem Durcheinander einer Schreibtischschublade mehrere Fotos. Es sind keine herkömmlichen Fotos, sondern Ausdrucke einer Bilddatei auf normalem Schreibmaschinenpapier.

Thies hält erst Nicole und dann Köpping, der jetzt auch dazugekommen ist, ein Bild hin. Es zeigt einen

Mann, der zusammen mit einer Frau auf einem Industrie- oder Werftgelände aus einem Auto steigt. »Wer ist das? Kennen Sie diesen Mann?«

»Was ist das denn?« Köppings Erstaunen ist nicht zu übersehen. »Das ist unser Hausarzt und Freund Eckard Hollmann, Doktor Eckard Hollmann. Was machen diese seltsamen Bilder im Zimmer meiner Tochter? Und was macht Hollmann da mit seiner Sprechstundenhilfe vor der Werft? Ich versteh das nicht.«

»Aber guck mal hier, Nicole, den kennen wir doch!« Thies hält seiner Kollegin das nächste Papier hin. Das Foto zeigt neben einem Schulmädchen mit langen blonden Haaren einen Typen von hinten, dessen Gesicht nicht zu erkennen ist. Er trägt ein rotes Tuch um den Kopf.

34

Seit dem Fund der toten Pearl laufen die Ermittlungen auf Hochtouren. Die Imbissrunde ist mal wieder voll in die Ermittlungsarbeit eingebunden. Während sich Thies und Nicole auf der Fährfahrt zurück befinden und Spusimann Börnsen in Kiel unabkömmlich ist, sind der Föhrer Wachhabende Nis Nissen, assistiert von Knut Boyksen, Klaas, Antje und dem Schimmelreiter mit Wattestäbchen auf der Insel unterwegs.

Die Kriminaltechnik hat tatsächlich Spermaspuren auf der Kleidung der toten Petra Köpping feststellen können. Und unter ihren Fingernägeln hatte Gerichtsmediziner Carstensen Hautpartikel gefunden. Daraufhin hat Nicole eine richterliche Anordnung für eine breiter angelegte DNA-Reihenuntersuchung auf der Insel durchgesetzt. Schüler, Lehrer und auch Insulaner sollen getestet werden. Ohne die Hilfe der Fredenbüller Imbissfreunde wäre das gar nicht zu schaffen. Deshalb hat Thies seine Freunde aus der »Hidden Kist« kurzerhand in die Geheimnisse des Speicheltests eingeführt. »Offiziell heißt dat Mundschleimhautabstrich«, erklärt er mit wichtiger Miene. »Mit Speichel hat dat eigentlich gar nichts zu tun. Ihr müsst mit dem Wattestäbchen im Mund so 'n paarmal hin- und herreiben. Es geht nämlich um dat Zellmaterial aus den Wangentaschen.«

»Wat für Taschen?« Der Schimmelreiter wirkt leicht überfordert. Und Bounty ziert sich etwas, an dem Test teilzunehmen. »Da wird aber wirklich nur DNA bestimmt, oder? Nicht, dass ihr noch andere Substanzen prüft …« Er übernimmt lieber mit Piet Paulsen zusammen das Babysitten. Klaas und Antje röhren derweil zusammen mit dem Schimmelreiter über die Insel. Zwischen den Tausendwattboxen auf dem hinteren Notsitz des Mustang klimpern hundert Speichelteströhrchen im Takt von ›AC/DC‹s ›Whole Lotta Rosie‹. »Der Schimmelreiter als Erfüllungsgehilfe des Staatsmacht. Geil, dass ich das noch erleben darf.« Bounty kommt aus dem Staunen gar nicht raus.

Nicole mag das gar nicht mitansehen. So eine DNA-Reihenuntersuchung darf eigentlich nur in Anwesenheit eines Polizeibeamten durchgeführt werden.

»Einer von uns oder Knut Boyksen sind doch dabei … meistens«, versucht Thies seine Kollegin zu beruhigen. »Außerdem haben wir zur Not doch immer noch Nis Nissen, den wir danebenstellen können.«

»Knut ist Rentner.« Nicole verdreht die Augen.

»Knut war mein Chef.«

»Thies, das ist in der Strafprozessordnung alles genau geregelt. Es gibt sogar ein DNA-Identitätsfeststellungsgesetz.« Aber die Kieler Kommissarin wird von dem Engagement ihres Fredenbüller Kollegen und seiner Imbissfreunde förmlich überrollt. Außerdem drängt die Zeit, und dem Personalmangel weiß sie gerade auch nichts anderes entgegenzusetzen. Sie hat jeden Widerstand aufgegeben.

Mittlerweile ist die gesamte Insel in Aufruhr. Viele ergreifen die Flucht, sobald sie den perlmuttmetallic lackierten Mustang des Schimmelreiters sichten.

»Kommt ihr jetzt zum Ohrenputzen, oder wat?«, motzt Raik Rettmer, als Knut Boyksen und das Fredenbüller Sondereinsatzkommando ihn beim Sortieren der leeren Getränkekisten im »Lustigen Seehund« überfallen. »Wat wollt ihr mir schon wieder anhängen. Ich bin sauber.«

»Weiß ich doch, Raik. Reine Routine«, beschwichtigt Boyksen mit rollendem R. »Dat hat unsere Kieler Kommissarin so angeordnet.« Boyksen weiß natürlich am besten, dass der einschlägig vorbestrafte Rettmer sich auffällig ruhig verhält, seit er die Kneipe hat. »Bei dir hat die Re-so-zi-alisierung ausnahmsweise mal geklappt.«

Antje hat derweil schon das Plastikröhrchen mit dem Wattestäbchen gezückt. »Hast grade Zähne geputzt, oder so?«, will die Imbisswirtin wissen.

»Zähne? Muss ich vorher Zähne putzen?« Rettmer staunt.

»Nee, eben grade nich.« Antje zieht sich Plastikhandschuhe über und zieht den Stab mit dem Wattebausch aus dem Röhrchen. »Hat Thies gesagt, sollen wir vorher fragen. Sonst hast wohl nur Zahnpasta oder so dran und zu wenig Gene. Darum geht das ja.«

Rettmer schüttelt den Kopf und öffnet seinen Mund. Antje nimmt mit dem Teststäbchen eine Probe, wie sie das schon zigmal im Fernsehkrimi gesehen hat.

Auch Vogelwart Nils Gerckens fällt aus allen Wolken, als die »Soko Speicheltest« bei der Vogelstation vorfährt. Und in ›Marcels Muschelkiste‹ stößt Hauke Schröder sogar auf vehementen Widerstand. Marcel droht dem Schimmelreiter erst mal Schläge an.

»Speicheltest?« Der Surflehrer schüttelt seine Tolle aus dem Gesicht. »Ihr habt sie doch nich alle. Muss man da mitmachen?«

»Ja, nee, is freiwillig.« Der Schimmelreiter ist um einen ordnungsgemäßen Ablauf der Aktion bemüht. »Aber wer dat verweigert … na ja, sagt natürlich auch schon viel.«

»Ich hab mit der ganzen Sache nix zu tun«, beteuert der blonde Surflehrer.

»Jo, ich eigentlich auch nich«, stellte Hauke treffend fest.

»Ja, scheiße! Denn mach los!«, lispelt Marcel und öffnet widerwillig den Mund.

»Grade Zähne geputzt oder Mundspülung?« Hauke nimmt seine neue Aufgabe ernst.

»Mundspülung. Ich glaub, es hackt.« Aber schließlich lässt auch Marcel den Test über sich ergehen.

35

Unter den Schülern hat sich die Nachricht natürlich sofort wie ein Lauffeuer verbreitet. Die 10a des Theodor-Storm-Gymnasiums steht schon komplett bereit, als das Speicheltest-Kommando im Schullandheim eintrifft. Inzwischen sind auch Thies und Nicole wieder auf der Insel eingetroffen. Sie müssen vor allem unbedingt mit Bones sprechen, der neben Johnny Petersen jetzt im Fokus der Ermittlungen steht. Außerdem könnten sie die Alibis überprüfen. Den Todeszeitpunkt von Pearl kennen sie inzwischen. Zwischen fünfzehn und siebzehn Uhr, hat Carstensen gesagt.

Thies und Nicole rätseln immer noch, ob sie es mit einem oder mit zwei Tätern zu tun haben. Für den Mord an dem Jungreeder haben sie nach wie vor den Bootsmann Johnny Petersen im Visier. Durch sein Verschwinden macht er sich immer verdächtiger. Wo ist Long John Silver abgeblieben? Sehr seltsam ist auch, dass Pearls Handy nicht mehr aufzutreiben ist. Bei der Toten hatte die Spurensicherung nichts gefunden. Wer hat das Handy, auf dem angeblich brisante Fotos oder Videos des Mordes an Blankenhorn zu sehen sind? Musste Pearl deshalb sterben? Hatte Johnny Petersen das geheimnisvolle Smartphone an sich genommen? Oder Bones? Kommt Eifersucht als Motiv in Frage? Und was waren das für seltsame Fotos in der Schreibtischschublade bei ihr zuhause? Oder hatten sich ihre Mitschülerinnen, die Pearl abgezogen hatte, gerächt? War das Ganze eher ein tragischer Unfall oder doch eine emotionale Tat? Die tödlichen Wunden sehen sehr ähnlich aus. Die Hämatome, Strangulationsmale und Stichwunden sprechen für ein und denselben Täter. Ob es wirklich dieselbe Mordwaffe ist, darauf wollte Carstensen sich noch nicht festlegen. Thies und Nicole tappen mal wieder im Dunkeln. Von wem das Sperma auf Pearls Hose stammt, werden sie hoffentlich in Kürze wissen.

Im Gegensatz zu einigen Insulanern sind die Schüler ganz wild darauf, sich an der Reihenuntersuchung zu beteiligen. Sie wirken regelrecht übermotiviert. Die Mädchen sind fast enttäuscht, dass bei ihnen gar keine Probe genommen werden soll. »Tut mir ja nu leid, aber ihr kommt dafür eher nich in Frage«, konstatiert Thies knapp.

»Wart mal, Thies, wir haben auch noch die Hautpartikel unter den Fingernägeln«, flüstert Nicole ihm zu.

»Du meinst, das ist nich von demselben?«

»Ich meine im Augenblick noch gar nichts.« Nicole schnieft. »Aber das können wir nicht ausschließen.«

»Ich hab noch jede Menge Röhrchen im Wagen.« Der Schimmelreiter geht auf einmal voll in seinem neuen Job auf.

»Ja, komm, Hauke, hau rein.« Auch Thies ist begeistert bei der Aktion dabei. Die Schülerinnen und Schüler stehen schon mit halbgeöffneten Mündern Schlange. Etwas enttäuscht sind die Mädchen nur, dass der Speicheltest nicht von dem süßen blonden Spusimann Börnsen durchgeführt wird.

»Erst mal alle dat Kaugummi ausm Mund«, befiehlt Thies stattdessen ruppig.

Die Fredenbüller schreiten zur Tat. »Antje, pass auf, dass du dich mit dem Wattestäbchen nich in dem Piercing verhakst«, mahnt er die Imbisswirtin, die Ove bereits über die Innenseite seiner Wange streicht.

»Echt, Papa, wir auch?« Telje will am liebsten schon wieder im Boden versinken.

»Ja, wat denkst du denn. Nur weil du die Tochter vom Polizisten bist ... bist du hier vom Unterricht befreit oder wat?« Ihre Mitschülerinnen kichern.

Niggemeier lässt die Prozedur ebenfalls geduldig über sich ergehen. Nicole sieht verschämt dabei zu, wie Antje ihm mit dem Wattestäbchen die Wange von innen streichelt. Vanessa Loebell und Manuel Scholz dagegen machen einen mächtigen Aufstand. »Das entbehrt doch jeder rechtlichen Grundlage«, giftet die Deutschlehrerin.

Nachdem Klaas Bones verarztet hat, ziehen sich Thies und Nicole mit ihm zur Befragung in das kleine Lehrerzimmer des Schullandheimes zurück.

»Timo ... Darf ich doch sagen?« Bones nickt. »Wo haben Sie denn die ganze Zeit gesteckt?«, will Nicole wissen.

»Ja, weiß auch nicht ... mal kurz abgetaucht.« Bones spricht so leise, das er kaum zu verstehen ist.

»Dat haben wir gemerkt.« Thies klingt unfreundlich.

»Wo waren Sie denn?« Nicole versucht es einfühlsamer. »Sie wurden von allen gesucht, von Ihren Lehrern und auch von uns.«

»Irgendwie auf der Insel so 'n bisschen abgehangen, keine Ahnung.« Sein Blick flackert. Ein Rest Mascara-Schminke um die geröteten Augen ist verwischt.

»Und wo haben Sie die Nacht verbracht?«

»Weiß auch nicht, am Strand. Wollte ich schon immer mal.« Er sieht die Kommissarin unsicher an. Von der stolzen Piratengeste ist nicht mehr viel übriggeblieben.

»Waren Sie alleine oder war Ihre Freundin Pearl auch dabei?«, will Nicole wissen.

»Pearl? Nee, wieso?« Bones kaut nervös auf seinen Fingernägeln.

»Wann haben Sie Pearl zuletzt gesehen?«

»Pearl? Keine Ahnung.«

»Ja, dass du keine Ahnung hast, dat wird uns jetzt auch klar.« Thies wird langsam ungeduldig.

»Aber Sie waren doch immer zusammen, sagen Ihre Mitschüler zumindest.« Nicole lässt nicht locker.

»Ja, ich hab sie wahrscheinlich gestern noch gesehen.« Bones windet sich. »Aber nur so von weitem.«

»Von weitem? Was soll dat denn nun wieder heißen?« Thies platzt gleich der Kragen.

»Am Strand … irgendwo in den Dünen.« Bones' Stimme ist nur mehr ein Wispern.

»Wie war denn Ihr Verhältnis überhaupt?«, fragt Nicole weiter.

»Wir haben schon öfter zusammen abgehangen.«

»Du bist mir auch so 'n Hänger.« Thies schüttelt den Kopf. Nicole sieht ihn mahnend an. Sämtliche Erkenntnisse aus dem Seminar »Vernehmungstechniken Eins« scheinen bei Thies in Vergessenheit geraten zu sein. Auf diese Art werden sie aus dem Schüler nichts herausbekommen.

»Heißt das ...« Nicole zögert. »... dass Sie beide zusammen waren?«

Bones ist unangenehm berührt. Er sagt erst mal gar nichts und dann nur ein kurzes: »Nö ...«

»Aber wärst du eigentlich gerne, oder?« Thies ist nicht mehr zurückzuhalten. »Behaupten die Mädels aus deiner Klasse zumindest.«

Bones sagt jetzt gar nichts mehr.

»Is auch 'ne Antwort«, findet Thies.

»Wir haben ... ähh ... Hinweise, dass Ihre Freundin mit jemandem zusammen war. Waren Sie das nicht vielleicht doch? Wir wissen das in Kürze sowieso.«

Bones zuckt mit den Schultern und schüttelt den Kopf.

»Wenn nicht mit Ihnen, mit wem dann?«, fragt Nicole weiter.

»Keinen Schimmer.«

»Hat dir doch bestimmt gestunken, dass sie mit jemand anderem zusammen war.« Thies wischt sich den Schweiß von der Stirn.

Nicole wechselt das Thema. »Wie haben Sie sich denn Ihre Verletzungen im Gesicht zugezogen? Und wo?« Sie betrachtet die Wunde auf seiner Wange und verzieht das Gesicht. »Das tut doch bestimmt weh?«

»Ja ... geht so.« Die Schatzinsel-Zitate sind Bones im Augenblick ausgegangen.

»Wie ist das passiert?«, wiederholt Nicole ihre Frage.

»Ja irgendwie ... weiß auch nich ...« Der Schüler windet sich.

»Sie wissen nicht, wie das passiert ist?« Nicole zeigt auf seine Wunde. »Das können Sie uns doch nicht erzählen.«

»Ihr habt doch Ärger mit Johnny Petersen gehabt?«, hält Thies ihm vor. »Dat wissen wir doch längst.«

»Long John Silver, ja, das war echt krass.« Bones fasst sich an sein lädiertes Gesicht. »Wir haben voll eine gebremst bekommen.« Dann verstummt er wieder.

»Wieso hat der dich und deine Freundin vermöbelt? Denn sie hatte ja auch 'n solventes Veilchen, und das nicht erst seit gestern«, fragt Thies weiter.

»Ja, Pearl hat ihn in der Kneipe wohl provoziert«, nuschelt Bones. »Wir haben dann so ein bisschen gefightet, und dann hat er gleich das Entermesser gezogen.«

»So ein bisschen gefightet?« Nicole sieht ihn ungläubig an.

»Ganz normal unter Piraten.« Bones wird schon wieder etwas selbstbewusster.

»Herr Krell, wir sind hier nicht im Kino«, stellt die Kommissarin klar. »Das hier ist kein Spiel. Verkennen Sie das nicht.«

»Dat geht um zweifachen Mord!« Thies wird lauter.

»Und was soll ich damit zu tun haben?«, fragt Bones bemüht unschuldig. Aber die beiden Polizisten nehmen ihm die Unschuldsmiene nicht ab.

»Stammt die Verletzung auf Ihrer Wange von der Auseinandersetzung mit Johnny Petersen? Oder haben Sie sich die später zugezogen?«

»Später? Wieso?« Bones wirkt immer verstockter.

»Dat fragen wir dich!«, blafft Thies ihn an. »Vielleicht hast du ja mit deiner Piratenfreundin Pearl auch mal 'n büschen gefightet. Wie wär's denn damit?«

»Nee, keine Ahnung«, nuschelt der Junge und fasst sich wieder an seine Wunde auf der Wange.

Thies will fast auf ihn losgehen, doch Nicole geht mit einer neuen Frage dazwischen. »Haben Sie das Handy Ihrer Freundin? Das haben wir nämlich nicht bei ihr gefunden.«

»Nee, das Handy ist weg.« Bones wird plötzlich deutlich munterer. »Keine Ahnung, das ist Pearl irgendwie geklaut worden ... von einer der blonden Barbies.«

»Is dat normal, dass ihr euch gegenseitig die Handys klaut?«, blafft Thies ihn an.

»Kann euch doch egal sein«, mosert der Junge zurück. »Solange niemand Anzeige erstattet.«

»Auf dem Handy ist brisantes Beweismaterial.« Thies hat seine wichtige Miene aufgesetzt. Bones grinst blöd, was ihm mit seiner Wunde auf der Wange gründlich misslingt. »Dich Feierabend-Piraten kriegen wir noch zu fassen, wart mal ab.«

»Können wir Ihr Handy mal sehen?«, fragt Nicole ganz ruhig.

»Wie gesagt, ich hab Pearls Handy nicht.«

»Ich meine, Ihr Handy.« Sie zeigt auf seine Hosentasche, auf der sich die Umrisse eines Telefons abzeichnen.

»Ach so, das Handy ...« Das Grinsen ist Bones schon wieder vergangen. »Da ist nichts weiter drauf.«

Er zögert. »Dürfen Sie das überhaupt?« Aber dann reicht er der Kommissarin das Gerät.

Nicole ruft sich die Anruf- und die Nachrichtenliste auf. »Du hast ja regen SMS-Verkehr mit deinen Mitschülerinnen, und vor allem mit deiner Mutter.« Sie sieht ihn verwundert an

»Zu meiner Mutter? Nö? Wieso?«

»Weil sie hier zwanzigmal am Tag anruft und Textnachrichten schickt.« Nicole zeigt ihm das Telefon.

»Ach so, ja ...« Bones tut so, als wäre er selbst überrascht. »Keine Ahnung.«

»Und was ist das hier?« Nicole hat eine Textnachricht aufgerufen. »Sooooo nice, Süße! Echt Sünde!« Das Foto daneben zeigt ein blondes Mädchen mit Spiegelsonnenbrille im Badeanzug. Ob es sich dabei um Silja, Sophie oder Gina-Marie handelt, ist auf den ersten Blick nicht zu erkennen.

Thies sieht Bones fragend an. »Is dat überhaupt dein Handy?«

36

Es weht kaum ein Wind. Der Himmel ist grau heute Morgen. Alles ist grau. Der Himmel geht übergangslos in die See und das Wasser in den Strand über. Ein Horizont ist so gut wie nicht zu erkennen. Die Silhouette des Krabbenkutters auf dem Wasser lässt sich nur erahnen. Es regnet zwar nicht, aber die Luft ist feucht. Das auflaufende Wasser schwappt müde über den Sand. Wenn es abfließt, lässt es ein paar Schaumreste stehen.

»Ich hab jetzt geil die Fährte!«, tönt Tadje unternehmungslustig und stapft zwischen zwei Dünen durch den Sand. »Das Glück sei uns hold und bescher uns massenhaft Gold!« Telje hat ›Die Schatzinsel‹ mittlerweile auch drauf. Lasse, Ove, Tjark und Torben-Hendrik trotten hinter ihr her. Telje ist schon ein paar Schritte voraus. Sie hat gerade wieder einen violetten Papierfetzen gefunden. Die Zwillinge sind felsenfest davon überzeugt, dass dieser Schnipsel zu dem Geldschatz gehört, von dem in den letzten Tagen immer wieder die Rede ist.

»Komm, Tadje, das ist doch voll die Fantasy, ›Schatzinsel‹ und so«, gibt Tjark zu Bedenken und wird im Laufen von seiner tiefhängenden Hose gebremst. Hastig zieht er sie wieder ein Stück höher. »Das ist nur irgendwelches Papier.«

»Das sieht voll wie 'n Teil von 'nem Geldschein aus. Es gibt diesen Schatz.« Telje ist sich ganz sicher. Die Zwillinge haben die violetten Geldscheine, die während ihres Sommerurlaubs vor ein paar Jahren über die Insel flogen, noch lebhaft vor Augen.

»Das muss hier irgendwo sein«, bestätigt Tadje.

»Tadje, du bist ja echt voll drauf.« Lasse ordnet seinen Dutt, der bei der Schatzsuche verrutscht ist.

»Merkt man gleich, dass dein Alter Cop ist.« Tadje strahlt ihn verliebt an.

»Woher wisst ihr überhaupt von diesem Schatz?«, fragt Tjark.

»Was ist dat für Kohle?«, will Ove wissen.

»Weiß ich auch nicht so genau.« Dabei klingt Telje trotzdem überzeugt. »Da gab es eine Art Explosion und dann regnete es Geld. Das waren violette Scheine. Genau dieselbe Farbe.« Sie zeigt den Papierschnipsel.

»Violett?« Ove kratzt sich auf seiner Teppichfliese und sieht seinen Kumpel Torben-Hendrik fragend an. »Ey, Digga, was sollen das denn für Scheine sein, Digga? Keine Euro? Oder?«

»Doch, das gibt lila Euros.« Lasse überlegt. »Fünfhunderter, glaub ich.«

»Fünfhunderter? Das wär ja echt der Burner!« Ove krallt die Finger in seinen Haarstreifen, als könnte er ihm sonst vom Kopf wehen.

Tadje hält ihren Blick wieder fest auf den Sand gerichtet. Sie weiß selbst nicht genau, wonach sie eigentlich sucht.

»Das ist hier doch ganz in der Nähe, wo wir Pearl

gefunden haben.« Torben-Hendrik ist nicht ganz so begeistert. »Das ist doch voll unheimlich.«

»Meint ihr wirklich, dass Pearls Tod mit dem Schatz zu tun hat?«, fragt Ove.

»Dein Vater ist doch hinter diesem Sailor mit einem Bein her.«

»Mein Vater ist heute Morgen schon wieder mitm Boot los … nach Hallig Hooge«, verkündet Tadje.

»Nee, nach Langeneß«, korrigiert Telje sie. »Dieser Long John Silver soll angeblich mit seinem Ruderboot nach Langeneß geflohen sein.«

»Weil er Pearl umgebracht hat?« Tjark ist nicht überzeugt.

»Erst hat er diesen Typen auf dem Schiff gekillt, Pearl hat das gefilmt. Deshalb musste sie dran glauben.«

»Telje weiß es mal wieder ganz genau.« Tadje streckt ihrer Schwester die Zunge raus.

»Komm, ist doch egal«, schlichtet Lasse. Tadje knufft ihn vertraulich in die Seite und fasst ihm zärtlich in seinen Dutt.

Vom Wasser kommt Muschelkistenbetreiber Marcel in seinem Wilderness-Survival-Shirt auf die Jugendlichen zu. »Sagt mal, wat habt ihr hier eigentlich zu suchen?«, lispelt Marcel. Der Surflehrer schiebt die Wrap-around-Sonnenbrille in seine blonde Dauerwellentolle und sieht sie provozierend an. Dann blickt er sich nervös im Sand um.

»Wieso, was denn … gar nichts.« Tjark und Torben-Hendrik fühlen sich irgendwie ertappt. Telje lässt den violetten Papierschnipsel sofort in der Hosentasche verschwinden.

»Nur so 'n büschen chillen«, mault Ove und starrt auf Marcels Seepferdchen-Tattoo. »Was dagegen, Digga?«

»Die Wanderdünen hier, die stehen unter Naturschutz, ist euch klar, nä?!« Marcel führt sich auf, als wäre er hier der Umweltschutzbeauftragte.

»Die Dünen laufen schon nich weg.« Telje grinst, die anderen lachen. Die Wolken spiegeln sich in den großen runden Gläsern ihrer blauen Sonnenbrille.

»Mach mal bloß keine dummen Sprüche.« Marcel baut sich in seinen Hawaii-Bermudas vor den Jugendlichen auf.

»Bist du hier der Oberförster, oder was?« Ove äfft sein Lispeln nach. Seine Mitschüler kichern schon wieder. Sie können richtig sehen, wie in dem Surfer jetzt die Wut hochsteigt. Er will grade auf den Schüler losgehen, als Vogelwart Nils Gerckens zusammen mit einer kleinen Gruppe der Steinflüsterer auf die Düne zukommt. Gerckens hat mehrere Äste und allerlei angespültes Treibgut für sein Schwitzzelt dabei. Unter dem Arm trägt er einen großen Stein. Auch die Teilnehmer des Steine-Workshops, Heide, der Rainer und Elternvertreterin Lammers-Lindemann schleppen gewaltige Steine mit sich. Als sie auf der Düne ankommen, sind sie richtig außer Atem. Die Schüler und Marcel staunen.

Die Teilnehmer des Seminars sind mittlerweile eine eingeschworene Gemeinschaft. Iris Lammers-Lindemann ist vollkommen in der Gruppe aufgegangen. Auf Pearls Tod hatte sie zwar noch einmal aufgelöst reagiert. Nachdem sie ihre Tochter Anna-Lena auf ihrem Handy wieder nicht erreichen konnte, hatte sie vollkommen aufgebracht bei Niggemeier angerufen und den sofortigen Abbruch der Klassenreise gefordert. Doch der Rainer hatte ihr dann erklärt, dass Anna-Lenas Klassenkameradin in Wahrheit irgendwie weiterlebt. Nach seiner speziell auf sie zugeschnittenen integralen Gefühlsarbeit bei einem Licht-Energie-Abend war Iris überzeugt. Sie sieht den Mordfall auf einmal erstaunlich gelassen und will von der Insel gar nicht mehr weg.

Die Energie der Steine hat sogar Nils Gerckens mit den Esoterikern zusammengeführt. Für das Schwitzhütten-Event heute Abend ist Nils auf der Suche nach den passenden Steinen und dabei unbedingt auf fachkundigen Rat angewiesen. Happy Puttkammer hat sich intensiver in die Thematik eingelesen und ihn in den letzten Wochen in die Geheimnisse des Schwitzhüttenrituals eingeweiht. Nils hatte sich die Theorien über den Reinigungsvorgang während der Zeremonie geduldig angehört, wie die Steine, die »Samen von Großvater Sonne«, wie sie von irgendwelchen Eingeborenen genannt wurden, im Feuer erhitzt werden.

»Nicht jeder Stein ist für das Ritual geeignet«, hatte Happy Puttkammer ihm eingebläut. Sie hatte sich voll in die Materie eingearbeitet. Das Schleppen der Steine überlässt sie dann Nils. »Er muss die Hitze halten können«, vermutet Nils.

»Er muss vor allem die Energien halten können«, berichtigt Heide ihn.

»Und er muss die Energien abgeben können«, bringt der Rainer den Gedanken zu Ende.

»Du musst mit den Steinen sprechen.« Iris Lammers-Lindemann sieht ihre neuen Freunde beifallheischend an.

Der Rainer nickt. »Du musst ihnen zuhören können, um herauszufinden, welcher Stein für das Feuer bereit ist.«

Die ersten fünf Steine für das rituelle Schwitzen haben sie zusammen. Aber als Nils Marcel und die Jugendlichen sieht, ist das Schwitzritual für ihn auf einmal nebensächlich.

»Was läuft hier denn ab?« Nils ahnt sofort, worum es geht. Hier ganz in der Nähe war sein Schatz vergraben. Haben Thies' Töchter und ihre Klassenkameraden etwas entdeckt? Das kann nicht sein. In seinem alten Versteck ist die Blechkiste nicht mehr. Dieser lächerliche Lover seiner Exfreundin musste die Kohle inzwischen haben, da ist sich Nils eigentlich ganz sicher.

»Ja, ich hab den Kids grad ma' Bescheid gestoßen, dass dat hier Naturschutzgebiet ist.« Marcel wirft sich die Dauerwellentolle aus der Stirn. Sein Muschelohrring fliegt hin und her.

»Naturschutzgebiet? Die Düne hier?«, fragt Gerckens, der sich als Vogelwart mit den Naturschutzgebieten wirklich auskennt.

»Jo, Nationalpark Schleswig-Holsteinisches Wattenmeer, oder wie seh ich die Sache?«, spuckt Marcel dem Vogelwart jede Menge feuchte S-Laute entgegen.

»Seit wann interessiert dich die Umwelt? Das soll wohl 'n Witz sein. Du Knallkopp vertreibst mit deinen Surfbrettern und Lenkdrachen doch die ganzen Vögel.«

»Komm mir bloß nich auf die Tour. Wat schleppt ihr hier überhaupt die ganzen Steine durch die Gegend? Ihr seid doch komplett bescheuert!«

Rainer und seine Steinfreunde sehen den Surfer staunend an. Gerckens lässt kurz seinen Blick möglichst unauffällig über den Sand schweifen. Aber er kann nichts Verdächtiges entdecken, kein angebrannter Geldschein, keine Kassette. Dann sieht er die Schüler prüfend an. »Was treibt ihr hier eigentlich?«

»Klassenreise«, antworten Tadje, Ove und Lasse im Chor.

Telje zerknüllt den violetten Papierschnipsel in ihrer Hosentasche.

»Ich mein, hier auf der Düne?«

»Wieso?« Torben-Hendrik wirkt wie ertappt. »Nichts weiter.«

»Müsst ihr unbedingt hier Muscheln sammeln? Vielleicht solltet ihr dann auch mal weiter …«

»Mal langsam den Abflug machen«, fällt Marcel Nils ins Wort. Auch er wirft einen höchst unauffälligen Blick ins Dünengras. Nils bekommt es gar nicht mit.

»Ja, du auch!«, schnauzt Gerckens den Surfer sofort an.

»Ihr seid doch … hier!«, Marcel bohrt sich den Zeigefinger durch seine dauergewellte Stirntolle.

Die Workshopteilnehmer starren die beiden konsterniert an und halten dabei wie paralysiert immer noch die schweren Steine in den Händen. Iris Lammers-Lindemann werden die Arme lang.

»Ich muss den Stein mal loslassen«, stöhnt die Elternvertreterin und lässt den schweren Brocken dumpf in den Sand plumpsen.

»Loslassen ...«, säuselt der Rainer. »Schööön, sehr gut, Iris.«

37

Die Schüler der 10 a haben den heutigen Morgen zur freien Verfügung. Notgedrungen. Das Klassenreisethema ›Das Unheimliche und das Meer‹ ist auf erschreckende Weise Realität geworden. Doktor Niggemeier berät mit der Schulleitung, ob die Klassenreise nach dem Tod von Petra Köpping abgebrochen werden soll. Vorläufig hat Nicole den Verbleib der Klasse auf der Insel angeordnet, zumindest für den nächsten Tag, bis die Ergebnisse der Reihenuntersuchung vorliegen.

Nicole hatte die Alibis der Schüler und Lehrer überprüft. Ganz einfach war das nicht. Die überdrehten Mädchen bestätigten sich gegenseitig die Alibis und bombardierten die Kommissarin mit Fotos, Videos, SMS und einem ganzen Heer von Emojis auf ihren Smartphones. Besonders überzeugend fand Nicole das alles nicht. Aber auch wenn sie Pearl am Tag zuvor übel mitgespielt hatten, mit ihrem Tod haben Silja, Sophie und Gina-Marie nichts zu tun. Etwas anderes jedoch gibt Nicole zu denken. Deutschlehrerin Vanessa Loebell und Manuel Scholz hatten sich gegenseitig ein Alibi gegeben. Sie behaupteten, während der Tatzeit eine Besprechung im Lehrerzimmer des Schullandheimes gehabt zu haben. Elternvertreterin Lammers-Lindemann war sich dagegen sicher, den Referendar mit dem roten Piratentuch zu der Zeit am Strandaufgang gesehen zu haben. Damit war nicht nur Manuel Scholz', sondern auch Vanessa Loebells Alibi hinfällig.

»Niggi, was ist mit dieser Vanessa Loebell? Was meinst du, wenn du sagst, sie ist schräg drauf?«

»Sie ist ja erst seit kurzem da. Bei uns am Theodor-Storm war 'ne Stelle frei für Deutsch und Philosophie, und sie wollte unbedingt zu uns.« Niggemeier stockt einen Moment. »Der Liebe wegen.«

»So, so«, schnieft Nicole.

»Aber dann hat der Kerl sie wohl sitzen lassen … obwohl sie ein Kind erwartete.«

»Kommt mir irgendwie bekannt vor.« Nicole sieht ihn gar nicht an. Niggemeier ist peinlich berührt. »Und jetzt ist sie auch alleinerziehende Mutter?«

»Nein.« Niggemeier druckst herum. »Sie hat sich für eine Abtreibung entschieden. Seitdem ist sie vollkommen verwandelt.«

»Kennst du den, der sie sitzen gelassen hat?«, will Nicole wissen.

»Nee, da macht sie wohl 'n ziemliches Geheimnis draus.« Niggemeier sieht Nicole betreten an.

Nicole versucht sich auf den Fall zu konzentrieren. Irgendwie gelingt es Thies und ihr nicht, die Tatverdächtigen einzugrenzen. Ganz im Gegenteil, es werden immer mehr.

Thies kommt gerade von Langeneß zurück. Von Raik Rettmer hatten sie gestern erfahren, dass Johnny Petersen von der Hallig Langeneß stammt und dort noch eine Schwester hat. »Wenn er von dem Touri-Trubel die Nase voll hat, fährt er mal nach Langeneß rüber«, hatte Rettmer erzählt. »Is ja ruhig da, und Johnny ist 'n Einzelgänger.« Einen Tag vorher war Petersen tatsächlich bei seiner Schwester auf der Hallig gewesen. Aber als Thies dort heute Morgen zusammen mit dem Föhrer Kollegen Nis Nissen auf dessen Polizeiboot eintraf, hatte er die Hallig schon wieder verlassen. Sein Boot lag allerdings noch da. Petersen war offenbar mit der Lore aufs Festland rübergefahren. Zwischen den Halligen Oland und Langeneß gibt es eine Schienenverbindung, die man bei Niedrigwasser mit kleinen Loren befahren kann.

Das Kreuzverhör der Schwester gestaltete sich durch die Mitwirkung des einsilbigen Kollegen Nissen ausgesprochen zäh. Dass Nissen bei Befragungen nichts fragt, ist wenig hilfreich. Trotzdem verplapperte sich Petersens Schwester, dass Johnny wohl auf dem Weg nach Hamburg war. Was er da wolle, war aus ihr nicht herauszubekommen. Aber für Thies ist sonnenklar, Long John Silver will auf einem Frachter von Blankenhorn Shipping anheuern und sich auf großer Fahrt Richtung Afrika aus dem Staub machen.

So haben sich Thies und Nicole sofort wieder auf den Weg nach Hamburg gemacht. Die strenge Empfangsdame Frau Ahrweiler hat, nachdem sie ihre Ganzkörperbrille gezückt hat, die beiden Polizisten gleich erkannt.

»Haben Sie denn heute einen Termin!?«, schreit sie die beiden an. »Nicht, dass ich wüsste.«

»Wir ermitteln!«, ruft Thies in Stadionlautstärke.

»Wir fahnden nach dem Bootsmann Johannes Petersen«, wird Nicole etwas konkreter. »Wir haben gehört, dass er hier bei Ihnen in der Reederei gewesen ist?«, rät sie drauflos.

»Herr Petersen?« Frau Ahrweilers perlenbesetzte Brillenkette klimpert. »Ach, wissen Sie, das soll Ihnen Herr Direktor Blankenhorn am besten selbst erzählen.«

Thies und Nicole sehen sich an. »Der war hier, jede Wette«, raunt Thies seiner Kollegin zu.

Die Empfangsdame greift zum Telefonhörer und meldet die beiden an. Sie trägt dasselbe Chanel-Kostüm wie vor ein paar Tagen und ihr Chef den gleichen altmodischen Nadelstreifenanzug. Wahrscheinlich hängt in seinem Kleiderschrank dutzende Mal der gleiche Anzug, denkt Nicole.

»Ist Herr Petersen heute bei Ihnen hier im Büro gewesen?«, fällt sie mit der Tür ins Haus.

»Petersen? Wie kommen Sie darauf?« Blankenhorn senior hat sich hinter seinem Schreibtisch halb aus seinem Stuhl erhoben. »Aber nehmen Sie doch erst mal Platz, Frau ... ähh ... Stappenbek, ist doch richtig? Und Herr ...?«

»Thies Detlefsen.«

»Kann Frau Ahrweiler Ihnen einen Kaffee bringen? Frau Ahrweiler, seien Sie doch so gut ...« Blankenhorn tut schon wieder so, als wären sie zu einer Kaffeeverkostung hier.

»Danke, nein, bitte keinen Kaffee!«, lehnt Nicole bestimmt ab. Frau Ahrweiler wankt auf ihren kippeligen Stöckelschuhen aus dem Raum.

»Was ist mit Johnny Petersen«, wiederholt Nicole ihre Frage. »War er bei Ihnen?«

»Wie kommen Sie denn darauf?« Blankenhorn bewahrt die Fassung.

»Wir haben unsere Informationen.« Nicole schnieft. »Und Ihre Frau Ahrweiler …«

»Ach, wissen Sie, verehrte Kommissarin, unsere Frau Ahrweiler, wenn ich das mal so uncharmant sagen darf, ist ja nun auch nicht mehr die Jüngste. Da bekommt sie schon mal etwas durcheinander.« Er lacht diskret in sich hinein.

Mit seiner förmlichen Art ist der honorige Reeder schwer zu fassen. Und Thies hat es angesichts der gediegenen Atmosphäre in dem Hamburger Kontor schon wieder die Sprache verschlagen.

»Herr Blankenhorn«, setzt Nicole noch einmal an. »Wir sind bei unseren Ermittlungen darauf gestoßen, dass Sie in der letzten Zeit Kontakt mit dem Chef der Nordfriesischen Fährreederei, Herrn Köpping, hatten. Dabei soll es um Ihren Sohn gegangen sein … und den Bootsmann Johnny Petersen«, spinnt sie ihren Verdacht einfach mal weiter. »Und jetzt taucht Petersen bei Ihnen hier in Hamburg auf.«

Die beiden Polizisten können beobachten, wie es in Blankenhorn senior arbeitet. Long John Silver war hier oder hat mit dem Reeder Kontakt gehabt, da ist sich auch Nicole mittlerweile sicher.

»Es ist ja kein Geheimnis, dass Köpping und ich uns gut verstehen. Wir sind ja beide seit Jahrzehnten Reeder, wenn auch auf unterschiedlichen Routen. Amrum ist nicht Afrika.« Er lacht nuschelnd.

»Jo, da is was dran«, meldet sich auch Thies mal wieder zu Wort.

»Dann haben Sie beide überlegt, wie Sie Ihrem Sohn seine nordfriesische Fährlinie ausreden können«, überlegt Nicole laut.

»Selbstverständlich haben wir auch mal über meinen Sohn gesprochen ...«

»... ob ihr früherer und Köppings jetziger Bootsmann Johnny Petersen nicht behilflich sein könnte.«

»Verehrte Frau Kommissarin! Nun machen Sie aber mal einen Punkt!« Blankenhorn ist kurz davor, seine Beherrschung zu verlieren. »Wir erteilen dem alten Petersen doch keinen Mordauftrag. Wir sind Reeder und nicht die Mafia!«

»Vielleicht war es ja gar kein Mord, sondern schwere Körperverletzung mit Todesfolge«, gibt die Kommissarin zu bedenken.

»Das muss dat Gericht dann klären«, stellt Thies fest.

Dass dieser honorige ältere Herr einen Mordauftrag gegen seinen Sohn erteilt hat, kann sich Nicole nicht recht vorstellen. Aber vielleicht sollte sein alter Bootsmann ihn ein bisschen »überreden«. »Was wollte Petersen denn, als er heute hier war?« Jetzt tut sie einfach mal so, ab ob das eine Tatsache ist. Alter Verhörtrick.

Und es funktioniert. Blankenhorn zögert einen Moment. »Jaja ... der gute Petersen war völlig aufgelöst ...« Auch Blankenhorn wirkt auf einmal unsicher.

»Der gute Petersen? Petersen hat vermutlich Ihren Sohn umgebracht«, wendet Thies ein.

»Ich kann mir das gar nicht vorstellen. Er hat ja nun sowieso kein einfaches Schicksal, mit seiner Behinderung und auch sonst. Er ist ja nicht das erste Mal mit den … ähh … Behörden in Konflikt gekommen. Heute Morgen saß er vollkommen aufgewühlt bei Frau Ahrweiler im Empfang. Er hat immer wieder seine Unschuld beteuert.« Die Ader an seiner Schläfe pocht. »Er wollte unbedingt wieder bei Blankenhorn anheuern, auf große Fahrt.«

»Und? Hat er?«, fragt Nicole.

»Verehrte Frau Stappenbek«, beginnt Blankenhorn schon wieder in seinem förmlichen Ton. »So schnell geht das nun auch nicht. Die Zeiten, in denen täglich die Frachter nach Afrika ausliefen, sind bei uns auch vorbei. Ich habe ihm etwas für nächste Woche in Aussicht gestellt.«

»Es ist Ihnen schon klar, dass Sie damit einem Mordverdächtigen zur Flucht verhelfen?« Nicole wird langsam ärgerlich.

»Nun mal langsam. Er muss ja auch erst mal seine Papiere und seine Klamotten von zuhause holen.«

»Das heißt, er ist jetzt wieder auf dem Weg nach Amrum?«, fragt Thies ungeduldig.

»So weit gehen meine Informationen nun auch nicht.« Blankenhorn zuckt mit den Schultern.

Auf dem Weg von Hamburg zurück zur Fähre klimpert Nicoles Handy. Diesmal ist es nicht Antje, sondern Gerichtsmediziner Carstensen.

»Nee, nä?!« Nicole drosselt geistesabwesend das Tempo. »Den hatten wir ja nun noch gar nicht auf dem Zettel. Was?«, staunt Nicole. »Kein Zweifel? … Danke, Doc.«

»Und?« Thies kann es gar nicht abwarten.

»Halt dich fest. Das Sperma stammt von Manuel Scholz.« Nicole tritt wieder aufs Gas. »Und die Hautpartikel unter den Fingernägeln der Toten von Timo Krell.«

»Der Kratzer in Bones' Gesicht«, folgert Thies. »Und Manuel Scholz hat Pearl ...? Der Referendar ... von Telje und Tadje?« Thies wird es ganz anders zumute. »Heike war ja gleich gegen das Gymnasium.«

»Komm, Thies, deinen Töchtern passiert schon nichts. Die können ganz gut auf sich selbst aufpassen.«

»Dann hat Long John Silver sie gar nich umgebracht?«

»Weiß man nicht. Aber irgendwie unwahrscheinlich«, findet Nicole. »Der Kreis der Verdächtigen wird größer, und ein gemeinsames Motiv für beide Morde kann ich bisher nicht entdecken. Vermutlich müssen wir von zwei Tätern ausgehen.«

»Johnny Petersen hat vermutlich den jungen Reeder und Bones oder Manuel haben Pearl umgebracht.«

»Bones, weil er von seiner Freundin immer wieder abgewiesen wurde. Dann sind da noch ihre reizenden blonden Klassenkameradinnen, die Pearl abgezogen hat und die sich dafür ja schon einmal gerächt haben.« Nicole beschleunigt ihren Mondeo auf der Straße am Deich entlang.

»Und wat is mit der enttäuschten rothaarigen Lehrerin, die immer wieder verschwindet. Nicole, ich sach nur: emotional motivierte Tat. Und wieso geben sie und der Piratenreferendar sich gegenseitig falsche Alibis?« Thies wirft vom Beifahrersitz einen kritischen Blick auf den Tacho. Nicole ist mal wieder ganz schön rasant unterwegs. »Außerdem gibt es da noch diesen Schatz, von dem Telje und Tadje immer erzählen«, fällt Thies noch ein.

»Das ist doch eine von ihren Seeräubergeschichten.«

»Das Geld gibt es. Das haben wir damals selbst gesehen, als der Schuppen in Gerckens' Vogelstation in die Luft geflogen ist. Am Strand tauchen angeblich immer wieder angekokelte Scheine auf. Rettmer ist sowieso vorbelastet, und Gerckens und dieser Surfmeister benehmen sich doch auch verdächtig.« Dem Fredenbüller Polizeiobermeister schwirrt der Kopf.

»Vor allem müssen wir uns Manuel Scholz mal vorknöpfen. Aber hat der überhaupt ein Motiv?«, fragt sich die Kommissarin.

»Motiv nich, aber dafür haben wir dat Sperma. Nicole, dat is 'n Fehler zu glauben, dass Täter überlegt handeln«, verkündet Thies wichtig einen Lehrsatz aus seiner letzten Fortbildung.

»Aber Polizisten schon, oder, Thies?«

38

Draußen zieht dicker Nebel auf, drinnen herrscht im Mädchenzimmer »Seeschwalbe« hellste Aufregung. Leonie, Silja, Sophie und Gina-Marie vertreiben sich die freie Zeit mit Pearls schwarz bespraytem Handy mit dem Totenkopf und den gekreuzten Schwertern.

»Das ist doch irgendwie echt voll abartig.« Silja starrt angewidert und gleichzeitig fasziniert auf Pearls Smartphone, das sie wie eine heiße Kartoffel in der Hand hält. Leonie blickt etwas verängstigt aus ihren großen braunen Augen.

»Nee, Silja, das ist voll unheimlich.« Im Gegensatz zu ihrer Freundin ist Gina-Marie begeistert.

»Ja, richtig creepy! Gib mal her, das Teil.« Sophie reißt ihr das Telefon aus den Händen. »Message von der Toten. Krass!« Sie wirft ihre blonde Mähne und tippt und streichelt auf dem Smartphone herum.

»Was machst du da?« Leonie fühlt sich nicht wohl bei der Aktion.

»Hast du den Code geknackt?«, will Silja wissen. »Echt?«

»Wie ist die Geheimzahl?«, fragt Gina-Marie völlig hysterisch.

»Piratengeheimnis!« Sophie zieht eine Grimasse. »Fünfzehn und noch mal fünfzehn.«

»Fünfzehn?«, fragt Silja.

»Fünfzehn Mann auf des toten Manns Truh …«, skandiert Sophie.

»Silja! ›Schatzinsel‹!« Leonie verdreht die Augen.

»Johoho, und 'ne Buddel voll Rum.« Erschrocken drehen sich die Mädchen um. Sie haben gar nicht bemerkt, dass Lasse in der Tür steht.

»Was macht ihr denn da?« Seinen Dutt hat er heute wieder unter der Wollmütze versteckt.

»Das sollten wir dich mal fragen, Schnulli«, motzt Gina-Marie ihn an. »Willst dein Referat über die ›Schatzinsel‹ noch mal halten?«

»Das ist doch das Handy von Pearl?« Lasse hat es sofort erkannt. Pearls Telefon ist unverwechselbar. Sophie versteckt das Smartphone hinter ihrem Rücken.

»Da gibt es nichts zu gucken, mein Süßer.« Gina-Marie macht einen Kussmund. Die anderen kichern. Leonie lächelt reichlich gequält.

»Seid ihr dumm? Tadjes Vater und die Kommissarin aus Kiel suchen das die ganze Zeit.« Lasse zupft an seiner Wollmütze.

»Huuhh, Tadjes Papa, der Oberpolizist, huuh, ich krieg ja solche Angst!« Sophie macht eine theatralische Geste.

»Das ist nich witzig!« Der schüchterne Lasse wird erstaunlich laut. »Seid ihr eigentlich so dumm oder tut ihr nur so?« Er spuckt den Mädchen die Worte förmlich ins Gesicht. »Habt ihr es immer noch nicht kapiert? Pearl ist ermordet worden!«

»Wir haben sie nicht abserviert«, beteuert Silja auffallend ernst.

»Da bin ich mir inzwischen nicht so sicher.« Lasses Stimme hat wieder den üblichen Flüsterton.

»Fantasier mal nicht rum!«, giftet Sophie. »Komm, Süßer, mach 'n Abflug. Kannst du das Aschenputtel Tadje nich beglücken? Bisschen kirscheln?« Die anderen können sich schon wieder totlachen. Lasse wird ein bisschen rot unter seiner Wollmütze. Gina-Marie gackert. Aber es klingt irgendwie künstlich.

»Ihr seid hier wieder so was von am Abzicken, ich fass es nicht«, brummt Lasse. »Abartig, echt.« Er zieht sich die Wollmütze weiter ins Gesicht. »Sagt mal, Anna-Lenas Handy ist doch auch weg. Habt ihr das etwa auch?«

»Abgang!« Silja schubst ihn aus der Zimmertür. »Und tschüss.« Sie knallt die Tür hinter ihm zu, dass das Seeschwalben-Schild fast herunterfällt.

Sophie hat sofort wieder Pearls Handy gezückt und streichelt sich durch das Menü. »Jede Menge Fotos und Videos. Der Freak war ja ein echter Hobbyfilmer, hihi.«

»Ich finde das nich so komisch.« Leonie ist nicht halb so begeistert. »Wir hätten Pearl das Telefon nicht abnehmen dürfen ... Vielleicht sollten wir es echt lieber bei Teljes Vater abgeben.«

»Und was willst du dem erzählen, wo wir das herhaben?«

Sophie scrollt sich durch die Videodateien. »Hier, sieh mal, wie geil ist das denn, Leonie und Manuel auf dem Schiff ... guckt mal!«

»Wie süüüüß!«, quiekt Gina-Marie.

»Sophie, gib sofort das Handy her!«, schreit Leonie und greift nach dem Smartphone. Sophie weicht ihr aus.

»Gib mir das Telefon … du Bitch!« Leonie wird richtig sauer. Sie ist plötzlich gar nicht mehr so hübsch.

Sophie wirft Gina-Marie das Handy zu. Die Mädchen werfen sich gegenseitig das Telefon zu. Die vier toben zwischen den Betten und Stühlen durchs Zimmer. Dann hält Gina-Marie Leonie fest, und Sophie sieht sich das Video von Leonie und Manuel auf der Überfahrt an.

»Gib das Telefon her«, schreit Leonie und versucht sich loszureißen.

»Oh mein Gooott, mit den nassen Haaren, das ist ja echt heiß, sooo sexy!«, juchzt Sophie.

Allzu viel gibt das Video gar nicht her. Im Ton ist nur der Sturm zu hören, der in das Handymikrophon kracht. Das Bild ist reichlich verschwommen. Viel ist auf dem kleinen Display ohnehin nicht zu erkennen.

»Hört auf jetzt!« Leonie, die immer noch festgehalten wird, hat vor Wut Tränen in den Augen. »Ihr seid so was von gemein!«

»Komm, Süße, reg dich ab! Das Filmchen geht noch weiter.« Sophie lässt das Video weiterlaufen. »Das ist doch dieser gruselige Typ da im Hintergrund.«

»Mit dem Holzbein … spoookey.« Gina-Marie hat schon wieder den Gesichtsausdruck, als wäre sie beim Casting für ›Nightmare on Elm Street‹.

»Long John Silver«, haucht Silja. Sie lässt Leonie jetzt wieder los.

»Was macht der da?« Die vier Mädchen starren gebannt auf das kleine Display.

»Das ist der Typ in der orangen Jacke …« Sophie hält sich das Handy direkt vor die Augen.

»Der Einbeinige will ihn über Bord stoßen … krass«, stöhnt Gina-Marie.

»Das ist der Mörder.« Sensationslüstern blickt Silja ihre Freundinnen an. »Das ist der Beweis.«

Leonie hat einen hochroten Kopf. Sie ist immer noch wütend. »Gib mir jetzt das Handy wieder«, schnaubt sie Sophie an. »Das ist meins.«

In dem Moment öffnet sich zusammen mit einem Klopfen die Tür. Diesmal ist es Deutschlehrerin Vanessa Loebell. »Na, habt ihr in eurer Freizeit mal wieder nichts Besseres zu tun, als mit eurem Handy rumzuspielen?« Loebell hat sich die Ray-Ban-Sonnenbrille in die roten Locken geschoben und sieht die Mädchen abschätzig an. Sophie versteckt das Handy sofort wieder hinter ihrem Rücken. Loebell beobachtet das ganz genau. »Was gibt es denn da so Interessantes?«

»Nichts weiter«, mault Sophie.

»Nee, gar nix«, bestätigt Gina-Marie.

»Dafür macht ihr aber einen ganz schönen Alarm.«

»Wieso?«

»Na, ihr seid ja nicht zu überhören.«

»Belauschen Sie uns hier etwa?«, will Sophie wissen

Die Deutschlehrerin geht gar nicht darauf ein. »Ihr starrt hier auf eure blöden Handys, und da draußen sind die See, die Wellen, der Himmel über der Nordsee.«

»Frau Loebell? Hallo? Da draußen ist voll der Nebel!«

Leonie nutzt den Moment. Sie reißt Sophie das schwarze Handy mit dem Totenkopf aus den Händen und stürmt aus dem Zimmer den Flur entlang und dann nach draußen in den immer dichter werdenden Nebel.

39

Manuel Scholz nimmt sich das rote Tuch vom Kopf und wischt sich damit den Schweiß von der Stirn. Er sieht mitgenommen aus. Von der Piratengeste ist nichts mehr übriggeblieben, wie er sich in dem kleinen Lehrerzimmer des Schullandheimes an die Stuhlkante klammert. »Ich weiß auch nicht, wie das passieren konnte«, stammelt der Referendar.

»Was ist denn überhaupt passiert?«, fragt Nicole.

»Wieso, Sie haben mir doch grade mitgeteilt, dass … also …« Manuel windet sich.

»Dat Sperma is von dir, jo.« Thies klingt rotzig.

»Ich hab das gar nicht gewollt, und ausgerechnet Petra …«, winselt der Referendar. Er versucht ein verlegenes Grinsen.

»Ich find dat überhaupt nich komisch«, blafft Thies ihn an. »Als Lehrer seine Schülerinnen angraben, das is doch echt dat Letzte.«

»Thies!« Nicole mahnt ihren Kollegen zur Zurückhaltung. Er droht mit seiner emotionalen Art mal wieder die ganze Befragung zu torpedieren.

»Nicole, meine Töchter sind auch in der Klasse. Die ganzen Mädchen sind doch nich sicher vor diesem Piraten-Gigolo …«, ereifert er sich. Nicole fasst ihm beruhigend auf den Arm.

»Sie geben also zu, dass sie Geschlechtsverkehr mit

Petra Köpping hatten?«, fragt die Kommissarin weiter. Scholz nickt. Eigentlich ist es eher ein Kopfwackeln. »Waren Sie schon vorher mit ihr intim?«

»Intim?!« Thies kann sich immer noch nicht beruhigen.

»Hatten Sie ein Verhältnis mit ihr?« Nicole ist verzweifelt um Sachlichkeit bemüht.

»Nein, um Gottes willen!«, protestiert Scholz.

»Ach so, dat war nur so 'n Won-Neit-Ständ, oder wat?«

»Ja, nee, das war na-nachmittags«, stottert der Referendar.

»Aber wie ist es dann dazu gekommen? Haben Sie Petra am Strand getroffen? Zufällig oder waren Sie verabredet?«

Manuel wischt sich wieder verzweifelt mit seinem Piratentuch im Gesicht herum. Dann platzt es aus ihm heraus. »Ich bin erpresst worden.«

»Von Pearl?«, fragt Thies.

»Von Pearl und … ich will nichts Falsches sagen … vermutlich von ihrem Freund Bones.« Manuel Scholz erzählt von der Erpressung und der Geldübergabe. Er wirkt fast ein bisschen erleichtert.

»Womit sind Sie denn erpresset worden?«, will Nicole wissen.

Scholz druckst herum. »Jaja!« Thies macht eine wegwerfende Handbewegung. »Dat können wir uns schon denken.«

»Eine andere Schülerin?«

Scholz rutscht jetzt so weit auf den Stuhlrand, dass er fast herunterfällt.

»Und um welche Summe handelt es sich?«, fragt Nicole.

»Zehntausend Euro … Das heißt, jetzt ging es sozusagen um eine erste Rate von tausend.«

»Wie haben die Jugendlichen Ihnen ihre Erpressungsabsicht denn mitgeteilt?« Nicole weiß nicht recht, wie weit sie diesem windigen Piraten glauben darf.

»Zuerst haben sie mir ein Erpresserschreiben unter der Tür durchgeschoben und dann hat Petra mich auch angerufen, ganz normal, ohne verstellte Stimme oder so, und ein Foto aufs Handy geschickt.«

»Die Nummer müsste doch gespeichert sein?« Nicole lässt sich Manuel Scholz' Smartphone geben. »Pearls Handy hätten wir nämlich gern. Unbedingt. Da sind nicht nur Sie drauf zu sehen, sondern angeblich auch der Mord an Bent Blankenhorn.« Sie wählt von seinem Handy aus die Nummer. Die drei horchen gespannt auf den Freiton. Am anderen Ende meldet sich niemand.

Auf einmal fuchtelt Thies wild mit dem Arm. »Moment! Seid mal leise. Hört ihr dat nich!«

Tatsächlich ist irgendwo aus dem Gebäude ein Signalton in derselben Frequenz zu hören. Die beiden Polizisten stürmen mit dem Handy in der Hand aus dem Lehrerzimmer durch den Flur des Schullandheimes.

Vor dem Zimmer »Seeadler« bleiben sie kurz stehen und horchen. Der Signalton ist abgebrochen.

»Nicole, dat kam hier raus.« Thies ist fest überzeugt. Er klopft und öffnet die Tür. Im »Seeadler« ist niemand zuhause. Die beiden Polizisten lassen ihren Blick durch das Zimmer schweifen.

»Ist das nicht das Zimmer von Bones?«, fragt Nicole.

»Was macht ihr denn hier?« Aus dem Flur kommt Niggemeier dazu.

»Wir ermitteln«, gibt Thies knapp zurück.

»Ja, das ist unter anderem auch das Zimmer von Timo«, brummt Niggemeier und harkt sich durch den Bart. »Nicole, wann können wir hier abreisen? Die Schulaufsicht und die Eltern machen Druck.«

»Niggi, lass uns hier erst mal machen!«, schnieft sie ungeduldig. Sie sieht ihn gar nicht an. »Du bekommst schon rechtzeitig Bescheid.«

»Nicole, wähl die Nummer noch mal.« Thies lässt sich nicht beirren. »Einfach Wahlwiederholung.«

»Ist schon klar, Thies.« Aus einem der Spinde klimpert prompt das Handy. Der Klingelton kommt aus einer Reisetasche.

»Sieht nach Bones aus, oder?« Zwischen zerknautschten schwarzen Klamotten fischt Thies das klingelnde Handy heraus. Es steckt in einer rosaroten, mit Pailletten besetzten Stoffhülle.

»Das sieht eher nicht nach Bones aus«, findet Nicole. »Und es sieht auch nicht nach Pearl aus.«

»Is das nich dat Telefon, das er vorhin dabeihatte?« Thies überlegt. »Das kam uns doch gleich komisch vor.«

Nicole gibt die Rufnummer zu den Kollegen in Kiel weiter, um den Inhaber des Anschlusses zu ermitteln. Nach kurzer Zeit meldet sich Kiel zurück. »Die Nummer ist auf eine Anna-Lena Lammers-Lindemann eingetragen«, meldet der Kollege.

»Anna-Lena?« Thies ist irritiert.

»Die Tochter der Elternvertreterin?« Nicole wundert sich.

»Die hat aber auch wirklich überall ihre Finger drin«, knurrt Niggemeier ärgerlich.

40

Die Nebelwand von der See hat sich inzwischen über die halbe Insel geschoben. Eben war noch ein letzter Sonnenstrahl durch den Dunst gesickert. Jetzt verschwindet alles in einer einzigen dicken Suppe. Die rote Flagge für ein Badeverbot an der DLRG-Station ist kaum noch zu sehen. Ein Geländewagen der Kurverwaltung patrouilliert mit aufgeblendeten Scheinwerfern den breiten Strand entlang. »Achtung, Achtung, wegen des dichten Nebels herrscht an sämtlichen Stränden Badeverbot. Vor einem Hinausgehen aufs Watt wird dringend gewarnt!« Das schrille Megaphon hallt über den Strand.

Happy Puttkammer kann das von der Einweihung der Schwitzhütte keineswegs abhalten. »Das perfekte Saunawetter«, schwärmt Happy. »Richtig schön schaurig! Der Nebel liegt über der See, und wir sitzen gleich alle wie die Ureinwohner eines fernen Inselreiches im Schwitzzelt. Toll! Mir läuft es schon kalt den Rücken herunter.«

Nils Gerckens schürt das Feuer, in dem in einem Sandloch ein paar Schritte vor dem Zelt seit mehreren Stunden zweiunddreißig Steine erhitzt werden. Der Rauch des Feuers mischt sich in den Nebel. Über die Konstruktion aus gespannten Weidenstäben sind mehrere Decken mit indianischen Mustern gespannt.

Der Rainer und seine Jüngerinnen haben sich ebenfalls eingefunden. Sie umringen den Vogelwart und blicken versonnen in die Glut. Heide schüttelt den hennaroten Mopp auf ihrem Kopf und übt schon die ersten Schritte für den indianischen Sonnentanz, den sie in die Zeremonie integrieren will. Iris Lammers-Lindemann wiegt andächtig den Kopf. Sie wirkt wie in Trance.

»Nils, wann sind die Steine so weit?« Happy lässt die Silberreifen an ihren Handgelenken klimpern. Sie trägt nur ihre weiße weite Pluderhose. Am Oberkörper hat sich das ehemalige Sylter Model schon frei gemacht. Der Steine-Guru Rainer dagegen hat sich zwar seiner Hose entledigt, trägt dafür aber Pullover und Rucksack. Der Schimmelreiter, in Lederhose und ›AC/DC‹-Shirt, kommt aus dem Staunen gar nicht raus. Imbisshündin Susi legt den Kopf schief und wedelt mit dem Schwanz. Der Rest der Fredenbüller Imbissrunde steht im Augenblick noch etwas unentschlossen in regenfesten Klamotten da.

Die Steineflüsterer mussten zu der Veranstaltung nicht lange überredet werden. Der Rainer und seine Damen waren ganz wild auf das Schwitzhüttenritual. Bei der Fredenbüller Belegschaft dagegen musste Happy echte Überzeugungsarbeit leisten. Die Aussicht auf einen mehrstündigen Saunagang mit anschließendem indianischem Sonnentanz hatte die Imbissrunde zunächst verschreckt. Das Ritual der »Heiligen Pfeife« als Teil der Schwitzzeremonie hatte Bounty dann aber schließlich überzeugt. Die passenden Rauchwaren wollte der Althippie beisteuern. Den kleinen Finn hat Piet Paulsen bei seinem Freund Knut Boyksen abgeliefert, der heute Abend das Babysitten übernimmt.

»Aber Freunde, ich behalt die Badehose an«, hatte der Landmaschinenvertreter a. D. gestern Abend nach mehreren »Salty Dog« im »Lustigen Seehund« gekrächzt.

»Ich bin schon gespannt«, gluckst Antje. »Ich hab Piet noch nie in Badehose gesehen.«

»Ja, trag ich selten.«

»Komm, Piet, wann hast du mal 'ne Badehose angehabt.« Klaas winkt ab.

»Na ja, Badestelle Neutönninger Siel. Wann war dat?« Paulsen überlegt. »Neunzehnhundertfünfundsiebzig, sechsundsiebzig, dat waren heiße Sommer hier an der Küste.«

Inzwischen hat Piet seine Zusage zu der Zeremonie schwer bereut. Aber irgendwie mag er seine Imbissfreunde in dieser schweren Stunde auch nicht im Stich lassen. Jetzt steht er in Bademantel und mit Basecap neben den glühenden Steinen und genehmigt sich vor dem großen Ereignis noch schnell ein Zigarillo.

Happy hat vor ihrer ersten dreistündigen Schwitzhüttenzeremonie richtig Lampenfieber. »Wer zwischendurch rausgeht, darf nicht wieder rein«, erklärt sie den anderen. »Wer durchhält, fühlt sich wie neugeboren. Und zum Abschluss stürzen wir uns alle nackt von der Schwitzhütte direkt ins Meer. Fantastisch!« Happy hat ihr Wissen über das von Seefahrern und Piraten überlieferte Eingeborenenritual schließlich auch nur aus einer Reisereportage aus dem ›National Geographic‹. Sie hatte noch überlegt, ob sie dem Rainer die

Leitung der Zeremonie überlassen sollte. Der kennt sich zwar mit Steinen aus, aber nicht unbedingt mit glühenden. Und so übernimmt Happy die Sache selbst.

»Vor dem Betreten der Schwitzhütte legen wir unsere Kleider ab«, raunt sie feierlich mit heiserer Stimme. Sie blickt in die Runde. »Nur, wer es mag.«

Antje kommt gerade in ein großes Badehandtuch gewickelt vom Umziehen aus den Dünen. Der Schimmelreiter pellt sich aus seiner engen Lederhose. Bounty präpariert eine große Pfeife. Und Vogelwart Nils Gerckens trägt mit einer Zange die ersten glühenden Steine ins Innere der Schwitzhütte. Schäfermischling Susi springt bellend neben ihm her. In dem Moment taucht eine Gestalt aus dem Nebel auf. Surflehrer Marcel steuert sofort auf die Saunagemeinde zu. »Zelten is hier verboten. Is klar, nä?« Er kratzt sich an dem Seepferdchen-Tattoo unter seinem Ohr. »Und FKK-Strand is 'n ganzes Stück weiter Richtung Nebel runter.« So ganz versteht Marcel nicht, was er da sieht.

»Komm, großer Surfmeister, alles easy.« Bounty fallen fast ein paar Krümel neben die Pfeife.

»Wieso tigerst du hier eigentlich schon wieder rum?«, blafft sein spezieller Freund Gerckens ihn an. »Hier gibt es nichts umsonst!«

»Sach mal, wat is das überhaupt für 'ne Veranstaltung hier?«, lispelt Marcel.

»Geschlossene Gesellschaft!« Gerckens ist vom Steineschleppen richtig aus der Puste. »Mach 'n Abflug. Und tschüss, mein Freund!«

»Ihr seid doch Spinner! Wollt ihr euch hier nackt

auf die heißen Steine setzen, oder wie seh ich die Sache?«, schimpft Marcel und trottet davon. Während bei den Fredenbüller Imbissfreunden die letzten Hüllen fallen, wird der Surflehrer vom Nebel verschluckt.

41

Leonie ist einfach losgelaufen. Nach draußen. Raus und weg. Sie ist immer noch wütend auf Gina-Marie, Silja und Sophie. Wie kommen diese blöden Kühe dazu, ihr das Handy wegzunehmen. Es war Pearls Handy, aber jetzt gehört es ihr.

Sie stapft durch die Dünen und kommt dabei richtig aus der Puste. Beim Steigen rutscht sie immer wieder einen halben Schritt zurück. Ihre Chucks sind schon voller Sand. Die Schuhe fühlen sich schwer an und als wären sie mindestens eine Nummer zu klein. Leonie hat keine Ahnung, wo sie gerade ist. Jetzt rutscht sie in mehreren Schritten eine Düne hinunter. Ihr kommt es vor, als würde sie gleich den Strand erreichen. Sie läuft über ebenen Sand, der jetzt fester wird. Richtig sehen kann sie das in dem dichten Nebel nicht. Eben sickerte über dem Meer noch ein letztes Abendlicht durch den Dunst. Sie glaubt, leise die Brandung zu hören. Wie nah das Wasser ist, kann sie nicht erkennen. Mehrere Schiffslaternen glimmen verschwommen durch den Nebel. Es sieht aus wie ein Geisterschiff. Wahrscheinlich nur ein Krabbenkutter .

Leonie stiert angestrengt in den undurchdringlichen Nebeldunst. Aber sie kann nur wenige Meter weit gucken. Sie weiß eigentlich gar nicht, wohin sie laufen soll. Wahrscheinlich ist sie am Kniepsand. Ist das der

Hörnumer Leuchtturm, der durch den Dunst herüberschimmert? Sie hat keine Ahnung, wo sie sich befindet. Plötzlich hallt die schrille Durchsage durch den Nebel: »Achtung, Achtung, wegen des dichten Nebels herrscht an sämtlichen Stränden Badeverbot. Vor einem Hinausgehen aufs Watt wird dringend gewarnt!« Leonie zuckt vor Schreck zusammen. Sie weiß gar nicht recht, warum, aber sie wird richtig panisch. Die Stimme aus dem Megaphon durchschneidet den Nebel, und dann sieht sie zwei Lichter ein Stück weiter den Strand entlanggleiten, die Scheinwerfer eines Autos, so viel kann sie erkennen. Wo kommt dieser dichte Nebel auf einmal her? Sie hat so etwas noch nie erlebt.

Dann meint sie plötzlich wie aus weiter Ferne Stimmen zu hören. Das sind nicht ihre Klassenkameradinnen. Es ist ein undeutlicher Stimmenwirrwarr, den sie nicht identifizieren kann. Es klingt nach einer Gruppe. Seltsam. Findet da im Nebel am Strand eine Feier statt? Nein, nach Party klingt das irgendwie nicht. Und dann sind die Stimmen wieder wie vom Nebel verschluckt.

Sie kommt sich vor wie in einem der Romane, die sie während der Klassenreise gelesen haben. Es würde sie gar nicht wundern, wenn auf dem Meer ein großes Schiff mit zerrissenen Segeln aus dem Nebel auftauchen würde oder ein Reiter auf einem weißen Pferd über das Wasser galoppieren würde. Sie muss an die tote Pearl denken und auch an den Toten auf dem Schiff. Im nächsten Moment hat sie gleich diesen unheimlichen Fährmann mit dem Holzbein vor Augen. Leonie läuft es kalt über den Rücken.

Dann hört sie, wie aus dem Nichts, aus einiger Entfernung auf einmal ein Klackern. Sie zuckt erneut zusammen. Es ist ein hartes Klacken. Wie von Billardkugeln, die in schneller Folge aufeinanderprallen. Oder härter noch, wie bei eisernen Bocciakugeln. Es klingt fast wie Schüsse. Was ist das für ein Geräusch? Irgendwie kommt ihr dieses seltsame Klacken bekannt vor. Aber sie weiß nicht, woher. Im dämmrigen Nebel klingt es jedenfalls unheimlich. Richtig bedrohlich. Leonie hat kein gutes Gefühl. Angst steigt in ihr hoch, dass ihr fast übel wird. Für einen kurzen Moment ist plötzlich alles still. Dann hört sie es wieder, und diesmal ist es deutlich näher. Klack-klack-klack-klack-klack.

42

Thies und Nicole schleichen in ihrem Zivil-Mondeo durch den Nebel über die Insel. Sie sind grade wieder auf dem Weg vom Schullandheim ins Gewerbegebiet zu Johnny Petersens Wohnung, als in Thies' Polizeijacke das Telefon vibriert. Heike ist dran. »Heike, wat is denn schon wieder?«

»Sach mal, Thies, wat hör ich da? Ihr seid alle zusammen in so 'ner Zeltsauna am Strand?«

»Wat ist los?« Thies versteht gar nichts.

»Ja, dat frag ich dich. Im Salon Alexandra ist die Sache schon rum.«

»Heike, wovon redest du?«

»Tu doch nicht so unschuldig, Thies, sitzt du etwa auch nackt in diesem Zelt ... zusammen mit deiner Nicole?« Heike ist auf achtzig.

»Wo soll ich bitte sitzen?«

»Ja, mein Lieber, ich bin bestens informiert.« Heikes Stimme schrillt aus dem Handy, dass Thies den Apparat ein Stück vom Ohr hält. »Antje hat mit Marret telefoniert, die hat gleich bei Alexandra im Salon angerufen, und dann wissen dat natürlich alle. Nur bei dir is immer nur die Mailbox dran.«

»Heike, ich sitz im Auto und ich hab meine Polizeiuniform an. Wir sind im Einsatz.« Thies kommt auch ohne Sauna ins Schwitzen. »Heike, wir ermitteln in zwei Mordfällen. Da is für Strandsauna keine Zeit. Und jetzt müssen wir sehen, dat wir hier mal weitermachen.« Thies drückt die rote Taste.

Nicole auf dem Fahrersitz muss grinsen. »Ja, Thies, eigentlich schade, dass wir die Schwitzzelt-Orgie verpassen.« Sie lacht ihn provozierend an.

»Jo, soll ja dat Immunsystem stärken, nä.« Thies wird immer wärmer.

»Allerdings, nackt mit dem Schimmelreiter im Schwitzzelt, das muss ich nicht unbedingt haben. Mit dir wär das natürlich was anderes.« Thies nimmt seine Polizeimütze ab und wischt sich den Schweiß von der Stirn.

Doch dann sind die beiden auch schon wieder bei ihren Mordfällen. An eine Aufklärung ist da allerdings noch lange nicht zu denken. Johnny Petersen treffen sie in seiner Wohnung wieder nicht an. In Hamburg ist er offenbar nicht mehr. Bei dem Kollegen Nis Nissen ging eine Meldung ein. Angeblich wurde er vor einer Stunde bei der Überfahrt nach Langeneß auf der Lorenbahn gesehen. Von dort ist er vermutlich mit seinem Boot auf dem Weg zurück nach Amrum.

»Den müssen wir doch langsam mal zu fassen kriegen. Das kann doch nicht angehen, dass uns dieser einbeinige Bootsmann immer wieder durch die Lappen geht.« Die Kieler Kommissarin wirkt ungeduldig.

»Nicole, Fahndung auf den Inseln is so 'ne Sache. Du darfst nich vergessen, wir sind hier nur die kleine Besetzung! Die ganz kleine Besetzung. Knut muss auf deinen Lütten aufpassen, und Nis Nissen hält die Ermittlungen eher auf.«

Die beiden gehen im Augenblick immer noch von

verschiedenen Tätern aus. Nur Long John Silver hätte für beide Morde ein Motiv. Aber für die zweite Tat haben sie vor allem Bones und natürlich Manuel Scholz im Visier.

»Und wenn dat noch ganz jemand anderes is?« Thies kommt ins Grübeln.

»Und wer bitte?« Nicole wirkt genervt. »Mal wieder der große Unbekannte?«

»Oder die große Unbekannte.« Thies nimmt die Polizeimütze ab und richtet seinen Frontspoiler. »Die Lady in der U-Boot-Jacke ist doch auch schon wieder abgetaucht. Hast doch selbst gesagt, enttäuschte Liebe, allein schwanger. Soll ja manchmal vorkommen.«

Nicole wirft ihm einen giftigen Blick zu. »Ich weiß nich recht. Aber letztes Jahr hätte ich Niggi am liebsten auch gekillt.«

Dann klimpert zur Abwechslung mal Nicoles iPhone. »Was ist denn nun schon wieder los, Niggi?« Nicole verlangsamt das Tempo. Thies hört nur, dass die Stimme von Niggemeier ungewöhnlich aufgeregt klingt.

»Wie bitte? Das darf doch nicht wahr sein. Kannst du deinen Haufen nicht zusammenhalten?« Nicole macht eine Pause. »Was? Die Kollegen sind auch schon wieder nicht da? Was ist eigentlich los bei euch? Nein, bleibt erst mal da. Wir sind gleich bei euch, dann können wir die Suchaktion koordinieren. «

Thies sieht seine Kollegin fragend an.

»Da ist schon wieder ein Mädchen weg.« Nicole schnieft. Thies bekommt schlagartig seinen Kuhblick. »Nein, Telje und Tadje sind noch da. Eine gewisse Leonie.«

43

Klack-klack-klack-klack-klack. Das durchdringende metallische Klackern kommt immer näher. Und Leonies Angst wird zur Panik. Sie weiß jetzt, wo sie dieses Geräusch schon mal gehört hat. Auf der Fährfahrt nach Amrum, als Manuel und sie über das Sonnendeck getobt sind und sich im Regen geküsst haben, da hatte sie irgendwann auch dieses Klackern gehört. Und als sie auf Amrum ankamen, lag dann dieser Typ in der orangen Jacke tot an Deck. Es klingt wie beim Billard oder eher wie diese Klick-Klack-Kugeln, das Spielzeug mit zwei an einem Band hängenden Kugeln, die man ruckartig gegeneinanderklicken lässt. Das ist genau das Geräusch. Ihre Mutter hat noch aus ihrer Kindheit solche Kugeln, und sie beherrscht das Spiel immer noch perfekt.

Klack-klack-klack. Da ist es schon wieder. Was hat das zu bedeuten? Ihr läuft ein kalter Schauder den Rücken herunter. Leonie dreht sich hektisch um. Aber der Nebel ist mittlerweile so dicht, dass sie kaum die Hand vor Augen sehen kann. Von weitem hört sie das Megaphon, das vor dem Baden und Hinauslaufen aufs Watt warnt. Und aus ganz weiter Ferne hört sie Stimmen, so etwas wie Rufen. Einmal meint sie sogar ihren Namen zu hören. Aber sie kann sie nicht orten. Bildet sie sich das alles nur ein?

Dann hört sie ganz plötzlich eine Stimme. »Was hast du denn hier im Nebel zu suchen?« Sie meint ein Lispeln herauszuhören. »Was machst du hier?« Sie nimmt ein seltsames Pfeifen wahr, wie von einem in der Luft rotierenden Seil. »Sach mal ... Hast du meinen Surferkumpel gekillt und die Schülerin ...?« Dann zerreißt ein langer Schrei den Nebel, ganz nah und sehr real. »Du bist ja wahnsinnig!«, schreit die Stimme. Leonie kann das deutlich verstehen. »Hör sofort auf damit!« Sie nimmt nur diese eine Stimme wahr, die andere ist nicht zu hören, dazwischen ein Keuchen, Stöhnen und Schreien. Es wirkt wie ein Kampf, wie eine Auseinandersetzung auf Leben und Tod, dann wie eine Verfolgungsjagd. Zwischendurch hallt wieder das Klacken durch den Nebel, gefolgt von einem langgezogenen Schrei, der alles durchdringt und ganz plötzlich im Dunst erstickt. Dann ist es still. Ein kurzes leises Wimmern ist noch zu hören. Was ist da passiert? Das alles ist keine Einbildung mehr. Leonie ist sich ganz sicher, da ist etwas Schreckliches passiert. Sie dreht sich hektisch um. Aber sie kann nichts sehen. Nur dichten Nebel.

In Panik hastet sie vom Strand in Richtung Dünen. Sie bemüht sich, möglichst wenige Geräusche zu machen. Aber es lässt sich kaum vermeiden. Kopflos stapft sie die Düne hinauf. Beim Aufwärtslaufen durch den tiefen Sand rutscht sie immer wieder einen halben Schritt zurück. Dabei landet sie wiederholt auf allen vieren. Sie kommt aus der Puste, sie hechelt. Die Schuhe, ihre ganzen Klamotten sind voller Sand. Sie arbeitet sich mehrere Dünen hinauf und rutscht in großen Schritten hinunter, bis sie wieder an einem Strand ist. Ein Strand ist es eigentlich nicht. Sie hat das Gefühl, sie ist vom Kniepsand jetzt auf der Wattseite gelandet. Aber sicher ist sie sich nicht. In der dicken Suppe ist absolut nichts zu sehen.

Aus der Ferne schallen wieder Stimmen und die Megaphondurchsagen zu ihr herüber und auch ein kurzes Klackern der Kugeln. Aber jetzt hat es sich entfernt. Leonie will zurück ins Schullandheim zu ihrer Klasse, zu ihren Freundinnen. Der lächerliche Streit um Pearls Handy ist längst vergessen. Was ist überhaupt mit dem Handy, schießt es ihr durch den Kopf. Sind sie deshalb hinter ihr her? Leonie zieht Pearls Telefon aus ihrer engen Hose. Das Display leuchtet im Dunst. Sie ruft die Bilddateien auf. Das ist das Video von der Überfahrt mit ihr und Manuel. Sie scrollt weiter. Was ist das? Als Nächstes hat sie ein Foto auf dem Display. Ist das nicht dieser einbeinige Long John Silver nachts auf einem Schiffsanleger mit einem Enterhaken in der Hand? So genau kann sie das auf die Schnelle nicht erkennen.

Und dann hört sie ganz nah ein anderes Geräusch. Einen schwer rasselnden Atem. Jemand zieht Rotz hoch und spuckt aus. Leonie erstarrt vor Schreck. Auch das ist genau wie auf der Fährüberfahrt in der stürmischen Nacht. Jetzt steht sie kurz vorm Durchdrehen. Sie glaubt, sie fantasiert. Das kann doch alles nur Einbildung sein. Sie und ihre Klassenkameradinnen haben sich zu stark in diese Schimmelreiter- und Piratenwelt hineingesteigert.

Im ersten Moment hofft sie, dieses Rasseln kommt

aus dem kleinen Lautsprecher in dem Handy. Denn auf einmal hat sie alles ganz deutlich vor Augen. Dieser einbeinige Fährmann hat rasselnd geatmet und Rotz gespuckt in jener Nacht auf der Fähre. Fahrig schaltet sie das Handy aus und lässt es in der Hosentasche verschwinden. Sie lauscht. Ihr Puls pocht dumpf in ihren Ohren. Sonst ist alles still. Für einen Moment. Dann hallt das Rasseln durch den Nebel, ganz nah. Ihr ist, als ob ihr Herz stehen bleibt. Sie hört unregelmäßige Schritte. Die Muscheln knirschen unter schweren Schuhen, abwechselnd einmal lauter und dann leiser. KRRRSCH – krrsch – KRRRSCH – krrsch. Laut – leise. Sie muss sich beherrschen, nicht loszuschreien. In völliger Panik läuft Leonie in den Nebel auf das Watt hinaus.

44

Die gesamte 10a ist auf den Beinen. Eigentlich saßen die Schüler alle schon auf gepackten Koffern. Niggemeier wartete nur noch darauf, dass er von Nicole grünes Licht für die Abreise bekommt. Aber dann war Leonie auf einmal verschwunden. Solange die nicht wieder aufgetaucht war, konnten sie auf keinen Fall abfahren. Im Mädchenzimmer »Seeschwalbe« herrscht ein aufgeregtes Durcheinander. Silja, Sophie und Gina-Marie giften sich hysterisch an.

»Es ist genauso wie bei Pearl!«, kreischt Gina-Marie.

»Was ist genauso?« Sophie zieht eine Flappe.

»Hallo? Wir haben uns mit Pearl gestritten, dann war sie weg und danach war sie tot …«

»… und jetzt haben wir uns mit Leonie gestritten«, fällt Silja ihr ins Wort.

»Du hast ihr dieses idiotische Handy von Pearl weggenommen. Das ist sooo krank.« Gina-Marie ist einem Heulkrampf nahe.

»Ich hab Pearl nich in der Düne eingegraben, und ihr Handy hab ich auch nicht! Damit ist Leonie abgehauen. Checkt ihr das vielleicht mal?!«

Nicole, die das mitbekommt, wird hellhörig. »Was sagt ihr da, Leonie hat das Handy von Pearl?«

»Auf dem der Mord drauf zu sehen is«, kombiniert

Thies. »Und jetzt ist der Mörder hinter ihr her!« Thies hat gerade eine SMS von Knut Boyksen bekommen. Zusammen mit dem kleinen Finn, den er in einem alten Handwagen dabeihat, versucht Boyksen die Lage an der Steenodder Mole im Blick zu behalten. Eben meint er Johnny Petersen in seinem Boot gesehen zu haben, wie der am Anleger vorbei durch den Nebel gerudert ist. Long John Silver ist also offenbar wieder auf der Insel. Aber ganz sicher ist sich Boyksen nicht. Schließlich fordert Finn seine ganze Aufmerksamkeit.

»Nicole, er is wieder auf der Insel. Wir müssen zuschlagen, bevor er wieder weg is.« Thies ist jetzt voll in seinem Element.

»Vor allem müssen wir Leonie finden, bevor Johnny Petersen das tut.«

»Nicole, wir beiden können nicht die ganze Insel im Blick haben. Wir sind schließlich nur …«

»… die kleine Besetzung, ich weiß, Thies.«

»Na ja, Knut hat mit deinem Finn zu tun, und die ›Hidde Kist‹ sitzt in der Strandsauna.«

»Wo sind eigentlich unsere anderen Verdächtigen?«, fällt Nicole auf einmal auf, als die beiden Polizisten die Jugendlichen in kleine Gruppen aufteilen wollen, um systematisch den Nordteil der Insel rund um das Schullandheim zu durchkämmen. Eigentlich sollte jeweils ein Mitglied des Lehrkörpers oder zumindest ein Erwachsener dabei sein. Aber ausgerechnet der verdächtige Manuel Scholz und auch Vanessa Loebell sollen sich angeblich schon vorher auf die Suche gemacht haben. Zumindest sind sie nicht mehr da.

»Hast deine Truppe ja mal wieder super im Griff,

Niggi.« Nicole wirft ihm einen missbilligenden Blick zu. Niggemeier fuhrwerkt nervös in seinem Bart herum.

»Herr Detlefsen, außerdem is Bones mal wieder abgetaucht«, meldet Ove und streicht sich wie zur Bekräftigung einmal über die Teppichfliese.

»Da haben wir ja alle unsere Mordverdächtigen mal wieder voll im Blick.« Nicole schüttelt den Kopf. »Das darf doch echt nicht wahr sein!«

»Echt random!«, findet Gina-Marie.

»Megarandom!«, haucht das Mädchenzimmer »Seeschwalbe« im Chor.

»#woistleonie«, tippt Sophie in ihr Smartphone.

45

»Richtig mollig hier.« Piet Paulsens Gleitsichtbrille ist vollständig beschlagen.

»Mal sehen, wie lange wir dat in der Sauna aushalten, wat, Piet?« Klaas kleben die Haare bereits nass auf der Stirn.

»Das ist ein mehrstündiges Ritual«, klärt Happy die Fredenbüller auf. »Und vor allem ist das keine Sauna.«

»Dafür habt ihr die Bude aber ganz schön eingeheizt«, stellt Paulsen fest.

Die Schwitzhüttengemeinschaft sitzt eng an eng, mehr oder weniger nackt in inniger Runde um die glühenden Steine. Piet Paulsen trägt seine altmodische Badehose. Der Schimmelreiter hat sich sein ›AC/DC‹-Shirt diskret über die Lenden gelegt. Und Antje hat sich in ein Badehandtuch eingewickelt. Happy Puttkammer, der Rainer und seine Steinsammlerinnen bemühen sich dagegen um Ungezwungenheit. »Ich fühle mich so frei«, ruft Heide und reckt stolz ihren imposanten Busen den glühenden Steinen entgegen. Die einzigen Textilien sind die farbigen Stoffbänder, die sie sich zur Feier des Tages in ihre Zaubertroll-Frisur geflochten hat. Auch die anderen Damen aus der Steinegruppe lassen ganz unbekümmert die nicht mehr ganz straffen Brüste und der Rainer seinen schlappen Hodensack baumeln. Postbote Klaas hat sich zwar entblättert, sitzt aber im Augenblick noch etwas verschämt mit zusammengekniffenen Oberschenkeln neben dem großen Guru. Schäfermischling Susi liegt mit heraushängender Zunge hechelnd neben ihm.

Vogelwart Nils Gerckens, der als »Hüter des Feuers« fungiert, legt Kräuter und Pflanzenbunde aus Süßgras, Queller und Stranddistel auf die heißen Steine. Dann übergießt er sie mit Meerwasser. Es zischt gewaltig und die ganze Hütte steht augenblicklich unter Dampf. Der Rainer murmelt ein paar magische Laute. Paulsen atmet schwer. »Ein Nebel is dat hier.« Der ehemalige Landmaschinenvertreter fächelt sich mit seinem Basecap Luft zu. »Antje, dat ist ja schlimmer, als wenn du in der ›Hidden Kist‹ alle Fritteusen laufen hast.«

Happy Puttkammer überhört Piets despektierliche Bemerkungen. »Das Schwitzzelt-Ritual bietet die Möglichkeit, über Grenzen hinauszugehen«, verkündet sie mit leicht heiserer, erotischer Stimme. Um die Zeremonie zu leiten, hat sie zwar keine Autorisierung durch einen Indianer und auch keine speziellen Vorkenntnisse. Eigentlich geht es vor allem auch darum, offen und bereit zu sein, sich auf Neues einzulassen. Und das war die Amrumer Zimmervermieterin schon immer. »Von der Happy geht eine tolle Energie aus«, findet auch der Rainer, der ihr als Fachmann in Sachen Grenzerfahrung unterstützend zur Seite steht. Er wirft dem Ex-Model einen besonders tiefen Blick zu.

Die Heide stimmt einen murmelnden Gesang an, der seit einem Volkshochschulkurs über die Musik der Urvölker von ihr Besitz ergriffen hat. Bounty zündet die große Pfeife an und lässt sie kreisen.

Piet Paulsen inhaliert tief. »Ich find ja gut, dat du hier auf der Insel in den Lokalen rauchen darfst.« Er muss husten. »Im ›Seehund‹ und jetzt auch hier im Zelt.« Er reicht die Pfeife an Elternvertreterin Lammers-Lindemann weiter. Sie füllt ihre Lungen mit Rauch und hält angestrengt die Luft an, als wäre sie in einem Kurs »Kiffen für Anfänger«. Dann hustet sie den inhalierten Rauch in die Runde.

»Spürt ihr schon die Kraft und das Potential der Hütte?« Happy schüttelt die Struppelfrisur und streift ihre heiß gewordenen Silberreifen ab.

»Das Alte hinter sich lassen und wiedergeboren werden«, brummt Rainer sein Mantra.

»Aber Piet, pass dabei auf deinen Blutdruck auf.« Antje, die mittlerweile ebenfalls einen hochroten Kopf hat, blickt besorgt.

»Ja, er hat ’n büschen rote Birne«, bestätigt der Schimmelreiter.

»Wie wär dat mit ’m kühlen Pils zwischendurch?« Die Steinesammler werfen Paulsen einen strafenden Blick zu. Susi hechelt mitfühlend.

Nils Gerckens kommt mit neuen glühenden Steinen und einem frischen Aufguss. Fünfmal müssen neue glühende Steine während der mehrstündigen Zeremonie aus dem Feuer in die Hütte gebracht, mit Kräutern bestreut und heißem Wasser übergossen werden.

»Wir sind schön, wild und weise«, ruft Iris Lammers-Lindemann, die eigentlich bereits vor der Zeremonie ein neuer Mensch war, reichlich unvermittelt mit hoher Stimme in die Runde.

»Ganz toll, Iris«, lobt der Rainer. Heide wirft beiden einen eifersüchtigen Blick zu. »Wir danken für das, was wir erleben durften, und bitten um Energie und Einsicht.« Die Damen aus seinem Workshop hängen an den Lippen ihres Obergurus, der im Augenblick nur noch Augen für die attraktive Happy hat. Nils sorgt derweil für weitere Aufgüsse, und Bounty kümmert sich um das begleitende Raucherlebnis. Die Pfeife kreist.

»Lebe natürlich und frei, in Liebe und Achtsamkeit«, brummelt der Rainer mit verklärtem Gesichtsausdruck und starrem Blick auf Happys nackte Brüste.

»Hoho, Drugs and Rock 'n' Roll nich vergessen«, tönt der Schimmelreiter, der mittlerweile ebenfalls schwer in Stimmung ist.

»Das Ritual führt dich in Bereiche, die dich spüren und erkennen lassen, was deine wirklichen Aufgaben und was deine nächsten Schritte sind«, verkündet Happy mit rauchiger Stimme.

»Die nächsten Schritte? Joo?« Piet stößt einen langen Seufzer aus. »Ich geh dann mal nach draußen, mir wird dat zu heiß hier drinnen.« Piet Paulsen erhebt sich ächzend und wankt durch den mit Decken verhängten Ausgang nach draußen. Schäfermischling Susi folgt ihm schwanzwedelnd.

»Es sind tolle Grenzerfahrungen«, lächelt die Heide, die mittlerweile ebenfalls zu zerfließen droht. Allein der Zaubertroll-Mopp auf ihrem Kopf hat die Schwitz-Arie unbeschadet überstanden.

»Ich spüre, wie sich eine Tür zu meinem Bewusstsein öffnet«, flötet Iris Lammers-Lindemann.

»Na, klar«, gluckst Bounty in sich hinein. »Das ist

mein Knaster. Alles selbstgezogen. Das beste Gras, das du allover Nordfriesland kriegen kannst.«

»Ja, Bountys Eigenbau is vom Feinsten«, grölt der Schimmelreiter.

In dem Moment wird die Decke am Zelt zurückgeschlagen. Paulsen steht, noch immer in Badehose, im geöffneten Eingang.

»Piet, mach die Tür zu, dat zieht!«, ruft Klaas. Der Dampf in der Hütte wird durcheinandergewirbelt. Die gesamte Runde der Schwitzenden dreht sich zu ihm.

Paulsen bleibt unbeirrt stehen. Susi steht mit heraushängender Zunge daneben. Hinter ihnen wabert der Nebel. »Da draußen im Dunst liegt dieser Surfer im auflaufenden Wasser.« Paulsens Gesichtsfarbe hat sich innerhalb kürzester Zeit von Hochrot in Kalkweiß verwandelt.

»Piet, ich hab dat gleich gesagt, nich so viel von Bountys Kräutern!« Antje macht sich Sorgen. »Du bist nur deine Zigarillos gewohnt.«

»Nee, der liegt wirklich da draußen. In seinem Survival-Trikot und sagt keinen Piep mehr.« Piet schnappt nach Luft. »Jo, hat nich geklappt mit dem Survival.«

46

Für die sachgerechte Sicherung des Tatortes und des Mordopfers ist gar keine Zeit. Die Kriminaltechnik ist heute Abend nicht mehr auf die Insel zu bekommen. Ein Schiff fährt nicht mehr, und angesichts des Nebels hat auch der Hubschrauber keine Flugerlaubnis. Nicole macht nur schnell ein paar Fotos von der Lage des Opfers, das von dem auflaufenden Wasser immer mehr überspült wird. Alle starren entsetzt auf die »Wilderness Survival«-Schrift auf seiner Brust, die blutrot gefärbt ist. Im Schein der Taschenlampe meint Thies ein paar rote Schlieren in den auflaufenden, müde schwappenden Wellen zu sehen. Und dann entdeckt er auch wieder ein rotes Strangulationsmal am Hals des Opfers.

»Die Totenstarre ist noch nicht eingetreten«, stellt Nicole fest.

»Dat muss eben grad passiert sein!« Thies leuchtet mit seiner Taschenlampe in den Nebel, als könne er dort den Mörder entdecken. Dann richtet er den Lichtkegel wieder auf den Toten. »Hämatome, Würgemale und Stichwunde. Nicole, dat spricht wieder alles für 'ne emotionale Tat.«

»Der Typ hat aber auch genervt«, brummt Nils Gerckens, klingt dabei aber eher kleinlaut.

Mit vereinten Kräften tragen sie den toten Surfer vom Wasser ein Stück den Strand hinauf ins Trockene.

Dann stellt Nicole kurzerhand Antje und Piet Paulsen, beide inzwischen im Bademantel, zur Totenwache ab.

Thies drückt aufs Tempo. »Der Surfer is nich mehr zu retten«, stellt er treffend fest. »Wir müssen uns jetzt ganz auf die vermisste Leonie konzentrieren. Da is Gefahr im Verzug!«

Aufgeteilt in kleine Suchtrupps durchkämmen die Schüler mit Taschenlampen und Handys ausgerüstet den Nordteil der Insel. Auch die Saunagemeinschaft ist nach dem Schwitz- und Pfeifenritual mit vollem Enthusiasmus dabei und unterstützt die Suchaktion. Happy Puttkamer trägt immerhin schon wieder ihre Pluderhose. Der Rainer und seine Damen haben sich auf die Schnelle nur sehr notdürftig etwas übergeworfen.

»Mama, was ist mit dir passiert?« Anna-Lena Lammers-Lindemann glaubt, sie sieht nicht richtig, als sie ihre Mutter völlig wesensverändert und in spärlicher Garderobe im Kreise ihrer neuen Freunde entdeckt.

»Deine Mutter, die Iris, ist so voller Energie«, erklärt der Rainer.

»Schon klar«, stammelt Anna-Lena. »Aber wieso hat sie keine Klamotten an?«

Die Frage bleibt zwischen Mutter und Tochter im Raum stehen. Die Suche nach Leonie ist im Augenblick einfach dringlicher.

Eine Gruppe geht die Bohlenwege ab. Telje und Tadje durchsuchen zusammen mit Lasse, Tjark, Torben-Hendrik und Imbisshund Susi den Dünengürtel an der Odde im Norden, ganz in der Nähe von Nils

Gerckens' Vogelschutzstation. Sie stapfen zu viert durch den tiefen Sand. Normalerweise kann man sich hier leicht orientieren. Abgesehen von zwei kleinen Dünentälern hat man immer eine der Wasserseiten im Blick. Aber im Nebel ist eine Orientierung kaum möglich. Sie laufen immer wieder die Dünen auf und ab und schwenken mit ihren Taschenlampen durch den Dunst. Im Dunkeln schneidet sich Tadje im Dünengras die Haut am Schienbein.

»Derbe!«, stöhnt Torben-Hendrik. »So viele Dünen waren hier doch vorher gar nicht.«

»Wo sind wir gelandet?« Im Augenblick haben die Jugendlichen jegliche Orientierung verloren. »In der Suppe finden wir Leonie nie!« Telje klingt leicht panisch. Aus weiterer Entfernung hallen die Stimmen ihrer Klassenkameraden, die nach Leonie rufen, diffus durch den Nebel.

»Lasse, is das nich voll unheimlich?« Tadje greift ihn am Arm. Die beiden bleiben ein Stück zurück.

»Hmm.« Dem schüchternen Lasse hat es für einen Moment die Sprache verschlagen. Aber er kommt auch gar nicht dazu, etwas zu sagen. Tadje zieht ihn entschlossen zu sich heran und drückt ihre Lippen auf seine. Lasse weiß nicht, wie ihm geschieht. Aber dann küssen sie sich heftig, während sie schräg an einer Düne stehen und der Sand unter ihren Füßen wegrutscht. Tadje krallt sich an seinem Haar fest, und beim ungestümen Küssen stoßen ihre Zähne kurz aufeinander. Dabei hatte Tadje seit ihrem ersten Kuss im letzten Jahr im »Café Wattblick« ihre Kusstechnik eigentlich vervollkommnet.

»Tadje, wo bleibt ihr?«, ruft ihre Zwillingsschwester.

Als die beiden zu den anderen stoßen, ist Lasses Frisur vollkommen derangiert.

»Lasse! Dein Dutt!«, zischelt Tadje ihm zu und fasst ihm in die blonden Haare.

»Wie? Ach so.« Lasse läuft rot an, was im Nebel niemand sehen kann.

Tadje muss kichern. Telje findet es überhaupt nicht witzig. »Sag mal, geht's noch? Wir suchen Leonie. Und ihr … keine Ahnung … küsst hier rum, oder was?«

»Komm, Telje, bleib mal cremig!«, motzt ihre Schwester zurück.

Tjark und Torben-Hendrik dagegen bekommen mal wieder gar nichts mit.

»Gleich können wir euch auch noch suchen, oder wie?« Telje ist richtig sauer.

Durch den Nebel gellen die Stimmen der Schüler, die nach Leonie rufen. Susi bellt etwas orientierungslos in die Nebelschwaden hinein. Dazwischen hallen immer wieder die Megaphondurchsagen »Achtung, Achtung! Vor einem Hinausgehen aufs Watt wird dringend gewarnt!« Mittlerweile sind nicht nur der Strand und das Watt, sondern die gesamte Insel in einer dicken Suppe versunken. Die einzelnen Schülergruppen irren durch den Nebel und wissen selbst nicht mehr, wo sie sind.

»#voll-der-nebel«, tippt Sophie in ihr Smartphone.

»Du bist soooo krank, echt«, findet Gina-Marie.

Die Lichtkegel der Taschenlampen wedeln wie Lichtschwerter durch den Nebel. Die stumpfen Spitzen bleiben in dem dicken Dunst stecken.

»Leoniiie, Leoniiie, LEE-OO-NIIIE«, hallt es gespenstisch aus allen Ecken der Insel durch den Nebel. Und dann glaubt Telje dieses seltsame Klackern zu hören. »Genau wie auf der Fähre!«

47

Leonie läuft keuchend über das Watt. Das Wasser läuft auf. Es herrscht nicht nur dichter Nebel. Inzwischen ist es auch dunkel. Ihr Atem ist so laut, es kommt ihr vor, als würde er über die halbe Küste hallen. Sie hält kurz inne. Eben gerade hatte sie noch das Röcheln gehört. Jetzt ist es verschwunden. Für einen Moment hört sie nur ihr eigenes Japsen. Leonie horcht. Und dann ist es plötzlich wieder da, ein schweres asthmatisches Rasseln, ganz nah. Ein Rotzen und Ausspucken. Sie erstarrt vor Schreck. Sie bleibt wie angewurzelt stehen. Sie hat das Gefühl, keine Bewegung machen zu können. Doch dann durchflutet das Adrenalin ihren ganzen Körper. Sie rennt panisch los, weiter über das Watt. Sie ist sich jetzt ganz sicher, der Mörder ist hinter ihr her, wegen dieses blöden Handys von Pearl. Wäre sie doch bloß im Schullandheim bei ihren Freundinnen geblieben. Sie muss unbedingt zurück zu ihrer Klasse. Aber in welche Richtung muss sie überhaupt?

Vor allem muss sie den röchelnden Mörder abhängen. Sie läuft, so schnell sie kann. Einfach immer weiter in den dichten Nebel hinein. In den waschbrettartigen Rippelmarken steht das Wasser. Sie tritt immer wieder auf Muscheln. Gleichzeitig droht sie auf dem schlickigen Untergrund auszurutschen. Ihre weißen Chucks mit den goldenen Sternchen und dem Strass sind vollkommen von schwarzem Schlick durchweicht. Die Schuhe drohen bei jedem Schritt in der schlüpfrigen Masse hängen zu bleiben, dass sie ihr fast ausgezogen werden.

Ein paarmal hatte sie das unterschiedliche Knirschen der Muscheln unter den gewaltigen Schritten ihres Verfolgers gehört. KRRRSCH – krrsch – KRRRSCH – krrsch. Jetzt sind da stattdessen das satte Geräusch schwerer Stiefel im Matsch zu hören und dieses Atmen. Ihr eigener hechelnder Atem mischt sich in ihrer Wahrnehmung mit dem bedrohlichen Röcheln, das ihr auf den Fersen ist. Sie läuft. Und dann durchschneidet plötzlich wieder dieses durchdringende Klack-klack-klack-klack den nächtlichen Nebel. Sie läuft noch schneller. Aber auf dem glitschigen Boden ist das kaum möglich. Klack-klack-klack. Kommt das Klackern aus einer anderen Richtung als das Röcheln und Schnaufen? Das kann doch gar nicht sein. Leonie ändert die Richtung. Wo läuft sie hin? Sie hat keinen blassen Schimmer. Die bedrohlichen Geräusche haben sich nicht verändert. Läuft sie hier etwa immer im Kreis?

In weiterer Entfernung hört sie jetzt wieder Stimmen und das Bellen eines Hundes. Da ist wieder das Megaphon, und dann hört sie ihren Namen. Das ist jetzt keine Einbildung. Das sind ihre Klassenkameraden, die ihren Namen rufen. Sie meint jetzt sogar die Stimmen von Telje und Tadje zu erkennen. Am liebsten würde sie antworten. »Hallo, hier! Hier bin ich! Rettet mich!« Aber das lässt sie natürlich bleiben. Als Erstes wüsste ihr Verfolger, wo sie genau ist, und würde sie sich sofort schnappen. So weit hat sie ihre

Sinne noch beisammen. Sie muss versuchen, einen Bogen zu schlagen, ihren Verfolger auf dem Watt abzuhängen und dann wieder zum Ufer zu laufen. Aber wo ist das Ufer? Wo sind ihre Klassenkameradinnen, die nach ihr suchen? Die Stimmen kommen fast aus derselben Richtung wie das unheimliche Klick-Klack.

»Bleib doch mal stehen, Deern!«, dröhnt plötzlich eine tiefe Stimme über das Watt. Leonie durchfährt ein Schreck. War das die Stimme dieses gruseligen einbeinigen Fährmanns? War das dieser Long John Silver? Dann ist wieder das Klackern zu hören und wie aus dem Nichts plötzlich ein Schrei. Ein tiefer schmerzverzerrter Schrei. Das ist dieselbe Stimme, die Stimme des Einbeinigen. Was hat das zu bedeuten? Da ist ganz offenbar noch jemand im Watt.

»Finger weg von der Deern!«, schreit der Fährmann. Dann gellt ein zweiter Schrei durch die Dunkelheit. Leonie hört ein Schnaufen, Stöhnen, Zerren und Schlagen, die Geräusche eines Kampfes. Ein Gegenstand schlägt auf einen Körper, wieder ein spitzer Schmerzensschrei, und dann klatscht ein schwerer Körper in den tiefen Schlick. Von weitem schallt das Megaphon herüber. Kurz darauf ist das Klick-Klack wieder da.

»Bleib stehen und lass die Deern in Frieden!«, ruft der Einbeinige. Er rappelt sich offenbar auf und stampft rotzend, mit schweren Schritten den klackenden Kugeln hinterher.

Dann meint Leonie das Motorgeräusch und die Scheinwerfer eines Autos am Strand zu erkennen. Auf einmal hört sie sehr viel näher die Stimme aus dem

Megaphon der Strandwacht: »Leonie, kannst du uns hören? Hier spricht die Polizei … also der Vater von Telje und Tadje. Leonie, wo steckst du?« Die Stimme ist durch das Megaphon verzerrt, aber Leonie erkennt sie sofort. Der Vater von Telje und Tadje war ja grad ein paarmal bei ihnen im Schullandheim, um sie zu befragen. »Leonie, hörst du uns?« Sie hört das jetzt ganz deutlich, aber in ihrer Panik läuft sie einfach weiter.

KLACK-KLACK-KLACK-KLACK. Das Geräusch ist ganz nah. Und dann geht alles sehr schnell. Sie nimmt ein Zischen wahr, als wenn etwas durch die Luft fliegt. Gleichzeitig brüllt die Stimme des Fährmanns: »Deern! Vorsicht! Pass auf!« Da wird sie von einem Gegenstand am Kopf getroffen und gleichzeitig wickelt sich ein Seil mehrmals um ihren Hals. Dann fällt sie vornüber. Alles ist feucht. Im Gesicht fühlt sie Schlamm. Als Letztes nimmt sie den Geschmack von modrigem Schlick auf der Zunge wahr, gemischt mit Blut.

48

Auf dem Dach des Gelände-Pick-ups flammt der Scheinwerfer auf. Der Scheinwerferkegel schwenkt langsam über das Watt. Der Lichtstrahl versucht sich durch den Dunst zu bohren. Thies und Nicole stehen neben dem Wagen. Die halbe 10 a und auch die Schwitzzelt-Truppe haben sich inzwischen eingefunden und starren fasziniert aufs Watt, auch Piet Paulsen in Bademantel und mit Basecap, der Rainer und einige seiner Steinsammlerinnen immer noch ohne Hosen.

»Der Mega-Fog«, haucht Silja, während Sophie und Gina-Marie wie in einem Horrorfilm mit aufgerissenen Mündern in den Nebel stieren. Nur Anna-Lena Lammers-Lindemann ist voll und ganz damit beschäftigt, Abstand zu ihrer spärlich bekleideten Mutter zu halten.

Der Lichtkegel schwenkt langsam weiter hin und her durch den Nebel. Plötzlich stehen der Bootsmann der Nordfriesischen Fährreederei Johnny Petersen und Deutschlehrerin Vanessa Loebell im Rund des Suchscheinwerfers. Vanessas rote Mähne überstrahlt alles. Petersen hält eine Holzkrücke in der Hand. Loebell hat in einer Hand ein antikes Entermesser, in der anderen zwei an einer Schnur hängenden, ebenfalls nostalgisch aussehende Kugeln. Die beiden sind durch das Scheinwerferlicht wie erstarrt.

»Das ist der Pirat!«, ruft Torben-Hendrik. »Long John Silver!«

»Was macht denn die Loebell da im Watt?«, staunt Sophie. »Was hat sie da in der Hand?«

»Ein Messer!«, haucht Silja.

»Und diese komischen Kugeln?!« Ove kratzt sich nervös die Teppichfliese.

»Wie war das noch?«, stammelt Gina-Marie. »Was hat Leonie erzählt?«

»Wurfkugeln oder so! Die haben die Ureinwohner zur Jagd benutzt. Keine Ahnung!« Sophie kommt außer Atem.

»Krass!«

»Bola-Bola. Mit den Kugeln kann man Tiere erlegen!«, hechelt Sophie

»Oh no!« Silja, Sophie und Gina-Marie kreischen aufgeregt durcheinander. »Wo ist Leonie?« Die Mädchen wedeln mit den Taschenlampen ihrer Handys durch die Luft. »Leonie!!«, schreit Gina-Marie hysterisch.

Tadje hält Händchen mit Lasse. Sie zerdrücken sich fast die Finger.

»Scheiße, was haben die mit ihr gemacht?«, seufzt Telje. Susi hat die Ohren aufgestellt und läuft knurrend ein Stück ins Watt hinaus, sie bellt ein paarmal, dreht sich fragend zu den anderen um, dann läuft sie wieder zurück.

»Hände hoch und Waffen fallen lassen!«, hallt es über das Watt. In einer Hand hält Thies ein Megaphon, in der anderen seine Walther P99. Er gibt einen Warnschuss ab, der pfeifend durch die Nacht gellt. Als hätte er die Sicht freigeschossen, lichtet sich der Nebel plötzlich. Die dicke Suppe löst sich ein wenig auf, einzelne Nebelschwaden sind erkennbar. Von Föhr blinken vorsichtig ein paar Lichter durch den Dunst.

»Was soll das?«, schreit Vanessa Loebell zum Ufer hinüber. »Macht hier mal bloß nicht solchen Zauber! Lächerlich!« Sie lässt die durch das Seil verbundenen Kugeln gegeneinanderknallen. Da ist das unheimliche Klackern wieder.

»Ich hatte sie doch gleich in Verdacht«, raunt Nicole ihrem Kollegen zu.

»Gleich? Na ja«, flüstert Thies ein bisschen zu nahe am Megaphon, dass es jeder hören kann.

Vielleicht fünfzig Meter hinter den beiden anderen ist undeutlich auf einmal eine dritte Gestalt zu erkennen. Mit schwankenden, vorsichtigen Schritten tritt die Schülerin aus dem Dunst heraus. Mit einer Hand fasst sie sich an den Hals.

»Leonie, hier!«, schreien Ove und Torben-Hendrik. »Leoniiie!!« Die halbe Klasse ruft nach ihr.

»Leonie, wir haben die Lage im Griff«, verspricht Thies. Seine beiden Töchter blicken skeptisch. »Komm langsam zu uns rüber. Vorsichtig, die beiden sind bewaffnet!«

»Macht mal bloß nicht solchen Aufstand!«, kreischt Vanessa Loebell mit heiserer Stimme zum Ufer hinüber. »Euerm verschreckten kleinen Reh Leonie ist nichts passiert! Meine Güte!« Irgendwie wirkt sie reichlich verwirrt.

»Aber du wolltest sie killen«, brummt Johnny Petersen mit tiefer Stimme.

»Ach, hör doch auf! Du lächerliche Piraten-Parodie, zieh doch Leine mit deinem idiotischen Holzbein!«

Nicole beugt sich zu Thies hinüber, um in das Megaphon zu sprechen. »Kommen Sie beide ganz langsam zu uns herüber!«

»Beide mit erhobenen Händen!«, ergänzt Thies.

Vanessa und Long John Silver beachten die beiden Polizisten gar nicht, und auch Leonie haben sie nicht mehr im Blick. »Den Surfer hast du gekillt!«, grunzt der Fährmann und humpelt mit seiner Krücke ein Stück über den Schlick.

»Was muss diese Witzfigur mir auch dazwischenkommen!« Die gelockten roten Haare hängen Vanessa vor dem Gesicht.

»Die tätowierte Deern hast du doch auch aufm Gewissen!« Johnny Petersen spuckt Rotz in eine Pfütze.

»Warum kümmert dieser Freak sich nicht um seinen eigenen Kram? Und warum müssen diese verzogenen Gören mit ihren beschissenen Handys alles filmen?! Und dann will diese kleine Ratte mich auch noch erpressen. Selber schuld!« Vanessa Loebell ist vollkommen außer sich. Ihr scheint überhaupt nicht in den Sinn zu kommen, dass sie hier ein Mordgeständnis nach dem anderen ablegt.

»Die haben nicht dich, die haben mich gefilmt!«, schreit Petersen. »Ich hab mir diesen blasierten Hamburger Schnösel 'n büschen vorgeknöpft, aber ich hab ihn nicht umgebracht!«

»Dat werden wir alles klären. Lasst die Waffen fallen …« Thies' verstärkte Stimme hallt über das Watt.

»Scheiße, ich hab keine Waffe«, brüllt Johnny Petersen. »Dat is 'ne Krücke.« Er reckt die Pranke mit der Gehhilfe in die Luft. »Ich hab mit der ganzen Angelegenheit nix zu tun!«, brüllt er ins Gegenlicht des Suchscheinwerfers. Dann humpelt er weiter auf das Ufer zu.

»Dat werden die polizeilichen Ermittlungen ergeben!«, ruft Thies zurück.

Währenddessen ist Leonie in kleinen schnellen Schritten im weiten Bogen um die beiden anderen herum durch das Watt ans feste Ufer gelaufen. Vanessa Loebell steht jetzt allein im auflaufenden Wasser. In der Linken hat sie immer noch die Bola-Bola-Kugeln. Das englische Bordmesser der Royal Navy hält sie in der erhobenen Rechten. Die Klinge des historischen Bootsmessers leuchtet blutrot in die Nacht.

»Meine Güte, nehmen Sie doch Vernunft an!«, hallt Thies' Stimme über das Watt.

»Das hättet ihr euch vorher überlegen sollen«, keift Loebell zurück.

»Verdammt noch mal, lassen Sie endlich die Waffe fallen!« Die Schwitzzeltgruppe und die Schüler sehen gebannt zu ihr hinüber. Telje und Tadje ist ihr Vater ausnahmsweise mal nicht peinlich. Ganz im Gegenteil.

Niggemeier lässt sich von Thies das Megaphon geben. »Vanessa, hören Sie, was Thies Detlefsen sagt! Beruhigen Sie sich. Lassen Sie die Waffen fallen. Kommen Sie langsam zu uns herüber.«

»Mach dich doch nicht lächerlich, Niggemeier! Ausgerechnet du!«, kreischt Loebell. »Wie war das? Du hast doch auch die Mutter deines Kindes sitzenlassen!« Durch die 10a geht ein leises Raunen. Nicole muss niesen. »Ist das bei euch an der Küste so üblich? Lockt die Frauen hierher, dreht ihnen ein Kind an und dann lasst ihr sie sitzen! Was hat dieser feine Reeder Bent Blankenhorn mir nicht alles versprochen! Und dann taucht diese feige Kanaille auf der Fähre plötzlich als verheirateter braver Familienvater auf! Ich hatte doch keine Ahnung! Mit seinem schnellen Tod auf See ist er viel zu gut weggekommen.« Sie lässt wieder die Kugeln knallen. »Hat doch selbst Schuld. Was kreuzt er da auch mit seinem spießigen Perlenkettenfrauchen und dem blöden Gör auf!« Vanessa Loebells Stimme überschlägt sich fast. »Ihr Idioten, ihr Fischköppe! Ihr Seeräuber! Bleibt mir vom Leib. Ich kill euch alle!«

Thies dreht sich vom Megaphon weg und flüstert seiner Kollegin zu. »Nicole, dat spricht alles für 'ne emotionale Tat. Eindeutig!«

49

Eine ganze Weile stand Vanessa Loebell noch mit irrem Blick im Watt, bevor sie aufgab und Thies ihr schließlich die Handschellen anlegen konnte, die aufgrund mangelnden Gebrauchs erst beim zweiten Versuch einrasteten.

Wie sich später herausstellen sollte, passte das historische englische Bordmesser der Royal Navy von 1944 präzise zu den Stichwunden der drei Mordopfer. Die Prellungen und Strangulationen der Opfer konnten den antiken Bola-Bola-Kugeln, die Bent Blankenhorn seiner Freundin als Souvenir von Übersee mitgebracht hatte, zugeordnet werden. Mit diesen Kugeln kann man auch das schöne Klackern erzeugen. Der Mord an dem Surflehrer Marcel Siems konnte Vanessa Loebell später anhand der Blutspuren auf dem Messer und an ihren Händen zweifelsfrei nachgewiesen werden. Aber die Deutschlehrerin hatte ja schon vorher ihre Geständnisse in den nächtlichen Nordseenebel geschrien. Beim Verhör im Lehrerzimmer des Schullandheimes starrte sie wie paralysiert auf Pearls Handy mit dem Totenkopf, das Thies und Nicole demonstrativ vor sich auf den Tisch gelegt hatten. Immer noch in dem Glauben, dass der Mord an Bent Blankenhorn darauf dokumentiert ist, gab sie eine Tat nach der anderen zu Protokoll. Als der Exlover ihr auf der Fähre plötzlich mit Frau und Kind gegenüberstand, war die ganze Verbitterung wieder in ihr hochgekommen. Und als er sie dann an Deck im strömenden Regen stehen ließ, hatte sie ihm rasend vor Wut sein hübsches Präsent, das englische Bordmesser, zwischen die Rippen gestoßen. Der Mord an Pearl, der Besitzerin des Handys, von der sie dann auch noch erpresst worden war und die ihr bei dem Kollegen Manuel zuvorgekommen war, und auch Marcels Tod waren für sie nur unglückselige Folgen dieser ersten Tat.

Johnny Petersen war nach einer kurzen Befragung gleich wieder entlassen worden. Nach der Auseinandersetzung mit dem Jungreeder und dessen Tod war er wegen seiner Vorstrafen in Panik bei seiner Schwester auf Langeneß untergetaucht. Als er mit seinem Boot nach Amrum zurückkam, sah er Leonie und Vanessa Loebell durch den Nebel hetzen. Das war die Chance, endgültig seine Unschuld zu beweisen, die wahre Mörderin zu entlarven und einen weiteren Mord zu verhindern. Den für ihn versöhnlichen Ausgang des Falles hat er mit etlichen Gläsern Rum im »Lustigen Seehund« begossen. Nach der dramatischen Suchaktion gab es auch für die Schüler, für die Steinflüsterer und alle anderen im »Seehund« Backfisch und Kartoffelsalat. Und danach haben Doktor Niggemeier und Bounty zweistimmig ›Atlantis‹ gesungen. »Der Song ist echt megaschön«, fand Gina-Marie. Sophie hat ihn seitdem als Klingelton auf ihrem Handy.

»Blankenhorn Shipping« konzentriert sich wieder ganz auf das Kautschuk- und Kaffeegeschäft und beliefert die Bordrestaurants der NFR neuerdings mit fair gehandeltem Kaffee aus Äthiopien. Tadje geht jetzt ganz offiziell mit Lasse. Daheim in Fredenbüll möchte Thies' Gattin Heike jetzt endgültig ihren lange gehegten Traum von einer Kellersauna verwirklichen, um der abgekühlten Ehe neues Feuer zu verleihen. Thies' Vorschlag, stattdessen das verstaubte Steilwandzelt »Samoa« aus vergangenen Campingurlauben zur Schwitzhütte umzufunktionieren, führte prompt zum nächsten Ehekrach.

Doktor Niggemeiers Deutsch-Leistungskurs ist nach der Amrumreise hoffnungslos überlaufen. Die jüngste Projektfahrt zu Schauplätzen der Weltliteratur fanden die Schüler allerdings »voll öde«. Die Reise auf den Spuren von ›Effi Briest‹ in ein ehemals zum FdJ-Heim und inzwischen zur Jugendherberge umfunktioniertes Landgut in der pommerschen Provinz war enttäuschenderweise ohne größere Zwischenfälle verlaufen.

Referendar Manuel Scholz hat den Schuldienst quittiert und jetzt die »Muschelkiste« übernommen. Elternvertreterin Iris Lammers-Lindemann bot eine Schul-AG »Energetische Resonanz« an, die dann allerdings wegen mangelnder Resonanz bei den Schülern ausfallen musste. Die musikalische Bearbeitung der ›Schatzinsel‹ durch die 10 a dagegen brachte es zu einem rauschenden Musicalabend in der Aula der Theodor-Storm-Schule. Oves moderne Interpretation des Long John Silver einbeinig auf einem Skateboard und mit rotgefärbter Teppichfliese wurde mit Standing Ovations gefeiert. Das Video des von Silja, Sophie und Gina-Marie im Piratenoutfit dargebotenen und vom Rhythmus zweier Klick-Klack-Kugeln begleiteten Songs ›Fünfzehn Mann auf des toten Manns Truh‹ brachte es innerhalb weniger Tage auf zwölftausend Klicks.

Nicoles kleiner Sohn Finn ist wieder in der Trotzphase zurück. Nur ein Krabbenbrot kann ihn halbwegs gnädig stimmen. Mit leicht verstopfter Nase, die er eindeutig von der Mutter hat, singt er mittlerweile die ersten Lieder. Neben ›Backe, backe Kuchen‹ auch den Anfang von ›Highway to Hell‹: ›Livin' easy, lovin' free …‹ Nicoles Begeisterung hält sich in Grenzen. Auch die Jungensfreundschaft zwischen Piet Paulsen und Finn hat Bestand. Die von dem Rentner spendierten »adidas Uwe« zieht Finn gar nicht mehr aus, obwohl die kleinen Buffer auch mit drei dicken Socken immer noch ein paar Nummern zu groß sind. Auch die gelegentlichen Babysitting-Termine in der »Hidden Kist« werden von ihm heiß geliebt. Finns Integration in die samstäglichen Fußballnachmittage fällt für Paulsen in den wichtigen Bereich »Nachwuchsarbeit«. Als Antje dem Kleinen zuliebe die Zeit bis zum Spielbeginn mit einer Tierdokumentation über die Vogelwelt der Karibik überbrücken wollte, kam es zu schweren Turbulenzen in dem engen Imbiss. Angesichts der über den 46-Zoll-Bildschirm flatternden knallbunten Papageienschwärme geriet Imbisshund Susi so sehr in Rage, dass beide Stehtische ins Kippen gerieten, mitsamt »Putenschaschlik Hawaii« und einer ganzen Runde gutgeschenkter »Salty Dogs«, die Antje neu auf der Karte hat.

Auch auf Amrum und im »Lustigen Seehund« lief

nicht alles nach Plan. Der geheimnisvolle Inselschatz ist zwar wieder bei seinen ursprünglichen Besitzern gelandet. Nils Gerckens und Raik Rettmer haben ihn brüderlich geteilt. Ganz so viele violette Scheine, wie allgemein angenommen, waren allerdings nicht mehr in der verrosteten Blechkiste. Und die daraus getätigte Investition in einen neuen Dunstabzug für den »Lustigen Seehund« war bei Käptn Flint auf wenig Begeisterung gestoßen. Die immense Saugkraft der neuen Anlage hatte ihn etlicher Schwanzfedern beraubt.

Überall auf der Insel hängen seitdem die von Rettmer handgemalten Zettel »Papagei entflogen«. Käptn Flint hat das Rum-Regal im »Lustigen Seehund« auf Nimmerwiedersehen verlassen. Statt Fußballergebnissen hatte der gerupfte Vogel zuletzt Uhrzeiten angesagt, oft mit dem irritierenden Zusatz »Delay« oder »Cancelled«. Im »Lustigen Seehund« konnte man sich lange keinen Reim darauf machen, und auch in der »Hidden Kist« wurde gerätselt, bis Knut Boyksen nach akribischer Recherche herausfand, dass es sich um Abflugzeiten der Interkontinentalverbindungen vom »Hamburg Airport Helmut Schmidt« handelte.

»Ganz klar«, krächzt Paulsen. »Der Vogel is zurück nach Madagaskar.«

Backfisch und Drinks

Den Gasthof »Zum Lustigen Seehund« gab es auf Amrum tatsächlich. 1903 verbrachte das prominente Künstlerpaar Otto und Paula Modersohn-Becker hier seine Sommerferien. Noch in den 1960er Jahren war der »Lustige Seehund« eine Gaststätte. Heute ist das 1721 erbaute Gebäude gegenüber der Mole von Steenodde das älteste Haus der Insel, ein normales Wohnhaus. Die Kneipe ist echt, aber die im »Seehund« gereichten Fischspezialitäten und Drinks sind Kreationen Raik Rettmers.

Backfisch »Lustiger Seehund«

Fischfilet (Rotbarsch, Seehecht, Lengfisch o. ä.) erst in Eigelb und dann in selbstgeraspelten Semmelbröseln wälzen. In der heißen Pfanne kurz ausbacken. Dazu Zitronenviertel, Pellkartoffeln und selbstgemachte Remouladensoße (Majonäse, Olivenöl, Zitronensaft und -schale, ein TL Senf, gehacktes Ei, Petersilie, Pfeffer und Salz).

Seehecht-Gumbo »Käptn Ahab«

Seehechtfilet (Lachs oder andere feste Fischarten eignen sich ebenfalls) in größere Würfel schneiden. In einem Mörser aus Knoblauch, Chili, Zitronenschale, Fenchelsamen, Curry und Cumin eine Paste herstellen, mit Sojasoße, Ketschup, Zitronensaft und etwas Wein zu einem Brei verarbeiten. Fischstücke darin eine halbe Stunde marinieren. Zusammen mit der Marinade in einer Auflaufform im Ofen bei höchstens 150 Grad ca. 10 Minuten auf den Punkt gar ziehen lassen. Dazu Baguette oder auch Reis.

Rumcocktail »Skorbut«

5 cl weißer Rum, Saft einer Zitrone, Prise Rohrzucker, mit gecrushtem Eis auffüllen und einer Zitronenscheibe verzieren.

»Salty Dog«

4 cl Gin oder Vodka und 10 cl eiskalten Grapefruitsaft im Shaker schütteln. In einem gekühlten Glas mit einem Salzrand servieren. Und dazu ›A Salty Dog‹ von Procol Harum hören.

Leseprobe

Krischan Koch

PANNFISCH FÜR DEN PATEN

SPIEGEL
Bestseller

dtv

Ein Küsten-Krimi

ISBN 3-423-21721-7

1

Sechstausend Kilometer vom nordfriesischen Fredenbüll entfernt hat der greise Don Luciano am Valentinstag die männlichen Mitglieder seiner Familie und den
Consigliere bei »Fanelli« versammelt.

»Che cos'è? Paolo, was ist mit den Spaghetti?« Die
brüchige Stimme des greisen Paten ist nur ein heiseres
Hauchen. »Ein neues Rezept?«

»Come sempre, Don Luciano. Alla puttanesca. Alles
wie immer«, beteuert der Padrone des kleinen Lokals.
»Nur ein Prise Zimt. Un pochino.«

Don Luciano gibt ein missbilligendes Seufzen von
sich und dreht Pasta auf eine Gabel. Die sechs Männer
der Luciano-Familie sind die einzigen Gäste in dem tra-
ditionsreichen Lokal mit den rot karierten Tischdecken
im New Yorker Stadtteil Little Italy.

»Wir können uns das nicht bieten lassen!«, schimpft
der jüngste Sohn Mario mit vollem Mund, während sein
älterer Bruder Tony Richtung Toiletten verschwindet.
»Der Caprese-Clan wildert in unserem Revier. Diese
Bastarde haben schon wieder einen Spielsalon in der Lo-
wer Eastside abkassiert!«

»Nicht beim Essen, Mario.« Mit zittriger Hand tupft
sich der hagere Pate Spaghettisoße von den Lippen.
»Wir sprechen bei Tisch niemals über Geschäfte.«

Das Familienoberhaupt führt grade sein Rotweinglas

zum Mund, als die Glastür des Restaurants aufgerissen wird. Vier Männer mit Maschinengewehren stürmen das Lokal und schießen sofort ohne Vorwarnung wahllos um sich. Eine Karaffe mit Rotwein zerplatzt. Putz stäubt von den Wänden. Die Bilderrahmen mit den alten Schwarz-Weiß-Fotos zersplittern. Die roten Neonbuchstaben mit dem geschwungenen Schriftzug im Schaufenster des Restaurants zerbersten knallend. Mario springt auf. Bei dem Versuch, seine Waffe zu ziehen, wird er sofort von einer Maschinengewehrsalve durchsiebt und sackt augenblicklich in sich zusammen. Don Luciano gibt ein lautloses Krächzen von sich. Auf seiner Stirn unter dem schütteren weißen Haar erscheint eine wie von einer Nähmaschine sauber gestanzte Reihe kleiner Einschusslöcher.

Wirt Paolo stolpert, vom Kugelhagel getroffen, mit sechs Grappagläsern auf einem Tablett an dem besetzten Tisch vorbei in den Garderobenständer hinein. Der Consigliere zappelt, als wäre er vom elektrischen Schlag getroffen. Für einen Moment starrt Don Luciano bewegungslos auf die Fotos des sizilianischen Städtchens Corleone. Ein schmales Blutrinnsal läuft aus seinem Mundwinkel. Dann kippt der Pate des Luciano-Clans mit dem Gesicht auf den Teller seiner geliebten »spaghetti alla puttanesca«. In die Soße mischt sich Blut. Sein schwergewichtiger Leibwächter krallt die dicken Finger in die Tischdecke. Mit fragendem Blick kippt er zusammen mit dem Stuhl um und reißt die karierte Decke mit allem, was darauf steht, Weingläser, Bestecke und sechs halb verzehrte Portionen Pasta, mit sich. Und auch der schmächtige Pate wird mitgerissen.

Tony Luciano hat auf dem Weg zurück von den Toiletten gerade noch rechtzeitig in Deckung gehen können. Durch einen winzigen Spalt in einer Vorratskammer muss er das grausame Massaker am Valentinstag mit ansehen. Es ist nur ein schmaler Schlitz. Aber er kann die Visagen der Caprese-Brüder ganz deutlich erkennen. Kein Zweifel, das sind Romano, Aldo und Matteo Caprese und ihr Killer Louis … Louis the Lobster.

2

»Wat is eigentlich in dem Reetdachschloss von dem Ohrenprofessor los? Da ist ja neuerdings mächtig Betrieb«, krächzt Landmaschinenvertreter a. D. Piet Paulsen. Er sieht seine Imbissfreunde fragend an. Dann wendet er sich wieder seinem Putenschaschlik »Hawaii« zu.

Die Runde in dem Fredenbüller Stehimbiss »De Hidde Kist« rätselt an diesem warmen Junimorgen, was da in dem Ferienhaus des Eppendorfer HNO-Professors Müller-Siemsen auf einmal vor sich geht.

»Hat er verkauft?«, fragt Postbote Klaas und sortiert weiter seine Post auf Stehtisch Zwei.

»Er war ja in letzter Zeit selten da.« Polizeiobermeister Thies Detlefsen setzt die Mütze ab und bekommt von Antje den obligatorischen »Coffee to go«, den er stets im Imbiss trinkt.

»Seine Frau hat sich hier seit Jahren nich mehr blicken lassen.« Imbisswirtin Antje senkt die Stimme. »Die leben ja getrennt. Aber sind wohl immer noch verheiratet.«

»Vielleicht haben sie auch an Feriengäste vermietet«, vermutet Althippie Bounty. »Unsere Gegend ist ja irgendwie im Aufwind. Und soll ja 'n schönes Haus sein.« Der Exkommunarde zieht das Haargummi seines dünnen grauen Pferdeschwanzes stramm. Imbisshündin Susi legt den Kopf schief und sieht ihn, in der Hoffnung auf einen Schokoriegel, verliebt an.

»Vor 'n paar Tagen standen da mehrere Autos mit Wiesbadener Kennzeichen«, hat Klaas beobachtet.

»Komisch.« Paulsen zuckt mit den Schultern.

»Ja nee, dat sollen wohl Ausländer sein.« Antje sortiert ihre Schalen mit Kartoffelsalat.

»Flüchtlinge?«, kräht Paulsen. »In Fredenbüll?«

»Die sollen wohl von Amerika rübergekommen sein … angeblich«, behauptet Antje. »Ham sie bei Alexandra erzählt.« Der »Friseursalon Alexandra« ist neben der »Hidden Kist« der wichtigste Umschlagplatz für Neuigkeiten in Fredenbüll.

»Da sind jetzt wohl so manche auf der Flucht über'n großen Teich, wat man so hört.« Piet Paulsen kommt ins Sinnieren.

»Was hast du da gesagt, Klaas, Wiesbadener Kennzeichen?« Bei Thies klingeln plötzlich alle Alarmglocken. Die Imbissrunde sieht ihn fragend an. »Hallo? Wiesbaden! BKA!«

»Ja, da stand auch 'ne ganze Zeit so 'n Heinzel mit so 'm Walkie-Talkie vor der Tür und hat eine nach der anderen geraucht«, bestätigt der Postbote.

»Freunde, ich sag's euch. Dat ist 'ne politische Geschichte.« Der Fredenbüller Polizeiobermeister wittert sofort wieder den ganz großen Fall. »USA, FBI, internationale Verwicklungen …« Thies fährt sich unternehmungslustig durch den spärlichen blonden Bart, den er sich seit Kurzem stehen lässt. »Und die Behörden vor Ort sind mal wieder nich informiert.«

»Hätte man vor 'n paar Jahren auch nich gedacht.«

Paulsen atmet schwer. »Antje, demnächst sitzen die Amis hier bei dir im Imbiss und essen Putenschaschlik ›Hawaii‹.«

»Nee, Piet, damit ist dat demnächst vorbei.« Antje schüttet die restlichen Ananasscheiben aus der Dose in ein Schälchen. »Dat sind die letzten Ananas.« Fast etwas verächtlich schiebt sie die Schale in den Kühlschrank.

»Wieso vorbei?« Dem ehemaligen Landmaschinenvertreter rutscht vor Schreck seine Gleitsichtbrille auf die Nase. Auch Thies Detlefsen, Klaas und Bounty sehen die Imbisswirtin staunend an.

»Habt ihr mein neues Schild nich gesehen?«

»Wieso? De Hidde Kist?« Klaas sieht die vollschlanke Wirtin fragend an.

»Ja, und weiter?«

Klaas unterbricht das Sortieren der Post, läuft nach draußen und kommt gleich wieder herein. »Gibt's doch gar nich!« Die anderen sehen ihn fragend an. »Statt ›Internationale‹ steht da jetzt ›REGIONALE Spezialitäten‹. Antje, was heißt dat denn? Nur noch Mettbrötchen?«

»Ja, Klaas, regionale heimische Produkte, dat ist der neuste Trend.«

»Sag ich doch seit Ewigkeiten.« Bounty kichert in sich hinein. Dabei denkt der Althippie allerdings weniger an Pommes aus nordfriesischen Kartoffeln als an die üppig gedeihenden Cannabispflanzen in seinem heimischen Kräutergarten.

»Deine Kokosriegel sind auch nich grad 'ne regionale Spezialität«, konstatiert Thies.

»Und wat ist mit meinen Ananas?« Paulsen versteht die Welt nicht mehr.

»Piet, hast' hier am Deich schon mal 'ne Ananas wachsen sehen? Ich hab mir überlegt, demnächst wollte ich Putenschaschlik ›Husum‹ machen.«

»Husum?« Der Landmaschinenvertreter verschluckt sich an einem mit Currysoße getränkten Stückchen der exotischen Frucht.

»Mit Apfelringen vom Holsteiner Cox.« Die Imbisswirtin klingt richtig euphorisch.

»Cox mit Curry?« Paulsen ringt hustend nach Luft.

»Antje, darauf brauch ich erst mal 'n Klaren … aus heimischer Produktion.«

»Und wat ist mit meinem Ladde Macchiato?« Auch Klaas klingt alarmiert.

»Ich weiß auch nicht, ob die Ausländer aus dem Haus von Müller-Siemsen die regionale friesische Küche mitmachen«, nölt Bounty.

Die Imbisswirtin winkt ab. »Ach was, wir schaffen dat!«

Antje ist mit ihrem Imbiss ja immer nah am Puls der Zeit. Und bisher haben ihre treuen Stammgäste jeden neuen Trend brav mitgemacht. Aber jetzt droht Ärger. Selbst Schäfermischling Susi ist gar nicht gut auf Frauchen zu sprechen. Antje versucht den Imbisshund, seit dem Verzehr einer Gastronomiepackung verdorbener Riesenknacker überzeugte Vegetarierin, mit Tofuwürsten langsam wieder an eine hundegerechte Ernährung heranzuführen. Vor allem die für sie unbekömmliche Schokolade in den Kokosriegeln, die Bounty ihr immer wieder heimlich zugesteckt hat, sind neuerdings Tabu. Susi und auch Bounty sind schwer beleidigt.

»Warum teilt ihr euch dat nich«, schlägt Paulsen vor. »Bounty die Schokolade und Susi die Flocken.«

3

Nicht nur »De Hidde Kist«, im Augenblick ist ganz Fredenbüll in Aufruhr. Und das liegt an den drei Windrädern auf der Wiese vor dem Deich, die früher einmal zum Biohof Brodersen gehörte. Die Montage des ersten Windkraftrades ist fast abgeschlossen. Für die beiden weiteren Rotoren werden gerade die Betonfundamente gegossen. In diesem Zusammenhang ist Klaas' Bruder Norwin, der in seiner Jugend Fredenbüll verlassen hat, um Maschinenbau zu studieren, nach vielen Jahren in seine nordfriesische Heimat zurückgekehrt – als leitender Ingenieur der Firma »WinWind«. Klaas hatte ihn seit Ewigkeiten nicht gesehen. Bei der feuchtfröhlichen Wiedersehensfeier in der »Hidden Kist« wurden Antjes sämtliche Spirituosenvorräte vernichtet. Am nächsten Morgen hatte Ingenieur Norwin in dem Maschinenraum der Windanlage in luftiger Höhe mit heftigen Schwindelattacken zu kämpfen.

Bei den drei Rotoren soll es nicht bleiben. Auf einem Teil der Biowiese, den der Fredenbüller Geflügelkönig Dossmann kürzlich erworben hat, sollen zehn weitere Windräder errichtet werden. Der Geflügelzüchter hatte Biobäuerin Lara Brodersen zwei Hektar ihrer Wiese abgekauft, zu einem erstaunlich hohen Preis und mit dem Versprechen, darauf ein neues Freiluftgehege für Biohühner einzurichten. Aber davon war schon bald keine

Rede mehr. Der Hühnerbaron, berühmt für den Slogan »Freiheit, die man schmeckt« und berüchtigt wegen der Dioxinfunde in seinen Fredenbüller Landeiern hat neuerdings die regenerativen Energien entdeckt. Vor allem die solvente Pacht, die ihm »WinWind« in Aussicht stellt, hat ihm die Sache attraktiv gemacht.

Doch die Meinungen zu dem Projekt sind in Fredenbüll geteilt. Und das ist noch harmlos ausgedrückt. Es formiert sich wütender Protest. Befürworter und Gegner stehen sich unversöhnlich gegenüber. Biobäuerin Lara Brodersen befürchtet ungute Schwingungen durch die Rotoren. Die neu gegründete Naturschutzinitiative »Sei (k)ein Frosch e. V.« mit dem smarten aus der Stadt angereisten Vorsitzenden Jürgen Wesselmann sorgt sich um die Rotbauchunke, die auf der Roten Liste der bedrohten Arten steht und in den Tümpeln und Gräben des Fredenbüller Deichvorlandes einen letzten Lebensraum hat. Die Fronten verlaufen mitten durch den Ort, sogar durch einige Familien. Während Bürgermeister und Supermarktbesitzer Hans-Jürgen Ahlbeck zu den Initiatoren des Fredenbüller Windparks gehört, sympathisiert seine Mutter, Oma Ahlbeck, mit den Krötenfreunden. Ihr neuer Bekannter, Kurschatten Kurt, den sie bei einer Herz-Reha in Bad Orb kennengelernt hat, ist schließlich passionierter Tier- und Naturfotograf. Thies' Tochter Tadje kann über ihre Zwillingsschwester Telje, die bei »Sei (k)ein Frosch« engagiert ist, nur den Kopf schütteln. »Telje, mach dich doch nich lächerlich! Rotbauchfrosch? Hallo, geht's noch?«

Nur in der »Hidden Kist« herrscht weitgehend Einigkeit. Klaas hält sich wegen seines Bruders etwas zurück.

Aber Antje fürchtet, die Windräder könnten die wenigen Touristen vertreiben. Piet Paulsen steht Veränderungen grundsätzlich skeptisch gegenüber. Und Thies hat Sorge, dass es zu gewalttätigen Demonstrationen kommt und er plötzlich seiner Tochter mit einem Schlagstock gegenübersteht. Bounty hat sein Herz für die Rotbauchunke entdeckt und besinnt sich unerwartet auf alte Zeiten im Anti-AKW-Kampf zurück. »Die Frösche sind schon geil. Und vom Stehtisch mal wieder raus an die frische Luft in den politischen Kampf, das weckt die Lebensgeister.«

»Bounty, seit wann interessierst du dich für Politik?« Klaas verstaut die Post in seiner Tasche. Auch Schäfermischling Susi sieht den Althippie verwundert an.

»Er hat doch nur Angst, dass die Propeller ihm seine Kräuter wegpusten«, vermutet Paulsen.

»Piet, in der guten alten Zeit waren wir überall dabei. Gorleben, Brokdorf ...«, schwärmt der Altkommunarde.

»Bounty, so genau wollen wir dat gar nich wissen«, geht Thies dazwischen.

»Mit den Hubschraubern und Wasserwerfern? War ja damals auch im Fernsehen.« Antje zieht den Korb mit Pommes aus dem heißen Fett und salzt die Fritten. »Hast was abgekriegt von den Wasserwerfern?«

»Ja nö.« Bounty wiegelt ab. »Kleine Dusche. Aber das Beste waren die After-Brokdorf-Partys ... Tolle Frauen und verdammt gutes Gras.«

»Na ja.« Paulsen sieht den Althippie über seine Gleitsichtbrille hinweg an. »Jetzt kämpfst du mit Oma Ahlbeck an einer Front.«